Faust's
Leben, Thaten
und
Höllenfahrt.
In fünf Büchern

All this with indignation have I hurl'd
At the pretending Part of the proud World;
Who, swol'n with selfish vanity, devise
False Freedoms, holy Cheats, and formal Lies,
Over their Fellow-Slaves to tyrannize.

Der Verfasser dieses Buchs hat von allem, was bisher über Fausten gedichtet und geschrieben worden, nichts genutzt, noch nutzen wollen. Dieses hier ist sein eignes Werk, es sei wie es wolle. Davon wenigstens wird sich jeder Leser leicht aus der Darstellungsart, der Charakteristik und dem Zweck überzeugen. 1791.

Vorrede zur zweiten Auflage

Da nun die beiden Seitenstücke zu Faust, Raphael und Giafar erschienen sind, so weiß der Leser, was er an diesen dreien Werken hat. In der Fortsetzung und Vollendung Giafars sagte der Verfasser einige Worte über seinen Zweck, mehr wollte er sich nicht verstatten. Diese neue Ausgabe Fausts, welche die wiederholten Nachdrücke bisher verhindert haben, ist um vieles vermehrt worden; andeuten lassen sich diese Vermehrungen nicht, da sie durchs Ganze, und zwar bis ans Ende, zerstreut sind.

Erstes Buch

1

Lange hatte sich Faust mit den Seifenblasen der Metaphysik, den Irrwischen der Moral, und den Schatten der Theologie herumgeschlagen, ohne eine feste, haltbare Gestalt für seinen Sinn herauszukämpfen. Ergrimmt warf er sich in die dunklen Gefilde der Magie, und hoffte nun der Natur gewaltsam abzuzwingen, was sie uns so eigensinnig verbirgt. Sein erster Gewinn war die merkwürdige Erfindung der Buchdruckerei*, der zweite war schaudervoller. Er entdeckte durch Forschen und Zufall die furchtbare Formel, den Teufel aus der Hölle zu rufen, und ihn dem Willen des Menschen untertänig zu machen. Bis jetzt konnte er sich noch nicht, aus Vorliebe zu seiner unsterblichen Seele, für die jeder Christ wacht, ohne sie weiter zu kennen, zu diesem gefährlichen Schritt' entschließen. In diesem Augenblick war er ein Mann in seiner vollen Blüte. Die Natur hatte ihn wie einen ihrer Günstlinge behandelt, ihm einen schönen, festen Körper, und eine bedeutende, edle Gesichtsbildung verliehen. Genug um Glück in der Welt zu machen; aber da sie die gefährlichen Gaben, strebende, stolze Kraft des Geistes, hohes, feuriges Gefühl des Herzens, und eine glühende Einbildungskraft hinzufügte, die das Gegenwärtige nie befriedigte, die das Leere, Unzulängliche des Erhaschten in dem Augenblick des Genusses aufspürte, und alle seine übrigen Fähigkeiten beherrschte, so verlor er bald den Pfad des Glücks, auf den nur Beschränktheit den Sterblichen zu führen scheint, und auf welchem ihn nur Bescheidenheit erhält. Früh fand er die Grenzen der Menschheit zu enge, und stieß mit wilder Kraft dagegen an, um sie über die Würklichkeit hinüber zu rücken. Durch das, was er in frühern Jahren begriffen und gefühlt zu haben glaubte, faßte er eine hohe Meinung von den Fähigkei-

* So die Tradition, welcher man hier allein folgt.

ten, dem moralischen Wert des Menschen, und in der Vergleichung mit andern legte er natürlich seinem eignen Selbst (welches der größte Geist mit dem flachsten Schafskopf gemein hat) den größten Teil der Hauptsumme bei. Zunder genug zu Größe und Ruhm; da aber wahre Größe und wahrer Ruhm, gleich dem Glücke, den am meisten zu fliehen scheinen, der sie dann schon erhaschen will, bevor er ihre feinen, reinen Gestalten von dem Dunst und Nebel absondert, den der Wahn um sie gezogen, so umarmte er nur zu oft eine Wolke für die Gemahlin des Donnerers. In seiner Lage schien ihm der kürzeste und bequemste Weg zum Glück und Ruhm die Wissenschaften zu sein; doch kaum hatte er ihren Zauber gekostet, als der heftigste Durst nach Wahrheit in seiner Seele entbrannte. Jeder, der diese Sirenen kennt, und ihnen ihren betrügrischen Gesang abgelernt hat, fühlt (wenn er die Wissenschaften nicht als Handwerk treibt) ohne mein Erinnern, daß ihm sein Zweck, diesen brennenden Durst zu stillen, entwischen mußte. Nach langem Herumtaumeln in diesem Labyrinthe waren seine Ernte: Zweifel, Unwille über die Kurzsichtigkeit des Menschen, Mißmut und Murren gegen den, der ihn geschaffen, das Licht zu ahnden, ohne die dicke Finsternis durchbrechen zu können. Noch wäre er glücklich gewesen, hätte er mit diesen Empfindungen allein zu kämpfen gehabt; da aber das Lesen der Weisen und Dichter tausend neue Bedürfnisse in seiner Seele erweckte, und seine nun beflügelte und zugekünstelte Einbildungskraft die reizenden Gegenstände des Genusses, die Ansehen und Gold allein verschaffen können, unablässig vor seine Augen zauberte, so rann sein Blut wie Feuer in seinen Adern, und seine übrigen Fähigkeiten wurden bald von diesem Gefühl allein verschlungen. Durch die merkwürdige Erfindung der Buchdruckerei glaubte er sich endlich, die Tore zum Reichtum, Ruhm und Genuß aufgesprengt zu haben. Er hatte sein ganzes Vermögen darauf gewandt, sie zur Vollkommenheit zu bringen, und trat nun vor die Menschen mit seiner Entdeckung; aber ihre Laulichkeit und Kälte überzeugten ihn bald, daß er, der größte Erfinder seines Jahrhunderts, mit seinem jungen Weibe und seinen Kindern Hungers sterben könnte, wenn er nichts anders zu treiben wüßte. Von dieser stolzen Hoffnung so tief herabgesunken, gedrückt von einer schweren Schuldenlast, die er sich durch leichtsinnige Lebensart, übertriebene Freigebigkeit, unvorsichtige Bürgschaften und Unterstützung falscher Freunde auf den Hals gezogen, warf er einen Blick auf die Menschen, sein Groll färbte ihn schwarz, sein häusliches Band, da er seine Familie nicht mehr zu erhalten wußte, ward ihm zur Last, und er fing für immer an zu glauben, daß die Gerechtigkeit nicht den Vorsitz bei der Austeilung des Glücks der Menschen habe. Er nagte an dem Gedanken: wie und woher es käme, daß der fähige Kopf und der edle Mann überall unterdrückt, vernachlässigt sei, im Elende schmachte, während der Schelm und der Dummkopf reich, glücklich und angesehen wären. So leicht nun Weisen und Prediger diesen Zweifel zu heben wissen, so erbittert er gleichwohl, da sie nur zu dem Verstande reden, und das Gefühl durch die tägliche Erfahrung verwundet wird, das Herz des Stolzen, und schlägt den Sanftern nieder. Zu den erstern gehörte Faust. Von diesem Augenblick strebte sein gekränkter Geist, den verschlungenen Knäuel, aufzuwickeln, über dessen Auflösung so viele Tausende die Ruhe und das Glück ihres Lebens umsonst verloren haben. Er wollte nun den Grund des moralischen Übels, das Verhältnis des Menschen mit dem Ewigen erforschen. Wollte wissen, ob er es sei, der das Menschengeschlecht leite, und wenn? – woher die ihn plagenden Widersprüche entstünden? Er wollte die Finsternis erleuchten, die ihm die Bestimmung des Menschen zu umhüllen schien. Ja er faßte selbst den verwegnen Gedanken, den erforschen zu wollen, dessen Sein uns so unbegreiflich, und dessen Würken uns so klar ist. Die Hoffnung, mit diesen wichtigen Kenntnissen ausgerüstet, die Welt in Erstaunen zu setzen, und als ein Geist erster Größe unter die Menschen zu treten, versüßte eine Zeitlang seine fruchtlose, peinliche Anstrengung. Da aber seine Lage immer trauriger ward, die

Menschen, die ihm so viel zu danken hatten, sich immer mehr von ihm entfernten, und all sein Streben, Licht in diese Finsternis zu bringen, nur dazu diente, sie noch schwärzer und quälender zu machen, so senkte sich bald der Gedanke tief in seine Seele, nur ein Geist der andern Welt könnte seinem Elend abhelfen, und ihm Licht über diese Gegenstände geben. Zwar schlummerte dieser Gedanke noch in seinem Busen, aber seine Begierden, sein Unmut brauchten nur einen neuen, äußern Reiz, um ihn über die Grenzen zu treiben, gegen die er so wild anstieß.

2

In dieser düstern Stimmung wanderte Faust von Mainz nach Frankfurt, dem Hochweisen Magistrat eine von ihm gedruckte lateinische Bibel zu verkaufen, um seine hungrige Kinder von dem gelösten Gelde zu sättigen. In seiner Vaterstadt hatte er darum nichts ausrichten können, weil damals der Erzbischof mit seinem Kapitul in einen großen Krieg verwickelt war, und sich ganz Mainz in der größten Verwirrung befand. Die Ursache davon war folgende: Es hatte einem Dominikanermönch geträumt, er schliefe mit seinem Beichtkinde, der schönen Klara, einer weißen Nonne und Nichte des Erzbischofs. Morgens sollte er die heilige Messe lesen, er las sie, und empfing ohngeachtet der sündlichen Nacht den Leib des Herrn. Abends erzählt er, in der Begeisterung des Rheinweins, einem jungen Novizen seinen Traum. Der Traum kitzelte die Einbildungskraft des Novizen, er erzählte ihn mit einigen Zusätzen einem Mönche, und so lief er durch das ganze Kloster, verbrämt mit Greuel und lüsternen Bildern, bis er zu den Ohren des strengen Priors kam. Der heilige Mann, der den Pater Gebhardt wegen seinem Ansehen in vornehmen Häusern haßte, erschrak vor dieser Ärgernis, und da er's als eine Entweihung des heiligen Sakraments ansah, so wagte er nicht über den wichtigen Fall zu entscheiden, und meldete ihn dem Erzbischof. Der Erzbischof, vermöge des richtigen Schlusses, was der sündige Mensch bei Tage denkt und wünscht, davon träumt er des Nachts, sprach den Kirchenbann über den Mönch aus. Das Domkapitul, dessen Haß immer mehr zunimmt, je länger ein Erzbischof lebt, und gern jede Gelegenheit, ihn zu quälen, ergreift, nahm den Pater Gebhardt in Schutz, und widersetzte sich dem Banne aus dem Grunde: »Es sei weltbekannt, daß der Teufel den heiligen Antonius mit den üppigsten Vorstellungen und lüsternsten Lockungen in Versuchung geführt habe, und wenn dies der Teufel mit einem Heiligen getrieben hätte, so könnte ihm auch wohl einmal einfallen, sein Gaukelspiel mit einem Dominikaner zu treiben. Man müsse den Mönch vermahnen, dem Beispiel des heiligen Antonius zu folgen, und gleich ihm gegen die Versuchungen des Teufels mit den Waffen des Gebets und des Fastens zu kämpfen. Übrigens bedauerte man sehr, daß der Satan nicht mehr Achtung vor dem Erzbischof hätte, und so unverschämt wäre, seine höllische Vorspieglungen, nach den Gestalten seiner hohen Familie zu bilden.« Das Domkapitul führte sich hierbei ganz so auf wie die Erbprinzen, denen ihre Väter zu lange regieren. Was aber den Fall gänzlich verwirrte, war ein Bericht aus dem Nonnen-Kloster. Die Nonnen waren alle im Refectorio versammelt, eine Mutter Gottes zum nächsten Fest aufzuputzen, um es durch ihren Pracht den schwarzen Nonnen zuvorzutun, als die alte Pförtnerin hereintrat, die höllische Geschichte erzählte, und hinzusetzte: »der Dominikaner würde gewiß lebendig verbrannt werden, denn eben sei das Domkapitul versammelt, sein Urteil zu sprechen.« Während die Pförtnerin die Geschichte mit allen Umständen erzählte, färbten sich die Wangen der jungen Nonnen hochrot, und die S ü n d e, die keine Gelegenheit entwischen läßt, unschuldige Herzen zu vergiften, schoß in ihr Blut, und dramatisierte in flüchtiger Eile ihrer Einbildungskraft alle die gefährlichen Szenen vor. Wut und Zorn zogen indessen ihre grimmigen Larven über die Gesichter der Alten. Die Äbtissin zitterte an ihrem Stabe, die Brille fiel von ihrer Nase; die

Mutter Gottes stund indessen nackend in der Mitte, und schien den erstaunten und erzürnten Nonnen zuzurufen, ihre Blöße zu decken. Da aber die Pförtnerin hinzusetzte, es sei die Schwester Klara, die der Teufel dem Dominikaner zugeführt hätte, so erfüllte ein wilder Schrei den ganzen Saal. Nur Klara allein blieb gelassen, und nachdem eine kleine Pause auf das Zetergeschrei erfolgte, so sagte sie lächelnd: »Liebe Schwestern, warum schreit ihr so fürchterlich? Träumte mir doch auch, ich schliefe mit dem Pater Gebhardt, meinem Beichtvater, und wenn es der böse Feind getan hat«, (hier machte sie und die übrigen alle ein Kreuz) »so mögen sie ihm die Disziplin geben. Ich für meinen Teil, habe nie eine kurzweiligere Nacht gehabt, sie komme, woher sie wolle.« »Der Pater Gebhardt?« schrie die Pförtnerin. »Nun alle ihr Engel und Schutzheiligen! das ist er eben, dem von euch geträumt hat, dem euch vielmehr der Teufel zugeführt hat, und den sie nun darum verbrennen wollen.« So ging die Pförtnerin noch einen Schritt weiter, verkörperte den Traum, und in dieser Gestalt flog er in die Stadt. Man ließ die Mutter Gottes so nackend stehen, wie sie war, bekümmerte sich nichts mehr darum, ob es die weißen Nonnen den schwarzen zuvortun würden. Die Äbtissin machte sich auf den Weg, um die höllische Geschichte auszubreiten, ihr folgte die Schaffnerin; die Pförtnerin hielt eine Versammlung an ihrem Pförtchen, und Klärchen beantwortete naiv die noch naiveren Fragen der Schwestern. Die Trompeten des Jüngsten Gerichts können einst in Mainz nicht mehr Schrecken und Verwirrung verbreiten, als diese Geschichte. Nur der Schrecken in den rheinischen Bistümern war größer, als es sich die muntern Franzosen einfallen ließen, die schon bei dem ersten Zusammentreten in Gesellschaft verlorne Rechte der Menschheit hervorzusuchen. Und natürlich; man erinnerte sich hierbei des berühmten Sankt Veits Tanzes, der einstens ansteckend durch alle Provinzen und Reiche Europas sich ausbreitete, und die Köpfe der Europäer, besonders der Teutschen, so verwirrte und erhitzte, daß sich Ritter und Bauer, Graf und

Troßknecht, Bischof und Dorfpfarrer, Edelfrau und Bettlerin, Gräfin und Kammerjungfer untereinander und durcheinander an den Händen faßten, und in wilden, unsinnigen Kreisen, von Dorf zu Dorfe, von Stadt zu Stadt, herum tanzten, bis sie alle erschöpft, und die Geschwächtesten von ihnen leblos niedersanken.

Da nun der Prior der Dominikaner diesen Vorfall erfuhr, rannte er nach dem versammelten Kapitul, und gab durch diesen Bericht auf einmal der Sache eine neue Wendung. Der Erzbischof hätte nun gern den ganzen Handel unterdrückt; aber jetzt lag dem Kapitul dran, ihn auszubreiten, und alle Domherrn stimmten einmütig darauf, die bedenkliche Sache müßte dem Heiligen Vater in Rom vorgelegt werden. Man schrie, raste, tobte, drohte, und nur die Mittagsglocke konnte die Streitenden auseinander bringen. Die offne Fehde verwandelte sich bald in eine feinere. Von Hofe aus fing man an zu bestechen, im Kapitul zu intrigieren, und ganz Mainz, Mönch und Laie, zerfiel auf einige Jahre in zwei Teile, so daß sie nichts sahen, hörten, von nichts sprachen und träumten, als dem Teufel, der weißen Nonne und dem Pater Gebhardt. Auf den Kathedern jeder Fakultät ward darüber disputiert; die Kasuisten, nachdem sie die Nonne und den Pater ad protocollum genommen und gegeneinander gestellt hatten, schrieben Foliobände über alle die möglichen sündigen und nicht sündigen Fälle der Träume. War dies eine Zeit für Fausten und seine Erfindung?

3

In Frankfurt nun, dem stillen Sitz der Musen, dem Schutzort der Wissenschaften, hoffte Faust beßres Glück. Er bot dem erlauchten Rat seine Bibel für zweihundert Goldgulden an; da man aber vor einigen Wochen fünf Stück Fässer Rheinwein in den Ratskeller gekauft hatte, so fand sein Gesuch so leicht nicht statt. Er hofierte den Schöppen, dem Schultheiß, den Senatoren, vom stolzen Patrizier bis zu dem noch stolzern Ratsherrn der Schuhmacherzunft. Man versprach ihm überall Huld, Schutz und Gnade. Zuletzt hielt er sich vorzüglich an den regierenden Bürgermeister, wobei er aber bisher weiter nichts gewann, als daß die Frau Bürgermeisterin eine gewaltige Flamme in seinem leichtfangenden Busen anzündete. Eines Abends versicherte ihn der Bürgermeister, daß man ersten Tages einen Ratsschluß fassen würde, vermöge welchem die gesamte Judenschaft gehalten sein sollte, Mann für Mann, die Summe für die Bibel herzuschießen. Da Faust bemerkt hatte, daß seine Kinder Hungers sterben könnten, bevor eine so aufgeklärte Versammlung einstimmig würde, so ging er ohne Hoffnung, voller Liebe und Grimm auf seine einsame Stube. In diesem Mißmut nahm er seine Zauberformeln vor. Der Gedanke, etwas Kühnes zu wagen, und Unabhängigkeit von den Menschen durch die Verbindung mit dem Teufel zu suchen, schoß lebhafter als je durch sein Gehirn. Noch erschütterte ihn die Vorstellung davon. Mit heftigen Schritten, wütenden Gebärden, unter fürchterlichen Ausrufungen, ging er in seinem Zimmer auf und ab, und kämpfte mit seinen innern, aufrührerischen Kräften. Kühn strebten diese, das Dunkel zu durchbrechen, das uns umhüllt, noch schaudert sein Geist vor dem Entschluß; aber nun wägt der Lüsterne die Befriedigung der unersättlichen Begierden seines Herzens, die längst gewünschte Genüsse der ganzen Natur, gegen die Vorurteile der Jugend, die Armut und die Verachtung der Menschen. Schon schwankt die Zunge der Waage. Die Glocke schlägt elf auf dem nahen Turme. Schwarze Nacht liegt auf der Erde. Der Sturm heult aus Norden, die Wolken verhüllen den vollen Mond, die Natur ist im Aufruhr. Eine herrliche Nacht, die empörte Einbildungskraft zu verwildern. Noch schwankt die Zunge der Waage. In dieser Schale tanzen leicht Religion und ihre Stütze, die Furcht vor der Zukunft. Die Gegenschale schlägt sie hinauf; Durst nach Unabhängigkeit und Wissen, Stolz, Wollust, Groll und Bitterkeit füllen sie. Ewigkeit und Verdammnis schallen nur dumpf in seiner Seele. So strauchelt die Jungfrau, welche die glühenden Küsse des Geliebten auf dem Busen fühlt, zwischen den Lehren der Mutter und dem Zuge der Natur. So schwankt der Philosoph zwischen zwei Sätzen, dieser ist wahr, jener glänzend und führt zu dem Ruhme; welchen wird er wählen?

Nun zog Faust, nach der Vorschrift der Magie, den fürchterlichen Kreis, der ihn auf ewig der Ob- und Vorsicht des Höchsten, und den süßen Banden der Menschheit entreißen sollte. Seine Augen glühten, sein Herz schlug, seine Haare stiegen auf seinem Haupt empor. In diesem Augenblick glaubte er seinen alten Vater, sein junges Weib und seine Kinder zu sehen, die in Verzweiflung die Hände rangen. Dann sah er sie auf die Knie fallen, und für ihn zu dem beten, dem er eben entsagen wollte. »Es ist der Mangel, es ist mein Elend, das sie in Verzweiflung stürzt«; schrie er wild, und stampfte mit dem Fuße auf den Boden. Sein stolzer Geist zürnte der Schwäche seines Herzens. Er drang abermals nach dem Kreise, der Sturm rasselte an seinen Fenstern, die Grundfeste des Hauses zitterte. Eine edle Gestalt trat vor ihn, und rief ihm zu:

»Faust! Faust!«

FAUST. Wer bist du, der du mein kühnes Werk unterbrichst?

GESTALT. Ich bin der Genius der Menschheit, und will dich retten, wenn du zu retten bist.

FAUST. Was kannst du mir geben, meinen Durst nach Wissen, meinen Drang nach Genuß und Freiheit zu stillen?

GESTALT. Demut, Unterwerfung im Leiden, Gnügsamkeit und hohes Gefühl deines Selbsts; sanften Tod und Licht nach diesem Leben.

FAUST. Verschwinde, Traumbild meiner erhitzten Phantasie, ich erkenne dich an der List, womit du die Elenden täuschest, die du der Gewalt unterworfen hast. Gaukele vor der Stirne des Bettlers, des zertretnen Sklaven, des Mönchs, und aller derer, die ihr Herz durch unnatürliche Bande gefesselt haben, und ihren Sinn durch Kunst hinaufschrauben, um der

Klaue der Verzweiflung zu entwischen. Die Kräfte meines Herzens wollen Raum, und der verantworte für ihr Würken, der mir sie gegeben hat.

»Du wirst mich wiedersehen«, seufzte der Genius, und verschwand.

Faust rief: »Necken mich die Märchen der Amme noch am Rande der Hölle? Sie sollen mich nicht abhalten, das Dunkel zu durchbrechen. Ich will wissen, was der düstre Vorhang verbirgt, den eine tyrannische Hand vor unsre Augen gezogen hat. Hab ich mich so gebildet, daß das Los der Beschränktheit meine Kraft empört? Hab ich die Flamme der Leidenschaft in meinem Busen angeblasen? Hab ich den Trieb, immer zu wachsen, und nie stille zu stehen, in mein Herz gelegt? Hab ich meinen Geist so gestimmt, daß er sich nicht unterwerfen, und die Verachtung nicht ertragen kann? Wie ich, der Topf, von fremder Hand gebildet, soll darum einst gewaltsam zerschlagen werden, weil er dem Werkmeister nicht nach seinem Sinn gelang, weil er dem niedrigen Gebrauche nicht entspricht, zu dem er ihn geformt zu haben scheint? Und immer nur Gefäß, immer nur Werkzeug, immer nur Unterwerfung; wozu denn dies widersprechende lautschreiende Gefühl von Freiheit und eigner Kraft dem Sklaven? Ewigkeit! Dauer! Schallt ein Sinn heraus? Was der Mensch fühlt, genießt und faßt, nur das ist sein, alles übrige ist Erscheinung, die er nicht erklären kann. Der Stier nutzt die Kraft seiner Hörner und trotzt auf sie, der Hirsch seine Leichtigkeit, dem Jäger zu entfliehen; ist das, was den Menschen von ihnen unterscheidet, weniger sein? Ich hab es lange genug mit den Menschen, und allem dem, was sie ersonnen, versucht; sie haben mich in Staub getreten, Schatten habe ich für Wahrheit ergriffen, laß mich's nun mit dem Teufel versuchen!«

Hier sprang er wild begeistert in den Kreis hinein, und Klagegetön seines Weibes, seiner Kinder, seines Vaters erschollen in der Ferne: »Ach verloren! ewig verloren!«

4

Satan, der Herrscher der Hölle, hatte durch schrecklichen Hörner-Schall, der an der glühenden Scheibe der Sonne widertönte, allen gefallnen Geistern, auf der Ober- und in der Unterwelt, kund tun lassen, daß er heute ein großes Freudenfest geben würde. Die höllischen Geister versammelten sich auf den mächtigen Ruf. Selbst seine Abgesandten beim päpstlichen Stuhl und den Herrschern Europas verließen ihre Posten, denn die Einladung ließ etwas Großes und Wichtiges vermuten. Schon ertönte das ungeheure Gewölbe der Hölle von dem wilden Geschrei des Pöbels der Geister. Myriaden lagerten sich auf den verbrannten, unfruchtbaren Boden. Nun traten die Fürsten hervor, und geboten Schweigen der Menge, damit Satan die Berichte seiner Abgesandten der Oberwelt vernehmen könnte. Die Teufel gehorchten, und eine schaudervolle Stille herrschte durch die dicke, düstre Finsternis, die nur das Gewinsel der Verdammten unterbrach. Die Sklaven der Teufel, Schatten, die weder der Seligkeit noch der Verdammnis wert sind, bereiteten die unzähligen Tische zum Schmause, und sie verdienen dies Los der schändlichsten Knechtschaft. Als sie noch in Fleisch und Bein die Früchte der Erde aßen, waren sie von jener zweideutigen Art, die aller Menschen Freund sind, ohne es von einem zu sein. Deren Zungen von den herrlichen Lehren der Tugend plappern, ohne daß ihr Herz sie fühlt. Die das Böse nur darum unterlassen, weil es Gefahr mit sich führt, und das Gute, weil es Mut und Verleugnung erfordert. Die mit der Religion wuchern, und sie wie der filzigte Jude sein Kapital auf Zinsen legen, in der Meinung, ihren elenden Seelen ein gutes Behältnis zu sichern. Die Gott aus Furcht anbeten, und vor ihm wie Sklaven zittern. Die Teufel, die wahrlich keine beßre Herren sind, als die polnischen, ungarischen und livländischen Edelleute, reiten sie dafür in der Hölle wacker herum. Indessen schwitzten ihre Brüder in den höllischen Küchen, das Mahl für ihre strengen Herren zuzurüsten; ein schreckliches Geschäft für eine Seele, die einst einen menschlichen Körper durch Fraß, Soff und Üppigkeit aufgerieben hat. Denn obgleich die Teufel weder essen noch trinken, so haben sie den Menschen doch den Gebrauch abgelernt, jede Feierlichkeit durch Fressen und Saufen merkwürdig zu machen, und bei solchen Gelegenheiten halten sie ein Seelenmahl. Der Anführer jeder Legion (denn die Hölle ist auf militärischen Fuß eingerichtet, und gleicht darin jedem despotischen Reiche; oder vielmehr jedes despotische Reich gleicht darin der Hölle) wählt eine gefällige Anzahl verdammter Seelen zum Schmause für seine Untergebenen. Diese übergeben sie den Sklaven, die sie sieden, braten und mit höllischer Brühe begießen. Oft trifft es sich, daß einer dieser Elenden seinen Vater, sein Weib, Sohn, Tochter oder Bruder an den Spieß stecken, und das peinliche Feuer unter ihm unterhalten muß – eine schreckliche, wahrhaft tragische Lage, noch tragischer, da ihre Aufseher, mutwillige Teufel, wie alle Diener großer Herren, mit der Geißel hinter ihnen stehen, das Werk zu befördern. Ich empfehle diese Situation den Tragikern Teutschlands. Heute wurden für den Gaumen des Großherrn, seiner Viziere und Günstlinge zwei Päpste, ein Eroberer, ein berühmter Philosoph, und ein neu geprägter Heiliger zugerichtet. Für den Pöbel der Hölle waren ganz frische Viktualien angekommen. Der Papst hatte vor kurzem zwei Heere Franzosen, Teutscher, Italiener und Spanier gegen einander getrieben, um einige Herrschaften in dem Tumult zu fischen, die Verlassenschaft des heiligen Peters zu ründen. Sie schlugen sich wie Helden, und fuhren zu Tausenden zur Hölle. Welch ein Glück wäre es für die zu der Tafel der Teufel bestimmten Seelen, wenn sie dadurch das Ende ihrer Qual fänden; da sie diese aber stückweise in die Sümpfe der Hölle ausschütten, so wachsen sie wieder zusammen, und stehen zu neuen Martern auf.

Während diese an den Bratspießen winselten, besetzten die Kellermeister und Schenken, alle Schatten gemeldeter Art, die Kredenztische. Die Flaschen waren gefüllt mit Tränen der

Heuchler, falscher Witwen, der Scheinheiligen, der Empfindsamen, und der aus Schwäche Reuigen. Mit Tränen, die der Neid bei dem Glück eines andern auspreßt, mit Tränen der Egoisten, die sie bei dem Unglück eines andern aus Freude weinen, daß es sie nicht getroffen. Mit Tränen lustiger Erben, und mit Tränen der Söhne, die sie bei dem Sarge der geizigen, harten Väter weinen. Die Flaschen zu dem Nachtische waren gefüllt mit Tränen der Priester, die die Rolle des Komödianten auf den Kanzeln spielen, ihre Zuhörer zu rühren; und um das Getränk schärfer zu machen, mischte man Tränen der H——n darunter, die aus Hunger so lange weinen, bis ein Kunde kommt, die Sünde für Geld mit ihnen zu treiben. Zu diesen goß man noch Tränen der Kuppler, Kupplerinnen, der Ärzte und schelmischen Advokaten, die sie über schlechte Zeiten vergießen. Für den Satan und die Fürsten stunden, auf besondern Kredenztischen, Flaschen des edelsten Getränks. Es war berauschend, schäumend und sprudelnd; ein Gemisch von Tränen der Herrscher der Welt, die sie über das Unglück ihrer Untertanen weinen, während sie Befehle erteilen, die es auf Jahrhunderte befördern. Von Tränen der Jungfrauen, die den Verlust ihrer Keuschheit betrauern, und sich mit noch nassen Augen prostituieren. Zu diesen hatte man Tränen begünstigter Großen gegossen, die in Ungnade gefallen sind, und nun weinen, daß sie unter dem Schutz ihres Herrn nicht mehr rauben und unterdrücken können.

5

Als nun diese Elenden die Tische besorgt hatten, und so demütig hinter den Sitzen ihrer Gebieter stunden, als ein Teutscher vor einem Fürsten, so traten die Großen der Hölle aus den Gemächern des Satans. Die Gefährten der Menschen – die Sünde, das scheußliche Gespenst der Vernichtung, der Hunger, die Krankheit, die Pest, der Krieg, die Ungerechtigkeit, die Armut, die Verzweiflung, die Herrschsucht, die Gewalt, der Stolz, die Verachtung, der Reichtum, der Geiz, die Wollust, der Wahn, der Neid, die Neugierde und die Lüsternheit, gingen als wohlbestallte Fouriere des satanischen Hofes voraus. Ihnen folgten Trabanten, diesen die Kammerherren. Nun die Pagen mit brennenden Fackeln, die aus Seelen der Mönche geflochten waren, die den Weibern die Kinder machen, und den Ehemann auf dem Todbette drängen, sein Vermögen der Kirche zu vermachen, ohne Rücksicht, daß ihre eigne ehebrecherische Brut im Lande herumbetteln muß. Dann trat der mächtige Satan heraus, und ihm folgten die übrigen Großen seines Hofs, nach Gunst und Rang. Die Teufel beugten sich ehrfurchtsvoll nieder, die Pagen stellten die Fackeln auf den Tisch des Großherrn, und nun stieg er mit stolzer und siegreicher Miene auf seinen erhabenen Thron, und hielt folgende Rede:

»Fürsten, Mächtige, unsterbliche Geister, seid mir alle willkommen! Wollust durchglüht mich, wenn ich über euch zahllose Helden hinblicke! Noch sind wir, was wir damals waren, da wir zum erstenmal in diesem Pfuhl aufwachten, zum erstenmal uns sammelten! Nur hier herrscht Ein Gefühl, nur in der Hölle herrscht Einigkeit, nur hier arbeitet jeder auf einen gewissen Zweck. Wer über euch gebietet, kann leicht den einförmigen Glanz des Himmels vergessen. Ich gestehe, wir haben viel gelitten, und leiden noch, da die Ausübung unsrer Kräfte von dem beschränkt ist, der uns mehr zu fürchten scheint, als wir ihn; aber in dem Gefühl der Rache, die wir an den Söhnen des Staubs, seinen schwachen Günstlingen nehmen, in der Betrachtung ihres Wahnsinns und ihrer Laster, wodurch sie unaufhörlich seine Zwecke zerrütten, liegt Ersatz für dieses Leiden. Heil euch allen, die dieser Gedanke hoch entflammt!

Vernehmt nun die Veranlassung zu dem Feste, das ich heute mit euch feiren will. Faust, ein kühner Sterblicher, der gleich uns mit dem Ewigen hadert, und durch die Kraft seines Geistes würdig werden kann, die Hölle einst mit uns zu bewohnen, hat die Kunst erfunden, die Bücher, das gefährliche Spielzeug der Menschen, die Fortpflanzer des Wahnsinns, der Irrtümer, der Lügen und Greuel, die Quelle des Stolzes, und die Mutter peinlicher Zweifel, auf eine leichte Art tausend und tausendmal zu vervielfältigen. Bisher waren sie zu kostbar, und nur in den Händen der Reichen, blähten nur diese mit Wahn auf, und zogen sie von der Einfalt und Demut ab, die der Ewige zu ihrem Glück in ihr Herz gelegt hat, und die er von ihnen fordert. Triumph! bald wird sich das gefährliche Gift des Wissens und Forschens allen Ständen mitteilen! Wahnwitz, Zweifel, Unruhe und neue Bedürfnisse werden sich ausbreiten, und ich zweifle, ob mein ungeheures Reich sie alle fassen möge, die sich durch dieses reizende Gift hinrichten werden. Doch dieses wäre nur ein kleiner Sieg, mein Blick dringt tiefer in die ferne Zeit, die für uns der Umlauf des Seigers ist. Die Zeit ist nah, wo die Gedanken und Meinungen kühner Erneurer und Beeckler des Alten, durch Fausts Erfindung, um sich greifen werden, wie die Pest. Sogenannte Reformatoren des Himmels und der Erde werden aufstehen, und ihre Lehren werden, durch die Leichtigkeit der Mitteilung, bis in die Hütte des Bettlers dringen. Sie werden wähnen, Gutes zu stiften, und den Gegenstand ihres Heils und ihrer Hoffnung vom falschen Zusatze zu reinigen; aber wenn gelingt dem Menschen das Gute, und wie lange ist er dessen mächtig? die Sünde ist ihnen nicht näher, als böse Folgen und Mißbrauch ihren edelsten Bemühungen. Das vielgeliebte Volk des Mächtigen, das er durch ein uns furchtbares Wunder der Hölle auf immer entreißen wollte, wird über Meinungen, die keiner begreift, in blutigen Krieg zerfallen, und sich zerreißen wie die wilden Tiere des Waldes. Greuel werden Europa verwüsten, die allen Wahnsinn übertreffen, den die Menschen von ihrem Beginnen gerast haben. Meine Hoffnungen scheinen euch zu kühn, ich sehe es an euren zweifelnden Blicken, so hört denn: Religionskrieg heißt diese neue Wut, wovon die alte Geschichte der Frevel und Rasereien der Menschen kein Beispiel hat. Aus der uns furchtbaren Religion sogen ihn die Unsinnigen. Einmal hat er schon gewütet, und dort heulen die in dem glühenden Pfuhl, die ihn erweckten; aber nun erst wird der Fanatismus, der wilde Sohn des Hasses und des Aberglaubens, alle Bande der Natur und der Menschheit gänzlich auflösen. Dem Furchtbaren zu gefallen, wird der Vater den Sohn, der Sohn den Vater ermorden. Könige werden frohlockend ihre Hände in das Blut ihrer Untertanen tauchen, den Schwärmern das Schwert überliefern, ihre Brüder zu Tausenden zu ermorden, weil sie andrer Meinung wie sie sind. Dann wird sich das Wasser der Ströme in Blut verwandeln, und das Geschrei der Ermordeten wird selbst die Hölle erschüttern. Wir werden Verbrecher mit Lastern besudelt herunterfahren sehen, wofür wir bis jetzo weder Namen noch Strafe haben. Schon seh ich sie den päpstlichen Stuhl anfallen, der das lockre Gebäude durch List und Betrug zusammenhält, während er sich durch Laster und Üppigkeit selbst untergräbt. Die Stützen der uns fürchterlichen Religion stürzen zusammen, und wenn der Ewige dem sinkenden Gebäude nicht durch neue Wunder zu Hülfe eilt, so wird sie von der Erde verschwinden, und wir werden nochmals in den Tempeln als angebetete Götter glänzen. Wo bleibt der Geist des Menschen stehen, wenn er angefangen hat, das zu beleuchten, was er als Heiligtum verehrt hat? Er tanzt auf dem Grabe des Tyrannen, vor dem er noch gestern gezittert, zerschlägt gänzlich den Altar, auf dem er geopfert hat, wenn er einmal unternimmt, dem Weg zum Himmel auf seine Weise nachzuspähen. Wer mag ihren rastlosen Geist auf Jahrtausende fesseln? Vermag der, der sie geschaffen, nur einen sich so zuzueignen, daß er nicht millionenmal unserm Reiche näher, als dem seinen sei? Alles mißbraucht der Mensch, die Kraft seiner Seele und seines Leibes; alles, was er sieht, hört, betastet, fühlt und denkt, womit er spielt und womit er sich ernsthaft beschäftigt. Nicht zufrieden, das zu zertrümmern und zu verunstalten, was er mit den Händen fassen kann, schwingt er sich auf den Flügeln der Einbildungskraft in ihm unbekannte Welten, und verunstaltet sie wenigstens in der Vorstellung. Selbst die Freiheit, ihr höchstes Gut, wenn sie auch Ströme Bluts dafür vergossen, verkaufen sie für Gold, Lust und Wahn, wenn sie dieselbe kaum gekostet haben. Des Guten unfähig, zittern sie vor dem Bösen, häufen Greuel auf Greuel, ihm zu entfliehen, und zerschlagen dann wieder ihrer Hände Werk.

Nach den blutigen Kriegen werden sie, vom Morden ermüdet, einen Augenblick rasten, und der giftige Haß wird sich nur in heimlichen Tücken zeigen. Einige werden diesen Haß unter dem Schatten der Gerechtigkeit zum Rächer des Glaubens machen, Scheiterhaufen errichten, und die lebendig verbrennen, die nicht ihrer Meinung sind. Andere werden anfangen, die unerklärbaren Verhältnisse und dunkle Rätsel zu benagen, und die zur Finsternis Gebornen werden verwegen um Licht kämpfen. Ihre Einbildungskraft wird sich entflammen, und tausend neue Bedürfnisse erschaffen. Wahrheit, Einfalt und Religion werden sie mit Füßen treten, um ein Buch zu schreiben, das einen Namen mache und Gold einbringe. Ja so weit wird dieses aufgeblasene Geschlecht hierinnen den Wahnsinn treiben, daß sogar ihre Weiber – hört es, alle ihr Kräfte und Geister der Hölle! – daß sogar ihre Weiber Bücher schreiben werden. Ihr kennt die eitlen Töchter Evas, und ich brauche euch nicht zu sagen, was dieses für verzerrte Ungeheuer aus ihnen machen muß. So wird nun das Bücherschreiben ein allgemeines Handwerk werden, wodurch Genies und Stümper Ruhm und Fortkommen suchen, unbekümmert, ob sie die Köpfe ihrer Mitbrüder verwirren, und die Flamme an das Herz der Unschuldigen legen. Den Himmel, die Erde, den Furchtbaren selbst, die verborgene Kräfte der Natur, die dunklen Ursachen ihrer Erscheinungen, die Macht, die die Gestirne wälzt, und die Kometen durch den Raum schleudert, die unfaßliche Zeit, alles Sichtbare und Unsichtbare werden sie betasten, messen und begreifen wollen; für alles Unfaßliche Worte und Zahlen erfinden, Systeme auf Systeme häufen, bis sie die Finsternis auf Erden gezogen haben, wodurch nur die Zweifel gleich den Irrwischen blitzen, die den Wandrer in Sumpf locken. Nur dann werden sie helle zu sehen glauben! und da erwarte ich sie! Wenn sie die

Religion weggeräumt haben, wie alten Schutt, und gezwungen sind, aus dem stinkenden Überbleibsel ein neues ungeheures Gemische von Menschenweisheit und Aberglauben zusammenzugießen, dann erwarte ich sie! Und dann machet weit die Tore der Hölle, daß das Menschengeschlecht einziehe! Der erste Schritt ist geschehen, der zweite ist nah. Noch eine schreckliche Revolution auf dem Erdboden steht bevor. Ich berühre sie nur mit flüchtiger Eile. Bald werden die Bewohner der alten Welt ausziehen, um neue, ihnen bisher unbekannte Erdstriche zu entdecken. Dort werden sie Millionen in religiöser Wut erwürgen, um sich des Goldes zu bemächtigen, das diese Unschuldigen nicht achten. Diese neuen Welten werden sie mit allen ihren Lastern erfüllen, und Stoff zu scheußlichern der Alten zurückführen. So werden Völker unsre Beute werden, die bisher Unschuld und Unwissenheit vor unsrer Rache gesichert hat. Jahrhunderte werden sie im Namen des Furchtbaren den Erdboden mit Blute netzen; und so sieget die Hölle durch die Günstlinge des Himmels über den, der uns hierher geschleudert hat!

Dies ist es, ihr Mächtigen, was ich euch verkünden wollte, und nun freut euch mit mir des festlichen herrlichen Tags, genießet im voraus der Siege, die ich euch verspreche, weil ich die Menschen kenne. Höhnt des Ewigen der so lächerlich und widersinnig in dem Sohne des Staubs das rohe Tier mit dem Halbgott zusammenspannte, daß nun ein Teil den andern zerreibt! Höhnt seiner und ruft mit mir in Sieges-Gebrüll! Es lebe Faust!«

Erschreckliches Getöse, daß die Achse der Erde zitterte, die Gebeine der Toten in den Gräbern zusammenrasselten, erscholl: »Es lebe Faust! Es lebe der Vergifter der Söhne des Staubs!«

Hierauf wurde der vornehmste Adel des dunkeln Reichs zur Anbetung, dem Kniebeugen, Handkusse, das heißt zum Glückwunsche zugelassen, und ich habe bisher noch nicht entdecken können, ob der Satan diese hündische Gebräuche der Hofhaltung der Fürsten der Erde; oder ob sie dieselben der seinen nachgeäfft haben.

6

Nun warfen sich die frohlockenden Teufel an die Tische, und fielen über das zugerichtete Mahl her. Die Becher erklangen, die Seelen knarrten unter ihren scharfen Zähnen, und man trank des Satans, Fausts, der Klerisei, der Tyrannen der Erde, künftiger und lebender Autoren Gesundheit, unter dem Knall der höllischen Artillerie. Um das Fest recht glänzend zu machen, fuhren die Aufseher der Ergötzungen des Satans nach den Sümpfen der Verdammten, trieben die brennenden Seelen heraus, und jagten sie über die Tafeln, die düstre Szene zu erleuchten. Sie ritten mit giftigen Peitschen hinter ihnen her, und zwangen sie, sich grimmig zu balgen, und die Funken knasterten und leuchteten am schwarzen Gewölbe, wie wenn in dunkler Nacht der Blitz die Garben des Feldes anzündet. Um die Ohren der Teufel beim Schmause mit Tafelmusik zu kitzeln, eilten andre nach den Pfühlen, gossen glühendes Metall in die Flamme, daß die Verdammten, in gräßlicher Verzweiflung, heulten und fluchten. Könnt ich statt euren kalten und fruchtlosen Bußpredigten dieses scheußliche Gewinsel auf die Erde ziehen! wahrlich die Sünder würden ihr Ohr dem wollüstigen Gesang der Kastraten, und dem üppigen Geflüster der Flöten verschließen, und reuig Psalmen anstimmen. Umsonst, weit entfernt ist die Hölle, und nah das Vergnügen! Hierauf wurden auf einem großen Theater Schauspiele aufgeführt, die die Heldentaten des Satans darstellten (denn da der Teufel Dichter an seinem Hofe hält, so hat er auch Schmeichler); zum Beispiel: die Verführung Evas, Judas Ischariot etc.

Dann verwandelte sich das Theater zur Vorstellung eines allegorischen Ballets. Die Szene stellte eine wilde Gegend vor. In einer dunklen Höhle saß die Metaphysik, eine hagre, lange Gestalt, die ihre Augen auf fünf schimmernde Worte heftete, die sich beständig hin und her bewegten, und bei jeder Veränderung einen andern Sinn vorstellten. Der Hagre ließ nicht nach, ihnen mit seinen starren Augen zu folgen. In einem Winkel stund ein kleiner schelmischer Teufel, der ihm zu Zeiten Blasen mit Wind gefüllt an die Stirne warf. Der Stolz, des Hagern Amanuensis, las sie auf, drückte den Wind heraus, und knetete ihn zu Hypothesen. Der Hagre war in ein egyptisches Unterkleid gehüllt, das mit mystischen Figuren besäet war. Über diesem trug er einen griechischen Mantel, der diese mystische Zeichen bedecken sollte, wozu er aber viel zu kurz und zu enge war. Seine Beinkleider waren weite Pumphosen, sie deckten aber seine Blöße nicht. Ein großer Doktorhut deckte sein kahles Haupt, auf dem man nur die Ritze sah, die er mit seinen langen Nägeln bei scharfem Nachdenken hineingerissen. Seine Schuhe waren nach europäischem Zuschnitte gemacht, und mit dem feinsten Staube der Universitäten und Gymnasien bestreut. Nachdem er lange auf die schwankenden Worte geblickt hatte, ohne einen Sinn zu fassen, winkte der Stolz dem Wahn, der auf des Hagern Linke stund. Dieser ergriff eine hölzerne Pfennigstrompete, und blies einen Tanz. Da das hagre Gerippe das Geplärre hörte, faßte er den Stolz an der Hand, und tanzte mit ihm, in taktlosen Sprüngen, herum. Seine mürbe dünne Beine konnten es nicht lange aushalten, und er sank bald atemlos in seine vorige Stellung.

Ihm folgte die Moral, eine sehr feine Gestalt, in einen Schleier gehüllt, der, wie der Chamäleon, alle Farben spielte. Sie hielt die Tugend und das Laster an den Händen, und tanzte ein Trio mit ihnen. Ein nackender Wilde blies dazu auf einem Haberrohr, ein europäischer Philosoph strich die Geige, ein Asiate schlug die Trommel, und obgleich diese widrige Töne ein harmonisches Ohr zerrissen hätten, so kamen doch die Tanzenden nicht aus dem Takt, so gut hatten sie ihre Schule gelernt. Gab die feine Dirne dem Laster die Hand, so gaukelte sie wie eine Buhlschwester, floh lockend vor ihm her, gab alsdann der Tugend die Hand, und bewegte sich in den sittsamen Schritten der Matrone. Nach dem Tanze ruhte sie auf einer dünnen, durchsichtigen und schöngemalten Wolke aus, die ihre Verehrer aus vielen Fetzen zusammengeflickt hatten.

Nach ihr erschien die Poesie, in der Gestalt eines unbekleideten, wollüstigen Weibes. Sie tanzte mit der Sinnlichkeit einen üppigen, sehr figürlichen und darstellenden Tanz, wozu die Einbildungskraft die Flöte d'amour blies.

Hierauf trat die Geschichte auf. Vor ihr her ging die Fama, mit einer langen ehernen Trompete. Sie selbst war behangen mit Erzählungen von Mordtaten, Vergiftungen, Verschwörungen, Betrügereien und andern Greueln. Hinter ihr keuchte ein starker, nervigter, teutschgekleideter Mann, unter einer ungeheuren Bürde von Chroniken, Diplomen und Dokumenten. Sie tanzte unter dem Gerassel der Erzählungen, womit sie behangen war, mit der Sklaverei; die Lüge nahm der Fama die Trompete von dem Munde weg, stimmte den Tanz an, und die Schmeichelei zeichnete ihr die Figuren vor.

Dann fuhren mit lautem Gelächter auf die Szene, die Medizin und Scharlatanerie, tanzten eine Menuet, wozu der Tod mit einem Beutel voll Gold die Musik klimperte.

Hierauf erschienen die Astrologie, die Kabbala, Theosophie und Mystik, sie hatten sich an den Händen gefaßt, und trieben sich wild in dunklen Figuren herum, wozu der Aberglaube, Wahnsinn und Betrug auf Waldhörnern bliesen.

Diesen folgte die Jurisprudenz, eine feiste, gut genährte Gestalt, mit Sporteln gefüttert, und mit Glossen behangen. Sie keuchte ein mühsames Solo, und die Schikane strich den Baß dazu.

Zuletzt fuhr die Politik in einem Siegeswagen herein, den zwei Mähren zogen, Schwäche und Betrug. Zu ihrer Rechten saß die Theologie, in einer Hand einen scharfen Dolch haltend, in der andern eine brennende Fackel. Sie selbst trug eine goldne Krone auf dem Haupt, und einen

Zepter in der Rechten. Sie stieg aus dem Wagen, und tanzte mit der Theologie ein Pas de deux, wozu List, Herrschsucht und Tyrannei auf ganz leisen und sanften Instrumenten spielten. Nachdem sie das Pas de deux geendet hatte, gab sie den übrigen Gestalten ein Zeichen, einen allgemeinen Tanz zu beginnen. Sie folgten dem Wink, und sprangen in wilder Verwirrung herum. Alle obengemeldete spielten ihre Instrumente dazu, ein Geheul, das die Tafelmusik des Satans nur an Getöse übertraf. Doch bald mischte sich die Zwietracht unter die vertraulich Tanzenden. Sie griffen nach den Waffen, von Wut und Eifersucht entflammt. Da die Theologie wahrnahm, daß sie alle die wollüstige Poesie umarmten, und der Moral, ihrer Todfeindin, den Schleier abreißen wollten, sich damit zu bedecken, gab sie dieser einen Dolchstich von hinten, und verbrannte der geliebkosten Dichtkunst, mit der brennenden Fackel, den Steiß. Diese beiden erhuben ein fürchterliches Geheul; die Politik verwies die Entflammten zur Ruhe, und die Scharlatanerie nahte, um die Wunde der Moral zu verbinden, indessen schnitt die Medizin einen Fetzen von ihrem Talar zur Bezahlung ab. Der Tod streckte unter dem Mantel der diebischen Medizin die Klaue hervor, um die Moral zu ergreifen, die Politik aber schlug ihn so heftig darauf, daß er laut heulte, und fürchterlich grinste. Die Poesie ließen sie, mit verbranntem Steiße, herumhüpfen, weil sie nackend, und ihr nichts abzuschneiden war. Endlich erbarmte sich ihrer die Geschichte, und legte ihr ein nasses Blatt aus einem empfindsamen Roman drauf. Die Politik spannte sie alsdann alle zusammen vor ihren Wagen, und fuhr im Triumphe davon.

Die ganze Hölle schlug Beifall in die Hände bei der letzten Vorstellung, und Satan umarmte den Teufel Leviathan, der dieses Schauspiel veranstaltet, und ihm so süß geschmeichelt hatte; denn es war eine seiner stolzen Grillen, von den Teufeln für den Erfinder der Wissenschaften gehalten zu werden. Oft sagte er in seinem Übermut: »Er habe sie einst mit den Töchtern der Erde im Ehebruch gezeugt, um die Menschen von dem graden, einfachen und edlen Gefühl ihres Herzens abzulenken, ihnen den Schleier ihres Glücks vor den Augen wegzureißen, sie mit ihrer Beschränktheit und Schwäche bekannt zu machen, und ihnen peinigende Zweifel über ihre Bestimmung einzuimpfen. Er habe sie dadurch gelehrt, über den Ewigen und die Tugend zu vernünfteln, damit sie vergessen möchten, diesen anzubeten, und jene auszuüben. Wir«, setzte er dann hinzu, »haben mit offnen und kühnen Waffen den Himmel bekriegt, ihnen hab ich wenigstens die Mittel an die Hand gegeben, unaufhörlich mit dem Ewigen zu scharmutzieren.« Elende Prahlerei! werden sich die Menschen das nehmen lassen, worauf sie nie stolzer sind, als wenn sie es mißbrauchen?

Man bewundre doch hier einen Augenblick mit mir, wie sich darinnen alle Höfe gleichen, daß meistens die Großen durch das Verdienst, die Arbeit, den Schweiß der Kleinen die Gunst des Fürsten gewinnen, und die Belohnung davon tragen. Leviathan gibt sich geradezu für den Erfinder dieses allegorischen Ballets aus, läßt sich dafür liebkosen und danken, gleichwohl ist der Autor davon der bayerische Hofpoet, der erst kürzlich Hungers, folglich in Verzweiflung, gestorben und so zur Hölle gefahren war. Er verfertigte dieses Ballet auf des Fürsten Leviathans Befehl, der den Sinn hatte, Talente auszuspähen, nach dem neusten Geschmack seines Hofes, und legte vermutlich die giftige Anspielung auf die Wissenschaften darum hinein, weil sie ihn so schlecht genährt hatten. Vielleicht auch, daß Leviathan, der so gut wußte, was dem Satan gefiel, ihm den Wink dazu gegeben hat. Es sei wie ihm wolle, dieser erntete den Lohn ein, und der dünne Schatten des bayerischen Hofpoets saß kauernd hinter einem Felsen des Theaters, und sah mit tiefem Schmerz, wie der Satan den Leviathan für seine Arbeit liebkoste.

7

Die frohen, berauschten Teufel lärmten hierauf, daß sie das Geheul der Verdammten selbst überbrüllten. Auf einmal erscholl Fausts mächtige Stimme von der Oberwelt durch die Hölle. Es war ihm gelungen, durch seinen Zauber bis in den Abgrund zu dringen, und einen der ersten Fürsten des schwarzen Reichs aufzufordern. Seiner Gewalt war nicht zu widerstehen. Frohlockend fuhr Satan auf: »Es ist Faust, der da ruft; nur dem Kühnen konnte es gelingen, nur der Verwegne konnte es wagen, so gewaltsam an die ehernen Pforten der Hölle zu schlagen. Auf! ein Mann wie er ist mehr wert als tausend der elenden Schufte, die wie Bettler sündigen, und auf eine alltägliche Art zur Hölle fahren.« Er wandte sich zu dem Teufel Leviathan, seinen Liebling:

»Dich, den geschmeidigsten Verführer, den grimmigsten Hasser des Menschengeschlechts, fordre ich auf, hinaufzufahren, und mir die Seele dieses Kühnen durch deine gefährliche Dienste zu erkaufen. Nur du kannst das gierige Herz, den stolzen rastlosen Geist dieses Verwegnen fesseln, sättigen, und dann zur Verzweiflung treiben. Fahre hinauf, verjage den Dunst der Schulweisheit aus seinem Gehirne. Segne durch das üppige Feuer der Wollust, die edlen Gefühle seiner Jugend, aus seinem Herzen. Öffne ihm die Schätze der Natur, treibe ihn hastig ins Leben, daß er sich schnell überlade. Er sehe Böses aus Gutem entspringen, das Laster gekrönt, Gerechtigkeit und Unschuld mit Füßen getreten, wie es der Menschen Art ist. Führe ihn durch die wilden, scheußlichen Szenen des menschlichen Lebens, er verkenne den Zweck, verliere unter den Greueln den Faden der Leitung und Langmut des Ewigen. Und wenn er dann abgerissen steht von allen natürlichen und himmlischen Verhältnissen, zweifelnd an der edlen Bestimmung seines Geschlechts, der Sinn der Wollust und des Genusses in ihm verdampft ist, er sich an nichts mehr halten kann, und der innre Wurm erwacht, so zergliedere ihm mit höllischer Bitterkeit die Folgen seiner

Taten, Handlungen und seines Wahnsinns, und entfalte ihm die ganze Verkettung derselben, bis auf künftige Geschlechter. Ergreift ihn dann die Verzweiflung, so schleudere ihn herunter, und kehre siegreich in die Hölle zurück.«

LEVIATHAN. Satan, warum wendest du dich abermals an mich? Du weißt es, mir ist das ganze Menschengeschlecht und die Erde, ihr Tummelplatz, längst zum Ekel geworden. Was ist aus den Kerls zu machen, die weder Kraft zum Guten noch Bösen haben? Den, der eine Zeitlang mit dem Phantom Tugend buhlt, machen bald Gold, Ehrgeiz oder Wollust zum Schurken, und tritt auch einer oder der andre kühn in die Bahn des Lasters, so fährt er auf halbem Wege vor den Gespenstern seiner schwächlichen Einbildungskraft zurück. Ja, wenn es noch ein heißer, stolzer Spanier, ein rachsüchtiger, spitzbübischer Italiener; oder ein lustiger, verbuhlter Franzose wäre! aber ein Teutscher? träge Klötze, die sich vor Ansehen und Reichtum, vor allen unnatürlichen Unterscheidungen der Menschen sklavisch beugen, von ihren Fürsten und Großen glauben, sie seien von edlerem Stoffe gemacht als sie, und ganze Kerle zu sein glauben, wenn sie sich für sie totschlagen, oder zum Totschlagen an andre Fürsten verkaufen lassen. Vernimmst du seit Jahrhunderten ein Wort von Empören gegen Tyrannei? von Kampf und Blutvergießen um Freiheit und die Rechte der Menschheit. Sie glauben sich frei, weil es ihre Fürsten und Bischöfe sind, die sie schinden können, wie es ihnen gefällt. Noch ist keiner von ihnen auf eine stattliche Art zur Hölle gefahren, ein Beweis, daß dies Volk keine sich auszeichnende Köpfe hat. Ich meine von jenen, die keck alle Verhältnisse benagen, den diamantnen Schild Eigenheit* erkämpfen, an dem sich alle himmlische und irdische Vorurteile zerschlagen. Zeige mir einen solchen Mann, der auf die Gefahr seiner Seele groß sein und bleiben will, und ich fahre hinauf.

SATAN. Leviathan, sollen Teufel sich von Vorurteilen blen-

* Originalität.

den lassen, wie die Söhne des Staubs? Der Mann nach unserm Sinn wird unter jedem Himmelsstrich geboren; dies wird er dir beweisen. Er ist einer von denen, die die Natur zum Großen geschaffen, mit allen heißen Leidenschaften ausstaffiert hat, und die sich gegen die alten Verträge der Menschen empören. Wenn ein solcher Geist durch dieses Spinnengewebe reißt, so gleicht er einer Flamme, die durch ihre Heftigkeit den Stoff ihres Glanzes nur schneller aufzehrt. Er ist einer der Philosophen auf Schöngeist gepfropft, die durch die Einbildungskraft fassen wollen, was dem kalten Verstande versagt ist, und die, wenn es ihnen mißlingt, alles Wissen verlachen, und den Genuß und die Wollust zu ihrem Gott machen. Fahr hinauf, Leviathan, bald wird ein Feuer in Teutschland ausbrechen, das ganz Europa umfassen wird. Schon schießt der Keim des Wahnsinns auf Jahrhunderte auf, und das, was der Teutsche einmal gefaßt hat, davon läßt er nicht ab.

»Bravo, satanische Majestät!« rief auf einmal ein Schatten obiger Art, der hinter dem Satan zur Aufwartung stund; »mögen sich die Spötter dies merken. Ja wohl, was der Teutsche einmal gefaßt hat, davon läßt er nicht ab!«

Die Teufel erstaunten über die Kühnheit des elenden Schatten; aber Satan, der wegen des Ballets und Fausts Erfindung bei guter Laune war, blickte ihn gnädig an, und sagte:

»Wer bist du dünne Gestalt?« »Ein teutscher Doktor Juris, hochgebietender Satan! Halte mir doch, Eure gestrenge Majestät, zu Gnaden, wenn ich respektwidrig meine Empfindlichkeit über die Verspottung meines Vaterlands zeigte, und zugleich merken ließ, wie sehr mich das Lob Eurer Majestät ergötzte. Dürft ich es nur untertänigst wagen, Teutschlands Verteidigung gegen den großen und furchtbaren Fürsten Leviathan zu übernehmen, ich bin gewiß, er würde es bald, vor allen Ländern Europas, zu seinem Aufenthalt erwählen.

Satan lächelte, und sagte: »Ich vergebe dir deine Kühnheit; steige auf das Theater, und laß hören, was du zum Lobe deines Vaterlands vorzubringen hast. Es soll mir lieb sein, wenn du die Teutschen bei dem Fürsten Leviathan in Gunst setzest.«

Der Doktor Juris stieg keck auf die Bühne, sah sich um, und erhub seine Stimme:

»Vorerst, furchtbare Fürsten der Hölle, erlaubt mir, daß ich einen allgemeinen Blick, auf Teutschlands weise Verfassung werfe; gelingt mir dieses, wie ich mir schmeichele, so will ich dann versuchen, jede Anklage des Fürsten Leviathans, Stück für Stück, zu beantworten. Vergebt mir, wenn meine Beredsamkeit dem hohen Gegenstand nicht entspricht. Noch bin ich des Dampfes, Gebrauses und Geheuls der Hölle nicht ganz gewohnt; ich lebte auf Erden immer in der Stille der fürstlichen Gemächer, wo keiner laut zu schreien wagt, wenn auch selbst der Tod, in der Gestalt einer peinigenden Kolik, in seinen Eingeweiden wütete. Auch ist es schwer, vor einer so gefährlichen Gesellschaft ohne Zittern, und aus dem Stegreife zu reden; doch Vaterlands-Liebe besiegt selbst die Schrecken der Hölle. Aber nur in einem Teutschen! Mögen es die Spötter merken!

Unser geliebtes Teutschland ist, wie alle Welt weiß, eine wahre fürstliche Republik, bestehend aus welt- und geistlichen Fürsten, Grafen, Baronen, und des Heiligen Römischen Reichs Rittern, die sich alle unter dem erhabenen Glanze eines einzigen Oberhaupts vereinigen. Von welchem Lande kann man dies sagen? Kühn fordere ich die ganze Hölle auf, alle große Geister, die sie in ihrem unendlichen Bezirk einschließt, mir eine erhabnere Staats-Verfassung zu zeigen? Gebt euch nur die Mühe, ihr Spötter, die ihr mich mit euren Grimassen verwirren möchtet, sie zu studieren; ihr werdet bald sehen, daß es selbst für einen Teufel ein ungeheures Unternehmen ist, das aber freilich die Mühe reichlich belohnt. Sagt mir, wo auf Erden glänzt das Feudalsystem*,

* Ich weiß, daß ich hier Gefahr laufe, beschuldigt zu werden, den Sinn der ganzen Rede des Doktors aus einigen teutschen Journalen abgeschrieben zu haben. Man tut mir aber sehr unrecht; die Züge passen nur auf

das Meisterstück der Gewalt und des menschlichen Verstandes, in seiner ganzen Pracht, als in Teutschland? Wo hat es sich so rein und vollkommen erhalten, als in Teutschland? Darum auch ist kein Reich auf Erden glücklicher, als mein geliebtes Vaterland. Fürsten- und Herren-Recht auf der einen Seite; auf der andern Gehorsam, wie es sein muß. Ich habe wohl ehedem Bücher über andre Staatsverfassungen gelesen; aber sie wollen eben nicht viel sagen. Sie sind vor Jahrtausenden geschrieben, d. i. zu einer Zeit, wo die Staatsleute noch so kindisch waren, ein langes und breites über das Volk und dessen Gerechtsame zu schwatzen. Wahrlich es ist mir unbegreiflich, wie die Alten, die doch in manchen andern Stücken einen Anschein von Verstand haben, über diesen Punkt solchen Unsinn lehren konnten. Doch die Blinden kannten leider das Feudal-System nicht! und Männer, die sie Barbaren schalten, haben dies herrliche Gebäude, auf den Trümmern des ihrigen, aufgeführt. Es wäre nun einmal Zeit, daß man diese alten Bücher auf die Seite schaffte, denn unsere Staatsbücher enthalten alles, was der Mensch zu wissen nötig hat. Ich schwöre euch, erhabene Fürsten der Hölle, wenn mir einer von euch, außer den Rechten benannter hohen Personen, nur ein einzig Wort über das Recht des Gesindels der Menschen in einem unserer Staats-Büchern zeigen kann, so will ich mich zu einer brennenden Fackel drehen lassen, und die Ehre haben, auf Seiner Majestät prächtiger Tafel zu leuchten. Sollte diese Strafe meiner Vermessenheit nicht hinreichend scheinen, so mag mich seine hohe Satanische Majestät

das funfzehente Jahrhundert, in welchem dieses Drama spielt. Weiß doch jedermann, daß gegenwärtig von diesem System, das den Doktor noch in der Hölle entzückt, keine Spur in Teutschland zu finden ist. Ich konnte darum dem Publico diese Rede nicht weiter vorenthalten, damit man sehe, wie weit wir uns von unsern Vorfahren entfernt haben. Doch dieses werden die berühmten Kapitel über die Privilegien und die Rechte teutscher Nation in unserm vortrefflichen klassischen Buche über die teutsche Staats-Verfassung noch besser ins Licht setzen. Man vergleiche es nur mit Colins Werk über Engelland, und man wird sehen, daß sich beide Bücher, wenigstens in den Kapiteln über Volks-Recht, vollkommen gleichen.

zu dem Mönch, der das Pulver erfunden hat – (im Vorbeigehen gesagt, auch ein teutscher – merkt es, ihr Spötter! – Der Ewige stürzte ihn in die Hölle, weil er, anstatt für die Erhaltung seiner Brüder zu beten, zu ihrer Zerstörung arbeitete –) so sag ich nun – Seine Majestät soll mich, wenn Ihr mir ein solches Recht aufweisen könnt, in den Mittelpunkt der glühenden Kugel keilen lassen, den sie besagtem Mönch zum eignen warmen Aufenthalt anzuweisen geruhte, und mögen die gnädigen Herren, mit besagter Kugel, und unsern hineingekeilten Seelen, zum hohen Zeitvertreib den Ball schlagen, so oft es ihnen gefällt. Ich hab an unsern Höfen gelernt, mit mir spielen zu lassen.«

»Bravo«, riefen die Teufel. »Ein wahrer Patriot! Nimm ihn beim Wort, Satan!«

Satan lächelte: »Fahr fort, Doktor, du wirst nicht zu dem Mönch in die glühende Kugel gekeilt werden, denn wir haben nie von einem solchen Rechte, wohl aber von einem Faustrecht gehört.«

Doktor Juris. Ein vortreffliches edelmännisches Recht, das leider etwas in Abnahme kommt.

Die Teufel wieherten und zischten.

Doktor Juris. Wiehert nur ihr Spötter, und schneidet mir Gesichter! die gnädige Miene, das Huldlächeln Satans versüßen mir euren Spott. Ha, wißt nur immer, ein Doktor Juris ist in Teutschland ein ganzer Kerl, und wird ein Edelmann, sobald er promoviert hat. Übrigens gibt ihm sein Diplom das Recht, das Gesindel von Menschen so gut nach seiner Art zu schinden, wie der Edelmann. Denn hat bei uns der Edelmann das Faustrecht seiner Hände, so hat der Gelehrte das weit gefährlichere Faustrecht des Verstandes. Und er nutzt dieses Recht sogar ohne Gefahr für seine hohe Person, denn eben die Gesetze, die er gegen oder für andere wendet und dreht, wie er will, werden ein Schild gegen jeden Angriff an seiner klugen Brust. Daraus seht ihr zugleich, was Gelehrsamkeit für ein Ding ist!

Satan. Der Mann spricht ganz wie ein Mensch, und macht

mir viel Freude. Leviathan, hättest du dieses einem Teutschen zugetraut? – Es lebe Teutschland und treibe viele deinesgleichen hervor! Es lebe das Feudal-System!

DIE TEUFEL *brüllten.* Es lebe Teutschland! Es lebe das Feudal-System!

Den ersten Freudenruf schrie Fürst Leviathan nicht mit.

SATAN. Doktor, hast du noch etwas zu sagen?

DOKTOR JURIS. Eure Majestät erlauben mir nun, dem Fürsten Leviathan auf seine besondern Anklagen zu antworten. Erstlich sagt er: Ja wenn es noch ein heißer Spanier, ein rachsüchtiger, spitzbübischer Italiener, oder ein verbuhlter Franzose wäre! Meint etwa der Herr, wir hätten keine hervorstechende Laster? Geh er doch in unsre Klöster und an die Höfe unsrer Fürsten; oder laß ihn, Hochgebietender! nur einen kleinen Spazierritt durch die Hölle machen, und meine brave Landsleute fragen, warum sie hier sind? Freilich nach mir muß er sie nicht beurteilen; ich hatte nicht Kraft genug, ein großer, kühner Sünder zu werden; aber dies kam daher, daß ich meinen Vorteil mehr im Heucheln gewisser Tugenden fand, und mich meine Frau zu tyrannisch beherrschte. Bloß darum bin ich nun ein Mittelding unter den Verdammten.

Zweitens sagt Fürst Leviathan: wir beugten uns sklavisch vor den Großen, und glaubten, unsre Fürsten seien von edlerm Stoffe wie wir. Warum denn nicht? Sind unsre Fürsten nicht vortreffliche Herren? Ein großer Herr ist freilich ein andres Ding, als unser einer, denn er kann wohl und weh tun. Sollen wir etwa nicht das Volk in diesem Wahn zu erhalten suchen, da wir feinern Leute, unter ihren schützenden Flügeln, unser Hühnchen ungestört rupfen? Ist ja doch überall Rangordnung, auf der Erde, hier in der Hölle, und dem Lande, von dem ich ausgeschlossen bin!

Drittens sagt Fürst Leviathan: die Teutschen glaubten ganze Kerle zu sein, wenn sie sich für ihre Fürsten totschlagen; oder zum Totschlagen an andere verkaufen ließen. Auf das erste antworte ich nicht, denn dafür sind sie da, wie wir Juristen beweisen; aber warum sollte er sie nicht verkaufen? Verkauft nicht jeder sein Eigentum, es sei Ochs, Rind, Pferd, Kuh, Schwein oder Kalb? Und wenn ihm nun sein Land nicht Gold genug geben kann, es andern Fürsten in Pracht und Aufwand gleich zu tun? Doch ich schäme mich über eine so klare Sache vor einer so erleuchteten Versammlung, vor unsterblichen Geistern, ein weiteres zu reden.

Viertens sagt Fürst Leviathan zu seiner Majestät: Vernimmst du seit Jahrhunderten etwas von Empören gegen Tyrannei: Was will er mit diesem Worte sagen? Wir kennen keine Tyrannei, unsre Fürsten sind die besten Herren von der Welt, so lang sie ihren Willen haben, das heißt, tun dürfen, was ihnen gefällt, und mich deucht, wenn man dies nicht kann, so ist es wohl nicht der Mühe wert, ein Fürst zu sein. Außerdem macht es der Nation Ehre, einen Herrn zu haben, der alles vermag, und dem niemand widersprechen darf. Und warum sollten sie sich empören? Was geht ihnen wohl ab? Sind sie nicht gekleidet, dürfen essen und trinken, was sie bezahlen können? Erlaubt man ihnen nicht alle übrige Freuden des Fleisches, wenn sie nur tun, was man ihnen befiehlt, und ihren Überfluß zur Ehre des Landes hergeben. Auch ist dem Fürsten das Wort schinden entfallen. Was soll es heißen? Das Schaf trägt Wolle, damit es geschoren werde, der Bürger und der Bauer haben darum Hände, daß sie im Schweiß ihres Angesichts arbeiten, und die Gelehrten, die Geistlichen, die Großen, der Adel und die Fürsten, haben darum Verstand, für sie zu denken, zu wachen, und den Gewinn ihres Schweißes zu verzehren. Dieses alles liegt in der Natur, sehr edle Herren, und ist überall Sitte.

Was da fünftens Fürst Leviathan von der Eigenheit* und ihrem diamantnen Schilde gesprochen hat, und merken

* Originalität.

ließ, als wenn uns diese fehlte, so würde ich darüber lachen, wenn es einem armen Schatten, wie ich bin, erlaubt wäre. Ei! sind doch unsre Privilegien unsre Eigenheit, und wer die antastet, der würde ebenso gut tun, einen schlafenden hungrigen Wolf bei den Ohren zu zupfen. Auch sprach der Fürst Leviathan, etwas von dem Rechte der Menschheit. Darauf antworte ich nicht, denn ich habe in meinem Leben nichts davon gehört, und wenn ich, der ich alle alte und neue Bücher gelesen habe, nichts davon weiß, wenn mir, der ich mit den Großen mein ganzes Leben zugebracht habe, nichts davon zu Ohren gekommen ist, so muß wohl an dem ganzen Dinge nichts sein. Recht heißt von einer Seite b e f e h l e n , von der andern g e h o r c h e n , und dies prägt sich den rohen Sinnen stärker ein, wie mir einstens der Fürst-Bischof –

Beelzebub. Hm – ein Fürst-Bischof! Was doch die Menschen für widersprechende Dinge zusammensetzen.

Doktor Juris. Nicht so widersprechend wie es scheint, Fürst Beelzebub. Diese Begriffe hängen sich an einander, wie Herrschsucht und Demut – Frömmigkeit und Heuchelei! –

Satan. Steige herunter Doktor, ich bin zufrieden mit dir. Mir gefällt dein Eifer. Auch mir liegt daran, daß das Feudal-System erhalten werde, das seine Wurzel so wie die Wissenschaften in meinem Reiche hat. Du sollst suchen deine Meinung weiter unter den Menschen auszubreiten, und dazu will ich dir Gelegenheit geben. Höre! ich befördere dich aus der Küche in das Kabinet, und schicke dich mit meinem Gesandten als Sekretair an den nahen Reichstag, daß du dorten deine Grundsätze ausbreitest. Bringe sie geschwind zu Papier, und blase sie einem Sohne des Staubs in das Gehirn!

– Ja das Feudal-System ist eine herrliche Erfindung für die Hölle. Aus Verzweiflung fährt das Gesindel der Menschen herunter, wie der Doktor sie nennt, und die Ungerechtigkeit und Schwelgerei sendet ihnen ihre Unterdrücker nach.

Der Doktor Juris fiel hierauf dankbar auf den verbrannten Boden, küßte Satans Füße und stund triumphierend auf. Die Teufel fingen von neuem an zu lachen und zu toben, als zum zweitenmal Fausts gebieterischer Ruf ertönte. Satan fuhr fort:

Du hörst an seinem Ruf, daß er keiner der Schwächlinge ist. So wütend hat noch keiner an die Pforte der Hölle geschlagen, wahrlich der Kerl ist ein Genie. Fahre schnell hinauf, denn wenn du zögerst, so möchte er an der Kraft seines Zaubers zweifeln, und die Hölle verlöre die Früchte seines Frevels. Wisse, ein Mann wie er, ist mehr Gewinn für uns, als tausende der Schufte, die täglich herunterfahren.

Zornig erwiderte der Teufel Leviathan:

»Ich schwöre bei dem glühenden, stinkenden Pfuhl der Verdammten, der Verwegne soll diese und die Stunde seiner Geburt verfluchen, und den Ewigen einst lästern! Er soll es büßen, daß ich um seintwillen das mir verhaßte Teutschland betreten muß!«

Er fuhr in Dampf gehüllt hinaus, und die frohlockende Hölle jauchzte ihm nach.

8

Faust stund in seinem Zauberkreise wild begeistert. Zum drittenmal rief er mit donnernder Stimme die furchtbare Formel. Die Türe fuhr plötzlich auf, ein dicker Dampf schwebte an dem Rande des Kreises, er schlug mit seinem Zauberstab hinein, und rief gebietend:

»Enthülle dich, dunkles Gebilde!«

Der Dampf floß hinweg, und Faust sah eine lange Gestalt vor sich, die sich unter einem roten Mantel verbarg.

FAUST. Langweilige Mummerei für einen, der dich zu sehen wünscht! Entdecke dich dem, der dich nicht fürchtet, in welcher Gestalt du auch erscheinest!

Der Teufel schlug den Mantel zurück, und stund in erhabner, stattlicher, kühner und kraftvoller Gestalt vor dem Kreise. Feurige, gebietrische Augen leuchteten unter zwo schwarzen Braunen hervor, zwischen welchen Bitterkeit, Haß, Groll, Schmerz und Hohn dicke Falten zusammengerollt hatten. Diese Furchen verloren sich in einer glatten, hellen, hochgewölbten Stirne, die mit dem Merkzeichen der Hölle zwischen den Augen sehr abstach. Eine feingebildete Adlernase zog sich gegen einen Mund, der nur zu dem Genusse der Unsterblichen gebildet zu sein schien. Er hatte die Miene der gefallnen Engel, deren Angesichter einst von der Gottheit beleuchtet wurden, und die nun ein düstrer Schleier deckt.

FAUST, *erstaunt.* Ist der Mensch denn überall zu Hause? – Wer bist du?

TEUFEL. Ich bin ein Fürst der Hölle, und komme, weil dein mächtiger Ruf mich zwingt.

FAUST. Ein Fürst der Hölle unter dieser Maske? unter der Gestalt des Menschen? Ich wollte einen Teufel haben, und keinen meines Geschlechts.

TEUFEL. Faust, vielleicht sind wir es dann ganz, wenn wir euch gleichen; wenigstens kleidet uns keine Maske besser. Ist es nicht eure Weise, das zu verbergen, was ihr seid, und das vorzugaukeln, was ihr nicht seid?

FAUST. Bitter genug, und wahrer noch als bitter, denn sähen wir von außen so aus, wie wir in unserm Innern sind, so glichen wir dem, was wir uns unter euch denken; doch dachte ich dich fürchterlich, und hoffte meinen Mut bei deiner Erscheinung zu prüfen.

TEUFEL. So denkt ihr euch alle Dinge anders, als sie sind. Vermutlich hast du den Teufel mit den Hörnern und den Bocksfüßen erwartet, wie ihn euer furchtsames Zeitalter schildert. Seitdem ihr aufgehört habt, die Kräfte der Natur anzubeten, haben sie euch verlassen, und ihr könnt nichts Großes mehr denken. Wenn ich dir erschiene, wie ich bin, die Augen drohende Kometen, einherschwebend wie eine dunkle Wolke, die Blitze aus ihrem Bauche schleudert – das Schwert in der Hand, das ich einst gegen den Rächer zog, den ungeheuren Schild an dem Arme, den sein Donner durchlöchert hat, du würdest in deinem Kreise zu Asche werden.

Ich wolte einen Teufel haben, und keinen meines Geschlechts.

FAUST. Nun so hätte ich doch einmal etwas Großes gesehen.

TEUFEL. Dein Mut würde mir gefallen; aber nie seid ihr lächerlicher, als wenn ihr erhaben zu fühlen glaubt, indem ihr das Kleine, das ihr umfassen könnt, mit dem Ungeheuren und Großen, das ihr nicht übersehen könnt, zusammenstellt. So mag der Wurm den vorübergehenden Elefanten dann auch ausmessen, und im Augenblicke seine Schwere berechnen, wenn er unter seinem gewaltigen Fuße hinstirbt.

FAUST. Spötter! und was ist der Geist in mir, der, wenn er einmal den Fuß auf die Leiter gesetzt hat, von Sprosse zu Sprosse, bis ins Unendliche steigt? Wo ist seine Grenze?

TEUFEL. Vor deiner Nase, wenn du aufrichtiger sein willst, als ihr's gewohnt seid; doch wenn du mich um dieses Schnickschnacks aus der Hölle gerufen hast, so laß mich immer wieder abziehen. Ich kenne schon lange eure Kunst, über das zu schwatzen, was ihr nicht versteht.

FAUST. Deine Bitterkeit gefällt mir, sie stimmt zu meiner Lage, und ich muß dich näher kennen lernen. Wie heißest du?

TEUFEL. Leviathan, das ist Alles, denn ich vermag alles.

FAUST. O des Großsprechers! Prahlen die Teufel auch?

TEUFEL. Der Gestalt Ehre zu machen, in welcher du mich siehst. Setze mich auf die Probe. Was verlangst du?

FAUST. Verlangen? o des lang gedehnten Worts für einen Teufel. Wenn du bist, was du scheinen willst, so führe meine Begierden in ihrem Keimen aus, und befriedige sie, bevor sie Willen geworden sind.

TEUFEL. Ich will deinem Sinne näher rücken. Das edle Roß beißt in die Stange, so der Mensch, der sich Flügel fühlt, im Licht zu schweben, und den eine tyrannische Hand in dunklen Abgrund drückt. Faust, viel ahndet dein feuriger Geist, aber das, was du umfassen möchtest, verschwindet, und das Erhaschte ist immer nur Schattenbild deiner eignen Gestalt.

FAUST. Rascher!

TEUFEL. Noch schlage ich leise an deiner Seele an, wenn ich einst deine Sinne berühre, wirst du noch heißer auflodern. Ja, du bist einer der Geister, die die alltäglichen Verhältnisse des Menschen verbrennen, denen das nicht gnügt, was der Karge ihnen aufgetischt hat. Mächtig ist deine Kraft, ausgedehnt deine Seele, kühn dein Wille; aber der Fluch der Beschränktheit liegt auf dir, wie auf allen – Faust, du bist so groß, als der Mensch sein kann.

FAUST. Maske des Menschen, fahr in die Hölle zurück, wenn du uns auch im Schmeicheln nachäffest!

TEUFEL. Faust, ich bin ein Geist aus flammendem Lichte geschaffen, sah die ungeheuern Welten aus Nichts hervortreten, du bist aus Kot geschaffen, und von gestern her – werd ich dir schmeicheln?

FAUST. Und doch mußt du mir dienen, wenn mir's gefällt.

TEUFEL. Dafür erwarte ich Lohn und den Beifall der Hölle; der Mensch und der Teufel tun beide nichts umsonst.

FAUST. Welchen Lohn erwartest du?

TEUFEL. Ein Ding aus dir gemacht zu haben, das mir gleicht, wenn du die Kraft dazu hast.

FAUST. Da wär' ich etwas Rechts! doch du kennst den Menschen schlecht, für einen so gewandten Teufel, wenn du an der Kraft desjenigen zweifelst, der es einmal gewagt hat, aus den Banden zu springen, die die Natur so fest um unser Herz gelegt hat. Wie sanft schienen sie mir einst, da meine Jugend, die Welt und die Menschen in den schimmernden Glanz der Morgenröte kleidete. Es ist vorbei, schwarz ist nun mein Horizont, ich stehe im halben Lauf des Lebens an dem Rande der dunklen Ewigkeit, und habe die Regeln zerrissen, die das Menschengeschlecht in Harmonie zusammen hält.

TEUFEL. Was schwärmst du da, Faust? Harmonie! ist sie es, die den verworrnen Tanz des Lebens leitet?

FAUST. Schweig! ich fühle es vielleicht zum letztenmal, blicke vielleicht zum letztenmal in die bunten, wonnevollen Gefilde der Jugend zurück. Daß der Mensch aus diesem seligen Traum erwachen muß! daß die Pflanze aufschießen muß, um als Baum zu verdorren; oder gefällt zu werden! Lächle, Teufel, ich war einst glücklich. Verschwinde, was nicht mehr zu erhaschen ist! Ja, nur dann haben wir Kraft, wenn wir dem Bösen nachjagen! Und worin bin ich groß? Wär ich's, würd' ich deiner bedürfen? Geh, tückischer Schmeichler, du willst mir nur zu fühlen geben, wie klein ich bin.

TEUFEL. Derjenige, der zu fühlen fähig ist, worin er schwach ist, und den Mut hat, das zu zertrümmern, wodurch er's ist, ist wenigstens darinnen groß. Mehr wollt ich nicht sagen, und weh dir, wenn ich dich durch Worte aufreizen soll.

FAUST. Sieh mich an, und sage mir, was dich mein Geist fragt, das was ich nicht zu sagen wage!

Bei diesen Worten deutete Faust auf sich, dann gegen den Himmel, und machte eine Bewegung mit seiner Zauberrute gegen Auf- und Niedergang der Sonne. Er fuhr fort:

Du hörst den Sturm wüten – warst, da noch nichts war –

Hier deutete er auf seine Brust und Stirne:

Hier ist Nacht, laß mich Licht sehen!

TEUFEL. Verwegner, ich verstehe deinen Willen, und schaudere vor deiner Kühnheit, ich, ein Teufel.

FAUST. Elender Geist, du windest dich mit dieser Ausflucht nicht los. In meinem glühenden Durste würd ich unternehmen, das ungeheure Meer auszutrinken, wenn ich in seinem Abgrunde das zu finden hoffte, was ich suche. Ich bin dein; oder dessen – noch steh ich da, wohin kein Teufel dringen kann, noch ist Faust sein Herr!

TEUFEL. Das warst du vor einem Augenblick noch. Dein Los ist geworfen, war geworfen, da du diesen Kreis betratst. Wer in mein Angesicht geblickt hat, kehrt umsonst zurück, und so verlaß ich dich.

FAUST. Reden sollst du, und die dunkle Decke wegreißen, die mir die Geisterwelt verbirgt. Was seh ich in dir? ein Ding, wie ich es bin. Ich will des Menschen Bestimmung erfahren, die Ursach des moralischen Übels in der Welt. Ich will wissen, warum der Gerechte leidet, und der Lasterhafte glücklich ist. Ich will wissen, warum wir einen augenblicklichen Genuß durch Jahre voll Schmerzen und Leiden erkaufen müssen. Du sollst mir den Grund der Dinge, die geheimen Springfedern der Erscheinungen der physischen und moralischen Welt eröffnen. Faßlich sollst du mir den machen, der alles geordnet hat, und wenn der flammende Blitz, der diesen Augenblick durch jene schwarze Wolke reißt, mein Haupt sengte, und mich leblos in diesen Zirkel der Verdammnis hinstreckte. Glaubst du, ich habe dich um Gold und Wollust allein heraufgerufen? Jeder Elende mag seinen Bauch füllen, und die Wollust des Fleisches stillen. – Du bebst? Hab ich mehr Mut als du? Welche zitternde Teufel speit die Hölle aus? Und du nennst dich Leviathan, der alles kann? – Weg mit dir, du bist kein Teufel, du bist ein elendes Ding, wie ich es bin!

TEUFEL. Kühner! du hast die Rache des Rächers noch nicht gefühlt wie ich. Die Ahndung davon würde dich in Staub verwandeln, und wenn du die Kraft des Menschengeschlechts, von dem ersten bis zu dem letzten Sünder, in deiner Brust trügest. Dringe weiter nicht in mich.

FAUST. Ich will und bin bestimmt.

TEUFEL. Du flößest mir Ehrfurcht und Mitleid ein.

FAUST. Ich fordere nur Gehorsam.

TEUFEL. So hadere mit dem, der eine Fackel in dir angezündet hat, die dich aufbrennen muß, wenn sie die Furcht nicht auslöscht.

FAUST. Ich habe es getan, und umsonst. Ich habe ihn um Licht angefleht, er schwieg; ich habe ihn in finstrer Verzweiflung aufgefordert, er schwieg. Gebet und Grimm vermögen nichts bei dem, der blinden Gehorsam, sklavische Unterwerfung, in Qual und Finsternis, zum ewigen Gesetz gemacht zu haben scheint. Er peiniget uns durch eben den Verstand, den er uns gegeben hat. Wozu eine Fackel, wenn ihre dampfende Glut, den Irrenden nur blendet? Sie leuchte mir einmal helle auf dem dunklen Wege, und verbrenne mich dann, wenn es so sein muß. Gehorche, und schnell!

TEUFEL. Unzubefriedigender! Nun so wisse, daß auch die Teufel ihre Grenzen haben. Seitdem wir gefallen sind, haben wir die Vorbildung der erhabenen Geheimnisse, bis auf die

Sprache, sie zu bezeichnen, verloren. Nur die unbefleckten Geister jener Welt vermögen sie zu denken und zu besingen.

FAUST. Glaubst du mich durch eine listige Wendung in dem zu täuschen, wornach mein Gaumen so lüstern ist?

TEUFEL. Tor, um mich an dir zu rächen, wünscht ich dir, mit den glänzenden Farben des Himmels das zu schildern, was du verloren hast, und dich dann der Verzweiflung zu überlassen. Wüßt ich auch mehr, als ich weiß, kann die Zunge aus Fleisch gebildet dem Ohr aus Fleisch gebildet faßlich machen, was außer den Grenzen der Sinne liegt, und der körperlose Geist nur begreift?

FAUST. So sei Geist und rede! Schüttle diese Gestalt ab!

TEUFEL. Wirst du mich dann vernehmen?

FAUST. Schüttle diese Gestalt ab, ich will dich als Geist sehen.

TEUFEL. Du sprichst Unsinn – nun so sieh mich – ich werde sein, und dir nicht sein; ich werde reden, und du wirst mich nicht verstehen.

Nach diesen Worten zerfloß der Teufel Leviathan in helle Flamme, und verschwand.

FAUST. Rede, und enthülle die Rätsel.

Wie der sanfte West über die beblümte Wiese hinstreicht, und die sanften Blüten leise küßt, so säuselte es an der Stirne und den Ohren Fausts. Dann verwandelte sich das Säuseln in ein steigendes, anhaltendes, rauschendes Rasseln, das dem rollenden Donner, dem Zerschlagen der Wogen an der Brandung, dem Geheule und Gesause in den Felsenklüften glich. Faust sank in seinem Zauberkreise zusammen, und erholte sich mühsam.

FAUST. Ha, ist dies die Sprache der Geister, so verschwindet mein Traum, ich bin getäuscht, und muß in der Finsternis knirschen. So hätt ich nun meine Seele um die Sünde der H———i verkauft, denn dies wäre alles, was mir dieser kupplerische Geist noch leisten könnte. Eben das, warum ich die Ewigkeit auf das Spiel setzte! Erleuchtet, wie nie einer es war, gedacht ich unter die Menschen zu treten, und sie mit meinem

Glanze zu blenden, wie die jung aufgehende Sonne. Der stolze Gedanke, ewig als der Größte in den Herzen der Menschen zu leben, ist hin, und ich bin elender, als ich war. Ich soll mit den übrigen Söhnen des Staubs in der Finsternis knirschen, an der Kette der Notwendigkeit nagen, und weder mich noch sie von dem eisernen Joche befreien. Ha, wo bist du, Gaukler, daß ich meine Wut an dir auslasse?

TEUFEL *(in seiner vorigen Gestalt).*

Hier bin ich. Ich sprach, und du vernahmst den Sinn meiner Worte nicht. Fühle nun, was du bist, zur Dunkelheit geboren, ein Spiel der Zweifel. Dir kann nicht werden, was dir nicht werden soll. Ziehe deinen Geist von dem Unmöglichen ab, und halte dich an das Faßliche. Du wolltest die Sprache der Geister vernehmen, hast sie vernommen, und sankst betäubt hin unter ihrem Schall.

FAUST. Reize nur meinen Zorn, und ich will dich mit meiner Zauberrute bis zu Tränen geißeln, dich an den Rand meines Kreises fesseln, und meinen Fuß auf deinen Nacken setzen; ich weiß, daß ich es kann.

TEUFEL. Tu es, und die Hölle wird deines Zorns lachen. Für jede Träne soll einst die Verzweiflung die Tropfen deines Bluts aus deiner verwegnen Stirne drücken, und die Rache soll die Waage halten, sie abzuwägen.

FAUST. Pfui des Wahnsinns, daß ein edles Geschöpf sich mit einem von Ewigkeit Verworfnen abgibt, der nur Sinn zum Bösen hat, nur im Bösen beistehen kann!

TEUFEL. Pfui des Ekels, einen Menschen anhören zu müssen, der dem Teufel vorwirft, daß er Teufel ist, und nicht mit der Schattengestalt T u g e n d prahlt, wie einer von euch!

FAUST. Prahlt? Taste nur noch den moralischen Wert des Menschen an, wodurch er sich den Unsterblichen nähert, und der Unsterblichkeit würdig macht!

TEUFEL. Ich will dir zeigen, was daran ist.

FAUST. Ich denke wohl, daß du es kannst. Kann es doch jeder von uns, der seine Schlechtigkeit zum allgemeinen Maßstab der Menschen macht, und Tugenden verdächtig macht, die er nie in seiner Brust gefühlt hat. Wir haben Philosophen gehabt, die hierinnen längst dem Teufel vorgegriffen haben.

TEUFEL. Besser wäre es für dich gewesen, du hättest nie einen gelesen, dein Kopf würde gerader, und dein Herz gesünder sein.

FAUST. Verdammt, daß der Teufel immer recht hat!

TEUFEL. Ich will dir anschaulich machen, wovon deine Philosophen schwatzen, und die Wolken vor deinen Augen wegblasen, die Stolz, Eitelkeit und Selbstliebe zusammengetrieben, und so schön gefärbt haben.

FAUST. Wie das?

TEUFEL. Ich will dich auf die Bühne der Welt führen, und dir die Menschen nackend zeigen. Laß uns reisen, zu Wasser, zu Lande, zu Fuße, zu Pferde, auf dem schnellen Winde, und das Menschengeschlecht mustern. Vielleicht daß wir die Prinzessin entzaubern, um welche schon so viele tausend Abenteurer die Hälse gebrochen haben.

FAUST. Topp! Ziehen wir durch die Welt; ich muß mich durch Genuß und Veränderung betäuben; längst hab ich mir einen weitern Kreis zum Bemerken gewünscht, als mein eignes tolles Herz. Laß uns herumziehen, und ich will dich Teufel zwingen, an die Tugend der Menschen zu glauben. Nur der Glaube an den moralischen Wert des Menschen war es, der mir die peinliche Finsternis zu Zeiten erleuchtete. Nur er war es, der meine quälende Zweifel, auf Augenblicke, besänftigte. Ja lächle nur, du sollst mir wahrlich gestehen, daß der Mensch der Augapfel dessen ist, den ich nun nicht mehr nennen darf.

TEUFEL. Dann will ich als Lügner zur Hölle fahren, und dir den Bundbrief zurückgeben, den du heute, mit deinem Blute, unterzeichnen wirst. Wenigstens wirst du auf der großen Schaubühne der Welt deutlicher einsehen, wieviel Anteil der an euch und euren Qualen nimmt, dessen Augapfel du so stolz den Menschen nennst. Bei dem schnellen Pfeil des Tods! eine edle Behandlung für den Günstling eines so mächtigen Herrn. Wenn eure Fürsten den Beweis ihrer Einsetzung von ihm dahineinsetzen, daß sie es euch zur Gnade anrechnen, euch in dem von ihnen zugerichteten Elend leben zu lassen, so haben sie so ganz unrecht eben nicht. Komm, und mache mich zum Lügner!

FAUST. Daß ich dem Teufel doch traute, der mir sein höllisches Gepfusche für Machwerk der Menschen verkaufen möchte. Wie, lächelt der Spötter?

TEUFEL. Den Mönchsgedanken hätte ich hinter dem Manne nicht gesucht, der so lange mit der Philosophie gebuhlt hat; doch darinnen gleicht ihr euch alle, die Weisen und die Toren; was der Sinn nicht fassen kann, lösen Stolz und Eigenliebe zu ihrem eignen Vorteil auf. Sieh da zwei Worte, bös und gut, die ihr zu Begriffen stempeln möchtet; denn wenn ihr die Worte einmal habt, so glaubt ihr auch schon den leeren Schall zum Gedanken geprägt zu haben. Da ihr nun damit nicht fertig zu werden wißt, so haut ihr, um der Plackerei los zu werden, nach eurer Weise hindurch, und natürlich ist das Gute euer eignes Machwerk, und das Böse das Gepfusch des Teufels. So müssen wir arme Teufel nun Tag und Nacht herumreiten, um das Herz und die Einbildungskraft dieses oder jenes Schufts zu einem so genannten Schurkenstreich zu reizen, der ohne dies wohl ein ganzer Kerl geblieben wäre. Faust! Faust! tausend Dinge sucht der Mensch, in den Wolken und außer sich, die in seinem Busen und vor seiner Nase liegen. Nein, ich will auf unsern Zügen nichts hinzu tun, es sei denn, daß du es von mir forderst. Alles, was du sehen wirst, sei Menschenwerk. Du wirst bald einsehen, daß die des Teufels nicht brauchen, die so schnell eilen, ihre elende Schatten zu ihm zu fördern.

FAUST. Und dies wäre nun alles, was du mir leisten könntest?

TEUFEL. Ich will dich von Stufe zu Stufe führen; haben wir diese Bahn durchlaufen, so wird sich schon eine andre Szene öffnen. Lerne erst kennen, was so nah mit dir verwandt ist, dann steige aufwärts. – Die Schätze der Erde sind dein – du gebietest meiner Macht – du träumst – du wünschest –

Faust. Das ist etwas.

Teufel. Nur etwas, Unersättlicher? du sollst mich, den Teufel, zu Beförderung der Absichten zwingen können, die ihr gut und edel nennt, die Folgen davon sollen deine Ernte, und der Lohn deines Herzens Gewinn sein.

Faust. Dies wäre mehr, wenn es nur kein Teufel sagte.

Teufel. Wer kann sich rühmen, den Teufel zu guten Werken gezwungen zu haben. Laß diesen Gedanken nur immer dein Herz aufschwellen. – Faust, tritt aus deinem Kreise!

Faust. Noch ist es nicht Zeit.

Teufel. Fürchtest du mich? Ich sage dir, du sollst das Stundenglas deiner Zeit nach Gefallen zerschlagen! Faust, ich fülle den Becher des Genusses für dich, voll und rauschend – so ward er noch keinem Sterblichen gefüllt. Deine Nerven sollen ablaufen, bevor du den Rand beleckt hast. Zähle den Sand am Meere, dann magst du die Zahl der Freuden zählen, die ich hier auf den Boden vor dich ausschütte.

Hierauf stellte er einen Kasten voll Gold vor den Kreis. Alsdann gingen die Gestalt der Bürgermeisterin und ein Zug blühender Schönen vorüber.

Faust. Teufel, wer hat dir den Weg zu meinem Herzen gezeigt?

Teufel. Ich heiße Leviathan, habe dich und deine Kraft gewogen. Achtest du dieses?

Er schüttete aus einem Sacke Ordensbänder, Bischofsmützen, Fürstenhüte und *Adelsdiplome auf den Boden.*

Kenn ich doch Fausten besser! Genuß und Wissen sind seine Götter, werdet, was ihr seid!

Sie wurden Staub und Kot.

Ist dies nicht der Weg, zu dem Herzen aller Menschen? Nur um der Dinge willen, die ich dir hier zeigte, um des Bauches, der Lust und des Emporsteigens, arbeitet ihr, mit den Händen und dem Verstande. Laß die Toren im Schweiß ihres Angesichts, unter der Erschöpfung ihrer Geisteskräfte, darum arbeiten, und genieße ohne Mühe und Sorge, was ich

Sch. del. G B. sc

Teufel, wer hat dir den Weg zu meinem Herzen gezeigt?

dir auftische. Morgen führe ich dir die Bürgermeisterin zu, wenn dir es so gefällt.

FAUST. Wie wirst du es machen?

TEUFEL. Mein Probstück. Nimm hin, und ich will dir mehr sagen. Tritt aus dem Kreise! Bist du doch wie betrunken!

FAUST. Ich möchte mich vernichten um eines Gedanken willen.

TEUFEL. Der heißt?

FAUST. Daß ich mich nur darum mit dir verbinden soll.

TEUFEL. Daß doch der Mensch immer springen will! Lerne mich erst kennen, und wenn ich dich nicht sättigen kann, so kehre zur Armut, zur Verachtung, und deiner nüchternen Philosophie zurück. Tritt aus dem Kreise!

FAUST. Die Wut des Löwen brüllt aus mir, und wenn sich unter meinem Fuße die Hölle öffnete – ich springe über die Grenzen der Menschheit. *Er sprang aus dem Kreise.* Ich bin dein Herr.

TEUFEL. So lange deine Zeit rollt. Ich fasse einen großen Mann an der Hand, und bin stolz darauf, sein Diener zu sein.

Zweites Buch

1

Den folgenden Morgen kam der Teufel Leviathan in dem Gepränge und mit dem Gefolge eines großen Herren, der inkognito reiset, vor Fausts Gasthof. Er stieg von seinem prächtig gezierten Pferde, und fragte den Wirt, ob der große Mann Faust bei ihm wohnte. Der Wirt beantwortete die Frage mit einer tiefen Verbeugung, und führte ihn ein. Der Teufel trat zu Faust, und sagte zu ihm in Gegenwart des Wirts:

»Sein Ruhm, sein großer Verstand, und seine herrliche Erfindung hätten ihn bewogen, einen weiten Umweg auf seiner Reise zu machen, um einen so merkwürdigen Mann, den die Menschen vermöge ihres Blödsinns verkennten, genau kennen zu lernen, und sich, wenn es ihm gefiele, seine Begleitung auf einer vorhabenden großen Reise durch Europa auszubitten. Er mache ihn übrigens ganz zum Herrn der Bedingungen, denn er könnte seine Gesellschaft nicht zu teuer erkaufen.«

Faust spielte seine Rolle in dem Sinne des Teufels, und der Wirt eilte hinaus, den Vorfall dem ganzen Hause bekannt zu machen. Das Gerücht davon breitete sich in ganz Frankfurt aus. Schon war die Meldung von der Ankunft des vornehmen Fremden von der Hauptwache an den regierenden Bürgermeister eingelaufen, und setzte den ganzen Hochedlen und Hochweisen Magistrat in Bewegung. Alle liefen, als triebe sie der Satan, nach dem Römer*, ließen alle wichtige Staatssachen liegen, und ratschlagten über die Erscheinung. Der älteste Schöppe, ein Patrizier, hatte sich vorzüglich auf die Deutung der Erscheinungen an dem politischen Horizont gelegt, und sich dadurch ein gewaltiges Übergewicht in dem Senat erworben. Er drückte sein fettes Kinn in Falten, seine enge

* Das Rathaus.

Stirne in Runzeln, zog Besorgnis in seine kleinen Augen, und versicherte die wohlweisen Beisitzer:

»Dieser vornehme Fremde sei niemand anders, als ein heimlicher Abgesandte Seiner Kaiserlichen Majestät (ein fürchterlicher Name für jeden Reichsstand), den man nach Teutschland geschickt hätte, die Lage, Verhältnisse, Uneinigkeit und Verbindung der Fürsten und Reichsstädte zu beobachten, damit sein hoher Hof bei Eröffnung des vorstehenden Reichstags wissen möchte, wie er sich benehmen müßte, seine Absichten durchzusetzen. Da nun der Kaiserliche Hof auf ihre Republik, immer ein sehr wachsames Auge hätte, so müßte man streben, diesen vornehmen Gast von dem feurigen Eifer, den man für das hohe Kaiserliche Haus empfände, zu überzeugen, und ihn ja nicht abziehen lassen, ohne ihn dem Staat zu gewinnen. Man müßte hierin den klugen Senat von Venedig zum Vorbilde nehmen, der keine Gelegenheit verabsäumte, denen am meisten Freundschaft und Ehre zu bezeugen, die er zu betrügen gesonnen sei.«

Die untergeordneten Geister des Rats versicherten, der Schöppe habe wie der Doge von Venedig selbst gesprochen; aber der Bürgermeister, der ein heimlicher Feind des Schöppen war (denn dieser, weil er die demokratische Regierungsform als ein wahrer Patrizier ebenso sehr haßte, wie ein Fürst die Republiken, pflegte bei jedem widrigen Vorfall laut zu sagen: so geht es, wenn man Krämer zu Staatsleuten macht), warf ihm schnell eine Tonne hin:

»Wahr, rühmlich und trefflich, wohlweise Herren, scheint mir alles, was unser staatskluger Schöppe soeben vorgebracht hat; würde auch ebenso gewiß zum Zweck führen, als im Vorbeigehen gesagt, der Handel einen Staat blühender und reicher macht, wie ein fauler, stolzer Adel, wenn wir nur nicht alles, durch einen einzigen Umstand, verdorben hätten. Ich rühme mich nun freilich nicht des tiefen politischen Blicks des Schöppen, der jeden Sturm von weitem ausspäht; aber doch hätt ich diesen, es sei nun aus Zufall oder Überlegung, glücklich beschworen. Ihr werdet euch alle erinnern, daß ich euch bei jeder Ratssitzung zusetzte, diesen Faust nicht so schnöde zu behandeln, und ihm seine lateinische Bibel für die kleine Summe abzunehmen. Ja sogar meine Frau, die doch nur ein Weib ist, wie es andre Weiber sind, hielt es für ratsam; denn ob wir gleich diese lateinische Bibel weder brauchen noch verstehen, so hätte man sie doch, wegen der schöngemalten Anfangsbuchstaben, und der sonderbaren Erfindung, als ein Kleinod nach der Goldnen Bulle zeigen, und die Fremden damit herbeilocken können. Auch ziemt es sich, daß ein freier und reicher Staat die Künste beschützt, und ihnen forthilft; aber ich weiß wohl, was euch im Sinne gelegen, die Eifersucht und der Neid, ihr konntet es nicht ertragen, daß mein Name dadurch unsterblich würde. Es riß euch allen in den Bäuchen, daß die Nachkommenschaft einstens in der Chronik lesen sollte, sub Consulatu *** hat man Fausten von Mainz eine lateinische Bibel, für zweihundert Goldgulden, abgekauft. Nun mögt ihr auch austrinken, was ihr eingegossen habt; und man sagt nicht umsonst, wie man bettet so liegt man, wie man schmiert, so fährt man. Der Faust ist teufelmäßig wild, und scheint mir tückischer Gemütsart, ich sah es ihm gestern abend ab. Nun ist der Kaiserliche Gesandte bloß seinetwillen hierher gereist, gar bei ihm abgestiegen, findet in d e m einen großen Mann, den wir als einen Schuhputzer herumgehudelt haben – der wird's euch nun einbrocken beim Kaiserlichen Gesandten – ja, ja, er wird ihm schon den Floh ins Ohr setzen, und all unser Hofieren und Grimassieren wird zu weiter nichts nützen, als uns vor den Bürgern zu Narren zu machen. Wer den Karren in Dreck geschoben, mag ihn auch wieder heraus ziehen, ich wasche meine Hände, wie Pilatus, und bin unschuldig an Israels Verderben und Blindheit.«

Es erfolgte ein tiefes Schweigen. Die blutige Schlacht bei Kanna, die Rom den Untergang drohte, hatte den römischen Senat nicht so erschreckt, als diese kritische Lage den edlen Magistrat von Frankfurt. Schon siegte der Bürgermeister in stolzem Geiste, schon glaubte er den Schöppen völlig aus dem

Sattel gehoben zu haben, als dieser seine politische Weisheit und Heldenkraft sammelte, dem sinkenden Staat zu Hülfe eilte, mit starker Stimme ad majora rief, und trotzig vorschlug:

»Sogleich eine Gesandtschaft aus dem Rat nach der Herberge zu schicken, den vornehmen Gast zu bewillkommen, und Fausten vierhundert Goldgulden für seine lateinische Bibel zu überbringen, um ihn dem Staate günstig zu machen.«

Der Bürgermeister spottete darüber, daß man nun vierhundert Goldgulden für ein Ding gäbe, das man gestern vielleicht für hundert hätte haben können; seine Spötterei diente zu nichts, der Vorteil des Vaterlands schlug sie nieder. »Salus populi, suprema lex!« schrie der Schöppe, und trug dem Bürgermeister mit Bewilligung des Rats auf, den Gesandten und Fausten, auf Kosten des Staats, köstlich zu bewirten.

Dieser Umstand beruhigte den Bürgermeister, der gern seinen Pracht und Reichtum zeigte, ein wenig über seinen Fehlschuß auf den Schöppen, und der Zusatz, auf Kosten des Staats, versetzte ihn in die beste Laune.

2

Die jüngsten Ratsherren, mit einem der vier Syndiken, machten sich auf den Weg, und der Bürgermeister schickte nach Hause, Anstalten zum Schmause zu machen. Der Teufel Leviathan war eben mit Fausten in einem tiefen Gespräche verwickelt, als ihnen die Gesandtschaft angemeldet ward. Man ließ sie ein. Sie bewillkommten im Namen des Senats in aller Demut den vornehmen Gast, und gaben ihm durch eine feine Wendung zu verstehen, daß ihnen sowohl seine hohe Person, als seine wichtigen Aufträge bekannt wären, und versicherten ihn mit zierlichen Worten von ihrem Eifer für das Kaiserliche hohe Haus. Der Teufel verzerrte das Gesicht, wandte sich zu Fausten, faßte ihn an der Hand, und versicherte die Redner, daß ihn nichts anders in ihre Mauern geführt hätte, als ihnen diesen großen Mann zu entwenden, den sie, wie er nicht zweifle, zu schätzen wüßten. Die Abgesandten wurden etwas verwirrt, faßten sich aber bald wieder, und fuhren fort:

»Es freue sie höchlich, daß sie ihm auf der Stelle einen Beweis von der Achtung des Magistrats für einen so großen Mann geben könnten. Sie hätten den angenehmen Auftrag, Fausten vierhundert Goldgulden für seine lateinische Bibel auszuzahlen, bäten ihn, sie gefälligst anzunehmen, und ihnen dieselbe als ein Kleinod zu übergeben. Auch würde sich der hochweise Magistrat für glücklich halten, ihn, wenn es ihm gefiele, unter ihre Bürger zählen zu können, und ihm dadurch den Weg zu dem Ruhm und der Ehre zu öffnen.«

Diesen letzten Umstand setzten sie, aus eigner politischen Weisheit hinzu, ein Beweis, daß sie sich als geschickte Unterhändler der Umstände, die man nicht vorsieht, zu bedienen wußten.

Faust fuhr zornig auf, stampfte auf den Boden, und schrie:

»Lügnerisches Gepack, hab ich euch nicht lange genug gefuchsschwänzt, von dem stolzen Patrizier bis zu dem Schuhmacher und Pfefferkrämer, denen ihr den Ratsherrnkragen um die Hälse hängt, wie dem Esel die Halfter; ihr habt mich an eurer Schwelle stehen lassen, und kaum eines Blicks gewürdigt. Nun ihr hört, daß der gnädige Herr hier mich für den Mann hält, den ihr nicht in mir sehen konntet, so kommt ihr, mir den Fuchsschwanz zu streichen. Seht, hier ist Gold, wofür ihr gern das Heilige Römische Reich verkaufen würdet, wenn ihr nur einen Narren finden könntet, der den ungeheuren Rumpf ohne Kopf, Sinn und Verbindung kaufen möchte.«

Den Teufel freute Fausts Zorn und die Scham der jungen Senatoren höchlich; sie aber, die die Geschichte der Römer nie gelesen hatten, waren nicht so hohen und feurigen Sinns, um gleich eine Kriegserklärung aus ihrem zusammengefalteten Ratsherrnmantel gegen Fausten hin zu schütten, sie brachten im Gegenteil die Einladung zu dem Schmause bei dem Bürgermeister mit einem so muntern Tone vor, als wenn gar nichts geschehen wäre. Ein neuer Beweis von ihrer Geschicklichkeit im Unterhandeln; hätten sie zum Beispiel den Schimpf beantwortet, so würden sie dadurch eingestanden haben, sie verdienten ihn, da sie ihn aber ganz platt auf die Erde fallen ließen, mir nichts, dir nichts, so ward er kraftlos, und erhielt die Farbe eines unbilligen Vorwurfs. Nur Genies sind fähig, so etwas, im geltenden Augenblick, aufzufassen, zu unterscheiden und auszuführen.

Bei dem Worte Bürgermeister spitzte Faust die Ohren, und der Teufel gab ihm einen bedeutenden Seitenblick. Faust nahm hierauf die Bibel aus seinem Kasten, übergab sie den Senatoren, und sagte gefällig:

»Da er nun sähe, daß sie zu leben wüßten, ob man sie gleich dazu zwingen müßte, so mache er der Stadt mit seiner Bibel ein Geschenk; sie möchten sie fleißig lesen, und den Spruch, den er hier unterstreiche, und deutsch auf den Rand schreibe, dem versammelten Rat zeigen, und ihn, zu seinem Andenken, mit goldnen Buchstaben, an die Wand der Ratsstube schreiben.«

Die Senatoren gingen so vergnügt nach dem Römer zurück, als Gesandten, die nach einem schlechten Kriege einen guten Frieden nach Hause bringen, und alle Belohnungen, im Geiste, vorausgenießen, die ihrer erwarten. Sie wurden mit großer Freude empfangen, man schlug die bemerkte Stelle auf, und las:

Und siehe, es saßen die Narren im Rat, und die Toren ratschlagten im Gerichte.

Man verschluckte die bittre Pille, weil der vermeinte Schatten der Kaiserlichen Majestät, in der Gestalt des Teufels, ihnen allen die Mäuler band, tröstete sich mit den ersparten vierhundert Goldgulden, und wünschte sich wechselsweis viel Glück, so gut, aus einem so schlimmen Handel gekommen zu sein. Den Abgesandten wurde öffentlich gedankt, und schade ist's, daß ihre Namen nicht auf die Nachwelt gekommen sind. Da sie endlich von dem reichen Geldkasten

Fausts sprachen, so fuhr der Glanz des Goldes wie ein Wetterstrahl durch alle Seelen, und jeder entwarf im stillen einen Plan, wie es anzufangen, sich den Mann zum Freund zu machen. Der Schöppe schrie: Man müßte ihn zum Bürger machen, ihm Sitz und Stimme im Rat geben, die Politik erfordere, daß man Herkommen und Gesetz übertrete, wenn es der Vorteil des Vaterlands wäre etc.

Faust machte indessen einen Spaziergang mit dem Teufel; aber sie fanden die Leute des Orts so flach und albern, nach einem so engen Leisten zugeschnitten, sahen so unbedeutende, nichts versprechende Gesichter, wie sie nur immer die Nürnberger, als Damen und Herrn aufgeputzt, für den Christmarkt schnitzeln können. Den einzigen Trieb, den sie ihnen ablauerten, war Neugierde, Geld- und Gewinnsucht, ein beschränkter Kaufmannsgeist, der es nicht wagt, sich ins Große auszudehnen. Der Teufel sagte gähnend zu Faust:

»Ängstlich, Faust, fühlt der Reichsstädter, und ängstlich fährt er zur Hölle, hier ist keine Ernte für den Mann von Geist, laß uns abfahren, wenn du die Bürgermeisterin dahin gebracht hast, wo du sie haben willst.«*

3

Die Glocke schlug zur Mahlzeit. Der Teufel und Faust setzten sich auf prächtig geputzte Pferde, und ritten, von einem großen Gefolge begleitet, an das sich ein langer Zug gaffenden Pöbels hing, zu dem regierenden Bürgermeister. Sie traten in den Versammlungssaal. Der ganze Magistrat erwartete sie, und beugte sich vor ihnen bis auf die Erde. Der

* Noch einmal! Man verliere doch ja nicht aus den Augen, daß dieses Drama zu Ende des funfzehnten Jahrhunderts spielt, und folglich keinen der jetzt Lebenden beleidigen kann und soll. Übrigens weiß ich nicht, ob der Teufel den Reichsstädtern und Teutschen überhaupt größre Komplimente machen könnte, als er hin und wieder tut, und es bewiese nur gegen ihre Tugend und ihr Christentum, wenn sie dieselben nicht mehr verdienten; oder gar in einem andern Sinne nähmen.

regierende Bürgermeister bewillkommte sie mit einer Rede, stellte ihnen die Ratsglieder, und die Weiber der Vornehmsten vor, die ihre geistlosen Gestalten so prächtig herausgeputzt hatten, daß ihre Steifheit und Ungewandtheit nur um so auffallender wurden. Sie starrten alle, wie eine Herde Gänse, und konnten sich an Leviathans Putze nicht satt sehen. Die Bürgermeisterin, eine Leipzigerin, ragte allein unter ihnen hervor, wie eine Oreade. Ihr war der Blick Fausts so wenig entgangen, als seine vermögende Gestalt, und sein geistvolles Gesicht. Sie errötete, da er sie bewillkommte, und fand keine andre Antwort auf seine Anrede, als einen Blick voller Verwirrung, den Fausts Herz, wie die süßte Harmonie, verschlang. Die Senatoren spannten ihren Witz an, den Gästen zu hofieren, und man setzte sich zur wohlbedienten Tafel. Nach Tische nahm der Teufel den Bürgermeister in ein besondres Kabinet; ein Umstand, der diesem außerordentlich schmeichelte, und allen übrigen, besonders dem Schöppen, ein Dolchstich durchs Herz war.

Der Bürgermeister, vom Weine erhitzt, von der Ehre, die ihm der vermeinte Kaiserliche Gesandte erwies, berauscht, erwartete in gebeugter Stellung, und mit hervorragenden starren Augen seinen Antrag. Der Teufel bezeugte ihm, in sanftem Tone, wie schmeichelhaft ihm die gute Aufnahme des Bürgermeisters sei, und wie sehr er wünschte, sich ihm dankbar zu erweisen, setzte hinzu: »er führe eine gute Anzahl Adelsbriefe bei sich, mit Kaiserlicher Unterschrift bekräftigt, verdienstvolle Männer zu belohnen, und er wollte ihm gern den ersten erteilen, wenn –«

Freude, Entzücken, Erstaunen schossen durch des Bürgermeisters Geist, er stund vor dem Teufel, mit weit aufgesperrtem Munde, stammelte endlich: »Wenn? Was? Wie? Oh –« Und der Teufel raunte ihm ganz leise ins Ohr:

»sein Freund Faust sei ganz unsinnig, in die schöne Bürgermeisterin verliebt; um seinetwillen würde er alles tun, und wenn die Bürgermeisterin sich auf einige Augenblicke mit Fausten entfernen wollte, das bei dem Geräusche eines

Schmauses so leicht wäre, so sollte er ihr den Adelsbrief zustellen.«

Hiermit verließ ihn der Teufel, ging zu Fausten, unterrichtete ihn, und stellte ihm den Adelsbrief zu, seiner Sache gewiß. Faust zweifelte, und der Teufel lachte seiner Zweifel.

Der Bürgermeister stund in seinem Kabinette wie versteinert. Der plötzliche Glanz eines unerwarteten Glücks hatte sich, durch die häßliche Bedingung, so verfinstert, daß der Reiz desselben schon verschwinden wollte, als auf einmal der Stolz in seine Seele blies:

»Ho! ho!« *sagte dieser*: »auf eine so auszeichnende Art zum Edelmann geprägt zu werden! dadurch deinen stolzen Feinden gleich zu werden, und deine Stimme im Rat zu erheben, wie eine Posaune! unter sie zu treten, wie ein Mann, den Seine Kaiserliche Majestät, seiner Verdienste wegen, über alle und vor allen erheben will!«

Ein andres Gefühl lispelte leise:

»Hu! hu! mit Willen und Wissen ein Hahnrei zu werden – aber wer weiß es? *antwortete der Verstand*. Und was ist nun an dem ganzen Dinge, ich erhalte ein wirkliches Gut, und leihe dafür eins, das längst keinen Reiz mehr für mich hat. Das Übel sitzt nur in der Meinung, und es wird ein Geheimnis zwischen mir und meiner Frau bleiben. Und wenn es gar Seine Kaiserliche Majestät erführe, daß ich diese hohe Ehre ausgeschlagen – Im Grund, kann ich wohlfeiler zum Edelmann kommen? Wird es nicht ein Nagel an dem Sarge des Schöppen werden? Und was werden die Bürger nicht sagen, wenn sie sehen, daß Seine Kaiserliche Majestät mich so zu schätzen weiß? Werde ich mich nicht der ganzen Regierung bemächtigen, und es allen denen vergelten, die mich beleidigt haben? Ho! ho! Bürgermeister, sei kein Narr! die Gelegenheit hat nur an der Stirne Haare, hinten ist sie kahl. Greife zu! Der Mann ist nur das, was er in den Augen der Welt scheint. Wer sieht es dem Edelmann an, wie er's geworden ist – aber meine Frau, die wird sich dagegen setzen, ich kenne schon die sächsische Ziererei« –

In diesem Augenblick trat sie herein, um zu erfahren, was der vornehme Herr ihm allein vertraut hätte. Er sah sie schalkhaft, doch etwas verlegen an:

»Wie, Mäuschen, wenn ich dich heute noch zur Edelfrau machte?«

SIE. Schätzchen, so würden alle Weiber der bürgerlichen Ratsherren aus Neid vergehen, und die Frau des Schöppen würde an ihrem trocknen Husten zur Stunde für Ärgernis sterben.

ER. Das würde sie gewiß, und ich könnte ihren stolzen Mann unter mich bringen; aber Mädchen, du sollst dich selbst dazu machen, und mich obendrein.

SIE. Seit wenn machen die Weiber ihre Männer zu Edelleuten, mein Schatz?

ER. Wer weiß, mein Kind, wie viele es so geworden sind – erschrick nur nicht – Da ist der verwünschte Faust, dem hast du es angetan.

Die Bürgermeisterin errötete, er fuhr fort:

Nur um seinetwillen will mich der Gesandte zum Edelmann machen, und er soll dir den Adelsbrief unter vier Augen übergeben. Du verstehst mich schon. Hm, was denkst du davon?

SIE. Stille, stille, mein Schatz, ich denke, daß uns, wenn der Kaiserliche Gesandte einem andern aus dem Rat die Bedingung vertraute, die Gelegenheit entwischen könnte.

ER. Verzweifelt, Mäuschen, so laß uns eilen, daß uns keiner zuvorkomme.

Die Gesellschaft hatte sich indessen in dem Garten zerstreut, der Bürgermeister schlich hinter dem Faust her, und sagte ihm leise ins Ohr: »es würde seiner Frau eine Ehre sein, den Adelsbrief aus seinen Händen zu empfangen, nur möchte er sich ohne Aufsehen auf der Hintertreppe, die er ihm zeigen wollte, zu ihr begeben, er denke übrigens, es sei nur eine Grille von ihm, und er fürchte nichts von einem Manne, der so viel Ehrgefühl und Gewissen zeigte.« Er führte ihn hierauf zur Hintertreppe, Faust schlich hinauf, trat in das Schlafzimmer, und fand die Bürgermeisterin in der wollüstigsten Verwirrung. Er raste an ihrem schwellenden Busen seine Glut aus, und schlug den Bürgermeister zum Ritter des Heiligen Römischen Reichs. Sie von ihrer Seite glaubte sich nicht dankbar genug bezeigen zu können, und fragte am Ende, ob in Zukunft mehr dergleichen Formalitäten nötig wären? Hierauf überbrachte sie ihrem Gemahl heimlich den Adelsbrief, und sie verabredeten, ihn bei dem Abendessen, in einer verguldeten und verdeckten Schüssel, auftragen zu lassen, um den Gästen, durch die unerwartete Entdeckung, einen desto peinlichern Schlag beizubringen. Der Teufel, dem der Bürgermeister seinen Plan mitteilte, fand ihn vortrefflich; Faust aber raunte ihm ins Ohr: »ich befehle dir, dem Schufte, der sein Weib um des Wahns prostituiert hat, und dem ganzen hochweisen Magistrat einen recht tückischen Streich zu spielen, um mich an allen den Schafsköpfen auf einmal zu rächen, die mich so niederträchtig herumgezerrt haben!«

4

Man saß beim Abendessen, die Becher gingen wacker herum, als auf einmal der Teufel befahl, die verdeckte Schüssel, die die Neugierde der Anwesenden so lange gefoltert hatte, zu öffnen. Dann nahm er den Adelsbrief von der Schüssel, überreichte ihn dem Bürgermeister, mit den Worten: »Würdiger Herr, Seine Majestät der Kaiser, mein Herr, geruhet, Euch durch diesen Adelsbrief um Eurer Treue und Verdienste willen zum Ritter des Heiligen Römischen Reichs zu schlagen. Ich fordere Euch auf, aus Dankbarkeit und Pflicht, nie in dem Eifer für das hohe Kaiserliche Haus zu erkalten, und bringe Euch, Herr Ritter, die erste Gesundheit zu!«

Diese Worte rollten wie der Donner in die Ohren der Gäste. Der Betrunkne ward nüchtern, der Nüchterne betrunken; den Weibern zitterten die von Zorn blauen Lippen beim Glückwunsch, der Schlag traf den Schöppen, er saß ohne

Bewegung auf dem Stuhle, und sein Weib war nah, an ihrem trocknen Husten zu ersticken.

Die Furcht zwang indessen die übrigen, vergnügte Gesichter zu zeigen, und man trank unter lautem Vivat des neuen Ritters Gesundheit. Während dem Geräusche füllte auf einmal ein dünner Nebel den Saal. Die Gläser fingen an, auf dem Tische herum zu tanzen. Die gebratnen Gänse, die Enten, Hühner, Spanferkel, Kälber-, Schafs- und Ochsenbraten, schnatterten, krähten, grunzten, blökten, brüllten, flogen über dem Tische, und liefen auf dem Tische. Der Wein trieb in blauen Feuer-Flammen aus den Flaschen. Der Adelsbrief brannte loh zwischen den Fingern des bebenden Bürgermeisters, und ward zu Asche. Die ganze Gesellschaft saß da, verwandelt in possierliche Masken einer tollen Faschingsnacht. Der Bürgermeister trug einen Hirschkopf zwischen den Schultern, alle die übrigen, Weiber und Männer, waren mit Larven aus dem launigen Reiche der grotesken und bizarren Phantasie geziert, und jeder sprach, schnatterte, krähte, blökte, wieherte oder brummte in dem Tone der Maske, die ihm zu Teil geworden. Dieses machte ein so tolles Konzert, daß Faust dem Teufel gestand, das Stückchen mache seiner Laune Ehre. Der Schöppe allein, unter der Maske eines Pantalons, saß leblos da, und seine Frau wollte unter der Gestalt einer Truthenne ersticken. Nachdem sich Faust lange genug an dem Spuk ergötzt hatte, gab er dem Teufel einen Wink, und sie fuhren zum Fenster hinaus, nachdem der letztere für diesmal den gewöhnlichen Gestank der Hölle hinterlassen hatte.

Nach und nach verschwand der Spuk, und als die weisen Herren morgens in der Ratsstube erschienen, war nichts mehr davon übrig, als obiger Spruch, der in glühenden Buchstaben an der Wand brannte, und den man notgedrungen mit einer eisernen Türe bedeckte, und nur jedem neuen Ratsglied, unter dem Siegel der Verschwiegenheit, als ein Staatsgeheimnis zeigte. Von allen diesem sagt nun die Geschichte, oder welches in Teutschland einerlei ist, die Chronik nicht ein Wort, und nun glaube ihr einer.

Sch. del. | | B. sc.

Vivat, des neuen Ritters Gesundheit.

Der Bürgermeister gewann wenigstens so viel bei dem Handel, daß der Schöppe gelähmt blieb, und weiter nicht mehr im Rat erschien.

Zu merken: In dem Augenblick, da die Stadt Frankfurt der Reformation beitrat, vertilgte der Teufel diese glühende Inschrift, und es ist keine Spur mehr davon zu sehen. Die Ursach davon liegt in der Rede des Satans. Man bemerkt diesen Umstand, neugieriger Reisenden wegen, und gibt ihnen den Wink, in Frankfurt nur nach der Goldnen Bulle zu fragen.

5

Der Teufel Leviathan und Faust fuhren über die Stadtmauern weg, und als sie sich auf dem flachen Felde befanden, sandte ersterer einen Geist nach dem Wirtshause, die Rechnung zu berichtigen, und Fausts Gerätschaft zu bringen. Darauf wandte er sich zu Faust, und fragte ihn: wie er mit seinem Probstück zufrieden sei?

Faust. Hm, will der Teufel gelobt sein? so, so! Es freut mich übrigens, daß du ihnen etwas angehängt hast; aber nie hätte ich's hinter dem ernsthaften Schuft gesucht, daß er sein Weib, um des Wahns willen, prostituieren würde.

Teufel. Nur weiter, Faust, bald wirst du dich überzeugen, daß dieses die Gottheit ist, die ihr anbetet, und die ihr unter allerlei glänzenden Gestalten ausgeputzt habt, ihre Blöße zu verstecken. Man hört dir noch immer an, daß du dich mit den Büchern abgegeben, und auf leerem Stroh gedroschen hast; freilich nicht der Weg zu dem Herzen der Menschen. Die Schuppen werden dir schon nach und nach von den Augen fallen. In deinem Vaterland ist übrigens nicht viel zu tun. Möncherei, Scholastik, Prügeleien der Edelleute, Menschenhandel der Fürsten mit ihren Untertanen, Bauernschinderei, das ist euer Getreibs. Ich muß dich auf eine Bühne führen, wo die Leidenschaften etwas freier würken, und wo man zu großen Zwecken große Kräfte anwendet.

Faust. Und ich will dich zwingen, an den moralischen Wert des Menschen zu glauben, bevor wir mein Vaterland verlassen, wenn wir sagen können, daß wir eins haben. Nicht ferne lebt ein Fürst, den ganz Teutschland als ein Muster der Tugend und Gerechtigkeit preist, diesen wollen wir besuchen und belauschen.

»Topp«, sagte der Teufel, »ein solcher Mann, könnte auch mir um der Seltenheit gefallen.«

Der Geist kam mit Fausts Gerätschaften an, sie schickten ihn nach Mainz voraus, um in einer Herberge Quartier zu bestellen. Faust wollte aus geheimen Absichten, die der Teufel roch, bei einem Eremiten, an der Homburger Höhe, übernachten, der weit und breit im Geruche besondrer Heiligkeit stund. Sie erreichten um Mitternacht die Einsiedelei, und klopften an. Der Eremit öffnete ihnen, und Faust, der die reichen Kleider des Teufels umgeworfen hatte, entschuldigte die Dreistigkeit, die Ruhe eines so heiligen Mannes unterbrochen zu haben, mit dem Vorwand, sie hätten sich auf der Jagd verspätet, und ihr Gefolg, außer einem einzigen Diener verloren. Der Eremit sah zur Erde, und sagte seufzend:

»Derjenige, der dem Himmel lebt, darf der gefährlichen Ruhe nicht pflegen. Ihr habt mich nicht gestört, und wollt ihr ausruhen bis zum Aufgang der Sonne, so laßt es euch gefallen, wie ihr es findet. Wasser, Brot, und Stroh zum Lager, ist alles, womit ich euch dienen kann.«

Faust. Bruder Eremit, wir haben das Nötige bei uns, und ich bitte dich nur um einen Trunk Wasser.

Der Eremit nahm seinen Krug und ging nach der Quelle.

Faust. Ich denke, in seinem Herzen wohnt Ruhe, wie auf seiner Stirne, und preise ihn glücklich, daß er das nicht kennt, was mich dir verbunden hat. Ihm sind Glauben und Hoffnung Ersatz für alles das, um deswillen ich der Verdammnis zueile; so scheint es wenigstens.

Teufel. Und scheint auch nur; wie, wenn ich dir bewiese, daß dein Herz rein wie Gold gegen das seinige ist?

Faust. Teufel!

TEUFEL. Faust, du warst arm, verkannt, verachtet, und sahst dich mit deinen großen Fähigkeiten in dem Staube: du bist der Verachtung als ein kraftvoller Mann auf Gefahr deines eigenen Selbsts entsprungen, und warst nicht fähig, deine Not mit dem Mord eines andern zu enden, wie dieser Heilige es tun würde, wenn ich ihn in Versuchung führte.

FAUST. Merke ich doch den listigen Teufel! Ich darf dir nur befehlen, deine Kunststücke auszuüben, und du wirst die Sinne dieses Gerechten so verwirren, daß er Taten unternimmt, die seinem Herzen fremd sind.

TEUFEL. Ist denn eure Tugend und Frömmigkeit ein so zerbrechliches Ding, daß keiner daran schlagen darf, ohne sie zu zertrümmern? Seid ihr nicht stolz auf euren freien Willen, und schreibt durch ihn eure Taten eurem eignen Herzen zu? Ihr seid alle Heilige, wenn euch nichts in Versuchung führt. Nein, Faust, ich will nichts hinzusetzen, und seinen Sinnen nur den Köder zeigen, um sein Herz zu prüfen. Braucht der Teufel in euch hinein zu kriechen, da ihr durch eure Sinne gestimmt werdet?

FAUST. Und wenn dir's nicht gelingt, glaubst du, ich würde deine Pfuscherei ungestraft lassen?

TEUFEL. Nun so sollst du mir zur Strafe, einen ganzen Tag von der Tugend der Menschen vorprahlen. Laß sehen, ob ihn dieses reizt.

Eine mit leckern Speisen und mit feurigen Weinen besetzte Tafel, erschien in der Mitte der Einsiedelei.

Der Eremit trat herein, und stellte leise das Wasser vor Faust, entfernte sich in einen Winkel, ohne der üppigen Tafel zu achten.

FAUST. Nun, Bruder Eremit, wir haben aufgetischt, laßt es Euch nicht zweimal sagen, und greift zu. Unbeschadet Eures heiligen Rufs, mögt ihr mitschmausen, denn auf Eurer Stirne lese ich, daß es Eurem Herzen gelüstet. Kommt, einen Becher zu Ehren eures Schutzheiligen! Wie heißt er?

EREMIT. Der heilige Georg.

FAUST. Er soll leben!

Teufel. Ho, ho, Bruder Eremit, der heilige Georg von Kappadozien, das war mir ein ganzer Kerl, und wenn Ihr den zum Muster nehmt, so werdet Ihr gut dabei fahren. Ich kenne seine Geschichte recht gut, und will sie Euch, zu Eurer Erbauung, mit kurzen Worten erzählen. Er war der Sohn sehr armer Leute, und in einer elenden Hütte Ciliciens geboren. Als er heranwuchs, fühlte er früh seine Gaben, und öffnete sich durch Schmeichelei, Niederträchtigkeit und Kuppelei die Häuser der Großen und Reichen. Diese verschafften dem dienstfertigen Manne, aus Dankbarkeit, eine Lieferung für die Armee des griechischen Kaisers. Er stahl aber dabei auf eine so grobe Art, daß er bald flüchtig werden mußte, um nicht gehenkt zu werden. Hierauf schlug er sich zu der Sekte der Arianer, und machte sich als ein offner Kopf bald zum Meister des dunklen, unverständlichen Wirrwarrs der Theologie und Metaphysik. Um diese Zeit vertrieb der arianische Kaiser Constantius den gut katholischen und heiligen Athanasius von dem bischöflichen Sitze Alexandriens, und der Kappadozier ward von einem arianischen Synod auf den bischöflichen Stuhl gesetzt. Hier war Euer Georg nun in seinem Elemente, er schwelgte, und ließ sich gut sein; da er aber durch Ungerechtigkeit und Grausamkeit die Gemüter seiner Untergebenen bis zur Verzweiflung trieb, schlugen sie ihn endlich tot, und führten seine Leiche, auf einem Kamel, im Triumph durch die Straßen Alexandriens. Seht, so ward er ein Märtyrer, Euer und Engellands Schutzheiliger.

Eremit. Die Legende sagt nichts davon.

Faust. Ich glaub es wohl, Bruder, denn um der Wahrheit willen müßte sie eigentlich der Teufel schreiben.

Der Eremit segnete sich.

Faust. Ist Essen und Trinken eine Sünde?

Eremit. Es kann dazu reizen.

Teufel. Dann müßt Ihr schwach sein, und schlecht mit dem Himmel stehen. Kampf und Versuchung ist der Triumph des Heiligen.

EREMIT. Der Herr hat recht; aber nicht alle sind Heilige.

FAUST. Seid Ihr glücklich, Bruder?

EREMIT. Ruhe macht glücklich, und ein gutes Gewissen selig.

TEUFEL. Auch Ruhe reizt zur Sünde, und mehr als Speis und Trank; woher nehmt Ihr das?

EREMIT. Die Bauern bringen mir des kümmerlichen Lebens Unterhalt.

FAUST. Und was tut Ihr für sie?

EREMIT. Ich bete für sie.

FAUST. Gedeiht es ihnen?

EREMIT. Ich hoffe, und sie glauben es.

TEUFEL. Bruder, Ihr seid ein Schelm.

EREMIT. Beleidigungen der sündigen Welt sind dem Gerechten nötige Züchtigung.

TEUFEL. Warum seht Ihr nicht aufwärts? Warum errötet Ihr? Nun denkt einmal, ich verstünde die Kunst, auf des Menschen Angesicht zu lesen, was in seinem Herzen spukt.

EREMIT. Desto schlimmer für Euch, Ihr werdet Euch selten in Gesellschaft freuen.

TEUFEL. Ho! ho! wißt Ihr doch das? *er sah nach Faust.*

EREMIT. Es ist eine sündige Welt, in der wir leben, und weh ihr, wenn Tausende nicht in die Einsamkeit eilten, ihr Leben dem Gebet weihten, um die Rache des erzürnten Himmels von dem Haupt der Sünder abzuwenden.

FAUST. Guter Bruder, Ihr schlagt Euer Gebet ziemlich hoch an, und glaubt mir nur, es ist noch immer leichter zu beten als zu arbeiten.

TEUFEL. Hört doch, Ihr habt da einen Zug um den Mund, der Euch zum Heuchler stempelt, und Eure Augen, die in einem so engen Kreise herumlaufen, und immer gegen den Boden gekehrt sind, sagen mir, daß sie überzeugt sind, sie würden zu Verrätern Eures Herzens, wenn sie aufblickten.

Der Eremit hub die Augen gen Himmel, betete mit gefaltnen Händen, und sprach: »So antwortet der Gerechte dem Spötter.«

Faust. Genug! kommt, Bruder, und laßt es Euch gut mit uns sein.

Der Eremit war nicht zu bewegen, Faust sah den Teufel höhnisch an, der es noch höhnischer erwiderte. Auf einmal öffnete sich schnell die Türe, und eine junge Pilgerin fuhr atemlos herein. Als sie sich von ihrer Furcht und ihrem Schrecken erholt hatte, erzählte sie, wie sie ein Ritter verfolgt hätte, dem sie so glücklich gewesen zu entwischen, und sich bei dem frommen Eremiten zu retten. Man bewillkommte sie freundlich, und entdeckte eine blühende, wollüstig gebildete Schönheit in ihr, die dem heiligen Antonius selbst den Sieg über das Fleisch würde schwer gemacht haben. Sie setzte sich zu dem Teufel, nahm bescheiden Teil an dem Mahl, und der Teufel erlaubte sich Freiheiten mit ihr, die anfangs den Eremiten empörten, endlich verwirrten; da aber der Teufel in einem Augenblick ihren milchweißen, vollen, schimmernden und hebenden Busen aufdeckte, ihre schwarze Haare darüber rollten, so fühlte er das glühende Feuer der Lust von diesem Busen so heiß in den seinen hinüber fließen, daß er beinahe vergaß, dagegen zu kämpfen. Die Pilgerin riß sich beschämt und zornig aus den Armen des Teufels, um Schutz bei dem Eremiten zu suchen, den er ihr, vermöge seines Rocks, nicht versagen konnte.

Der Teufel und Faust stellten sich trunken, und zum Schlafe geneigt; ehe sie sich niederwarfen, steckte der Teufel, vor des Eremiten Augen, einen schweren Beutel voll Gold unter die Streue, legte seine und Fausts reiche Ringe in eine Schachtel, die letzterer zu sich nahm. Auf den Tisch legten sie ihre Schwerter und Dolche, warfen sich nieder und schnarchten.

Die Pilgerin nahte leise dem Tische, goß mit ihrer niedlichen und schneeweißen Hand einen Becher voll schäumenden Weins. Sie kostete den Rand mit ihrem reizenden, frischen Munde, und reichte ihn dem Eremiten dar. Er stund da wie betäubt, und in der Verwirrung leerte er diesen und einige folgende aus, und verschluckte gierig die Leckerbissen, die ihm die Zauberin, einen nach dem andern, in den Mund steckte. Hierauf zog sie ihn hinaus, bat ihn unter Tränen um Vergebung, daß sie gezwungen seine heilige Augen beleidigt hätte; tat dabei so wehmütig und untröstlich, faßte seine Hände so warm, ließ sich endlich vor ihm auf die Knie nieder, und da in diesem Augenblick ihre Brust sich öffnete, und der silberne Mond ihren schimmernden Busen erleuchtete, der leise Wind ihre schwarzen Locken darauf hin und her bewegte, so erwachte das Gefühl der unterdrückten Natur so stürmend in dem Eremiten, daß er an diesen blendenden Busen sank, ohne zu wissen, wie ihm geschah: Die Pilgerin führte ihn unmerklich von einer Stufe der Lust zu der andern, und da er eben hoffte, sich seinem Wunsche zu nahen, so lispelte sie ihm leise ins Ohr: »Sie würde ewig die seinige sein, wenn er sie zuvor an diesen Frechen rächen, und sich ihres Schatzes bemächtigen wollte, durch dessen Besitz sie beide ein seliges, wollüstiges Leben, bis an ihr Ende führen könnten.«

Der Eremit erwachte ein wenig aus seinem Taumel, und fragte sie zitternd: »wie sie das verstände, und was sie von ihm forderte?«

Unter üppigen Küssen, wollüstigen Seufzern, lispelte sie ihm noch leiser ins Ohr, indem sie ihren heißen Busen gegen sein schlagendes Herz drückte: »Ihre Dolche liegen auf dem Tische, du ermordest den einen, ich den andern, kleidest dich in ihr Gewand, bemächtigst dich ihres Schatzes, wir stecken die Einsiedelei an, und fliehen nach Frankreich.«

Der fürchterliche Gedanke des Mords schauderte durch die Sinne des Eremiten, die Wollust raste in seinem Herzen, er strauchelte, wankte, blickte auf die Reize der Zauberin, fühlte sich in ihrem Besitze, sah, daß er sie und den Schatz ohne Gefahr erhalten könnte, alle vorige Empfindungen verschwanden, und er vergaß den Himmel und seinen Beruf. Die Pilgerin stieß den Taumelnden in die Zelle, er faßte einen Dolch, sie den andern; er wollte den Streich gegen Fausten führen, der Teufel erhub ein Hohnlachen der Hölle, und

Faust sah den Eremiten mit gezücktem Dolche an seiner Seite knien.

Faust. Verdammter, der du unter der Larve der Frömmigkeit deine Gäste ermorden willst!

Der Eremit sank bebend zur Erde. Die Pilgerin, eine Gaukelei der Hölle, zeigte sich ihm in einer fürchterlichen Gestalt, und verschwand.

Faust befahl dem Teufel, die Hütte anzustecken, und sie mit dem Heuchler zu verbrennen. Der Teufel gehorchte frohlockend, und die Einsiedelei brannte auf. Den folgenden Morgen wehklagten die Bauern über den Tod des Gerechten, sammelten seine Knochen, und verehrten sie als Reliquien des frommen Eremiten.

6

Faust und der Teufel kamen morgens in Mainz an, und stiegen bei Fausts Wohnung ab. Sein junges Weib fiel ihm, mit einem hellen Freudenschrei, um den Hals, herzte ihn, und brach dann in wehmütige Tränen aus. Die Kinder hingen sich lärmend an seine Knie, durchsuchten begierig seine Taschen, ob er ihnen etwas mitgebracht. Der alte graue Vater nahte sich mit zitternden Knien, und reichte dem Sohn traurig die Hand. Fausts Herz bewegte sich, er fühlte seine Augen naß, er bebte, und sah zornig nach dem Teufel. Als er seine Frau fragte, warum sie weinte, antwortete sie schluchzend: »Ach sieh doch, Faust, wie die Hungrigen in deinen Taschen nach Brot suchen, wie kann ich dies ohne Tränen ansehen! sie haben lange nichts gegessen, wir waren so unglücklich, alle deine Freunde haben uns verlassen, aber nun ich dich wiedersehe, ist mir, als erblickte ich das Angesicht eines Engels. Ich und dein Vater haben noch mehr um dein-, als um unsertwillen gelitten. Wir hatten so fürchterliche Träume und Erscheinungen; wenn sich meine von Tränen müden Augen schlossen, sah ich dich gewaltsam von uns gerissen, und alles war so finster und schreckend.« –

Faust. Dein Traum, Liebe, geht eines Teils in Erfüllung. Sieh, dieser Herr will die Verdienste deines Mannes belohnen, den sein hartes Vaterland mißkannte und verstieß. Ich habe mich ihm verbunden, eine lange und weite Reise mit ihm zu machen.

Der alte Faust. Mein Sohn, bleibe im Lande und nähre dich redlich, sagt die Schrift.

Faust. Und sterbe Hungers, ohne daß man sich deiner erbarmt, sagt die Erfahrung.

Die Mutter jammerte noch kläglicher, die Kleinen schrien um Brot. Faust winkte dem Teufel, der einen Diener herauf rief, welcher bald darauf einen schweren Kasten herein schleppte. Faust öffnete den Kasten, und warf einen schweren Sack voll Gold auf den Tisch. Da er den Sack aufmachte, und das Gold schimmerte, verbreitete sich Heiterkeit auf die traurigen Gesichter. Hierauf zog er schöne Kleider und Kleinodien aus dem Kasten, und übergab sie seinem Weibe. Die Tränen verschwanden, die Eitelkeit leckte sie weg, wie die Sonnenhitze den Tau, und Munterkeit goß sich über das Angesicht des jungen Weibs. Der Teufel lächelte, und Faust murrte in seinen Bart: »O Zauber des Golds! Magie der Eitelkeit! ich kann nun wegreisen, ohne daß es andre Tränen, als Tränen der Verstellung kosten wird. – Nun, Weib, sieh, dies sind die Früchte meiner Reise, sag, ist es nun besser, daß ich im Lande mit euch allen darbe?«

Die junge Frau hörte nichts, sie stund mit den schönen Kleidern und Kleinodien vor dem Spiegel, und versuchte alle die Herrlichkeiten. Die kleinen Mädchen hüpften um sie herum, bewunderten sie, nahmen die Putzstücke, die sie weglegte, und ahmten die Mutter nach. Indessen brachte ein Diener ein volles Frühstück, die Kleinen fielen darüber her, schrien und jauchzten. Die Mutter hatte den Hunger vergessen.

Fausts Vater sagte seinem Sohn leise: »Hast du dies alles auf eine redliche Art erworben, so laß uns Gott danken, mein Sohn, und des Bescherten genießen. Ich habe seit einigen

Nächten schreckliche Gesichter und Ahndungen gehabt, doch ich hoffe, sie kommen von unserm Kummer her.«

Diese Anmerkung des Alten wollte tief in Fausts Seele sinken; aber die Freude, seine Kinder so gierig und vergnügt essen zu sehen, zu bemerken, wie freundlich und dankbar sein ältester Sohn und Liebling nach ihm blickte, der Gedanke, ihrem Elend abgeholfen zu haben, der Mißmut über das Vergangene, der innere Zug nach Genuß, dämpften die Aufwallung. Der Teufel legte noch eine Summe zu dem Golde, beschenkte die junge Frau mit einem edeln Halsschmuck, gab jedem der Kinder etwas, und versicherte die Familie, er würde Fausten reich, gesund und glücklich zurückbringen.

7

Faust ging hierauf mit dem Teufel zu einem Freunde, den er in großer Betrübnis antraf. Er fragte ihn um die Ursache seiner Traurigkeit, und er antwortete ihm: »daß diesen Mittag der ihm bekannte Prozeß abgeurteilt würde, und er wäre gewiß, ihn zu verlieren, so sehr auch das Recht auf seiner Seite sei. Meister Faust«, setzte er hinzu, »mir bleibt nichts übrig, als zu betteln; oder mich in den Rhein zu stürzen, wo er am tiefsten ist.«

FAUST. Wie könnt Ihr gewiß sein, daß Ihr den Prozeß verliert, da das Gesetz für Euch ist?

FREUND. Aber die fünfhundert Goldgulden meines Widersachers sind gegen mich, und da ich ihn nicht überbieten kann, so muß ich zu Grund gehen.

FAUST. Liegt's nur an dem? Kommt, und führt mich zu Eurem Richter. Ich habe hier einen Freund, der solchen Nöten gern abhilft.

Sie fanden in dem Richter einen aufgeblasnen stolzen Mann, der einen armen Klienten kaum eines Blicks würdigte. Faust kannte ihn längst für das, was er war. Der Richter fuhr Fausts Freund verdrießlich an: »Was quält Ihr mich, wißt Ihr doch, daß Tränen die Gerechtigkeit nie bestechen!«

Der gebeugte Freund sah demütig zur Erde.

FAUST. Gestrenger Herr, da habt Ihr recht, Tränen sind auch nur Wasser, und beißen nur die Augen dessen, der sie weint; aber doch wißt Ihr, daß mein Freund das Recht für sich hat.

RICHTER. Meister Faust, Ihr seid mir als ein Mann bekannt, der Hab und Fahrt verpraßt, und eine lose Zunge hat. Was kümmern seine Tränen die Gerechtigkeit? Recht und Gesetz sind zweierlei; hat Euer Freund das erste für sich, so hat er darum noch nicht das zweite.

FAUST. Ihr sagt, Recht und Gesetz sind zweierlei, ungefähr wie Richter und Gerechtigkeit, meint Ihr doch?

RICHTER. Meister Faust, ich sagte Euch, Ihr seid mir bekannt –

FAUST. Wir betrügen uns vielleicht einer in dem andern, wohlweiser Herr; aber lohnt's doch der Mühe nicht, den Mohren weiß waschen zu wollen. *Er machte die Türe auf, der Teufel trat ein.* Hier ist ein Freund, der Euch ein Dokument vorlegen wird, das, wie ich hoffe, der Sache meines Freundes eine beßre Wendung geben soll.

Als der Richter den reich gekleideten Teufel sah, nahm er eine freundlichere Miene an, und bat sie beide niederzusetzen.

FAUST. Wir können es im Stehen abtun. *Zu dem Teufel.* Zeigt doch das Dokument vor, das wir ausgefunden haben.

Der Teufel zählte bis zu fünfhundert Goldgulden, dann hielt er innen.

RICHTER. Das Dokument ist nicht übel, meine Herren; doch die Gegenpartei hat längst eins von gleichem Gewicht eingegeben.

FAUST. So müssen wir die Gründe für uns schwerer machen.

Der Teufel zählte bis tausend, dann hielt er innen.

RICHTER. In der Tat, diesen Umstand hatt ich ganz übersehen, und solchen Beweisen ist nicht zu widerstehen.

Er raffte das Gold zusammen und verschloß es in seinen Schrank.

Faust. Ich hoffe doch, Recht und Gesetz sind nun einverstanden.

Richter. Ihr versteht die Kunst, Meister Faust, die ärgsten Feinde auszusöhnen.

Faust, den die Schlechtigkeit des Richters ebenso sehr beleidigte, wie seine Grobheit, lispelte dem Teufel, beim Weggehen ins Ohr: »Räche die Gerechtigkeit an diesem Bösewicht!«

Hierauf trennte er sich von seinem Freunde, ohne seinen Dank abzuwarten, ging weiter mit dem Teufel, seine Schulden zu bezahlen. Besuchte dann seine übrigen Freunde, gab überall mit vollen Händen, selbst denen, die ihn im Unglück verlassen hatten, und fühlte sich glücklich, seiner angebornen Großmut und Freigebigkeit, ohne Maß und Einschränkung, den Zügel schießen lassen zu können. Der Teufel, der weiter sah, und bemerkte, wie er ohne alle Überlegung wegwarf, freute sich der Folgen.

8

Sie kamen nach dem Gasthofe. Faust, dem nun das Betragen seiner Frau wieder einfiel, war mürrisch und betroffen, er konnte es ihr nicht vergeben, daß ihr weiter keine Klagen über seine Entfernung entfahren seien, nachdem sie das Gold und die Kleinodien gesehen hatte. Er glaubte sich bisher mehr von ihr geliebt, als alle Schätze der Erde, und dachte, sie würde dieselben um seinetwillen fahren lassen. Diese Bemerkung über eine ihm so nahe Person machte einen widrigen Eindruck auf sein Herz. So strenge richtet und schließet nur der, den sein eignes Herz verurteilt, als Faust diesen Augenblick in seinem Innern tat. Der Teufel merkte, wo es ihn drückte, ließ ihn gern an diesen düstern Gedanken zerren, damit er das süße Band, worin ihn die Natur noch leise gefesselt hielt, ganz zerreißen möchte. Er sah mit innigem Genusse die schreckliche Qual, die einst daraus entspringen würde, wenn die Zukunft alle die Ungeheuer enthüllen sollte, womit der verwegne Faust sie zu füllen auf dem Wege war.

Mittags speisten sie mit einigen Äbten und Professoren an der Wirtstafel, die zur Ergötzung des Teufels bald in einen heftigen Streit über die Nonne Klara gerieten. Noch war das Kriegsfeuer in aller Stärke, der Parteigeist raste in allen Häusern und die Streiter am Tische gebärdeten sich so wütend, sagten über den bekannten Fall so tolle Sachen, daß Faust alle übele Laune vergaß. Als aber ein Doktor der Theologie behauptete, es sei möglich, daß der Teufel sein Spiel so weit getrieben hätte, die Nonne durch den Traum in gewisse Umstände zu versetzen, brach der Teufel in ein brüllendes Lachen aus, und Fausten fuhr der Gedanke durch den lüsternen Sinn, sich auf eine schreiende Art an dem Erzbischof zu rächen, der seiner Erfindung so wenig geachtet. Er hoffte dadurch den Gegenstand des theologischen und politischen Haders und Zweikampfs in Mainz so zu verwirren, daß kein menschlicher Geist dieses Chaos mehr auseinander wickeln sollte. Er bedachte nicht, daß er ihm dadurch ein Ende machte. Nach Tische befahl er dem Teufel, ein Mittel auszusinnen, daß er diese Nacht, unter der Gestalt des Dominikaners, bei der Nonne Klara liegen könnte. Der Teufel erwiderte, es sei ein leichtes, und wenn es ihm gefiele, so sollte ihn die Äbtissin selbst in die Zelle der Nonne führen. Faust spottete des Teufels, denn die Äbtissin war ihm als eine fromme, strenge und gewissenhafte Frau bekannt.

Teufel. Faust, dein Weib erhub ein Zetergeschrei, als du ihr deine Reise ankündigtest; aber da der Schimmer des Goldes und des Putzes in ihre Augen strahlte, lachte das Herz des Kummers. Ich sage dir, die Äbtissin soll dich in die Zelle der Nonne führen, und ich will keine übernatürliche Mittel gebrauchen. Du selbst sollst Zeuge sein, wie die alte Vettel in die Angel beißen wird. Komm, wir wollen ihr, unter der frommen Gestalt zweier Nonnen, einen Besuch machen. Ich kenne die Lager der Klöster, die Gesinnungen der Nonnen und Mönche in Teutschland genau, um sie vorstellen zu können. Ich will die Äbtissin der schwarzen Nonnen vorstellen, und du ihre Freundin, die Schwester Agathe.

In diesem Augenblick kam Fausts Freund voller Freude, ihm die Nachricht von dem glücklichen Ausgang seines Prozesses zu überbringen. Er wollte Fausten und dem Teufel danken, Faust aber sagte: »Ich entlasse Euch alles Danks, und empfehle Euch meine Familie in meiner Abwesenheit.« Der Teufel lächelte über sein Zutrauen. Faust raunte diesem ins Ohr: »es ist Zeit; denke des Richters!«

9

Der Richter wollte nachmittags seinem geliebten Weibe die tausend Goldgulden des Teufels vorzählen, zog sehr hastig die Schublade heraus, und fuhr bei ihrem Anblick bebend zurück. Die Goldstücke hatten sich in Mäuse und große Ratten verwandelt, die alle herausfuhren, und wütend nach seinem Gesicht und Händen sprangen. Der Richter, der von Natur einen großen Abscheu gegen diese Tiere hatte, floh aus der Stube, sie ihm nach, und hingen sich an seine Ferse. Er stürzte zu dem Hause hinaus, lief durch die Straßen, das Ungeziefer verfolgte ihn. Er rannte aufs Feld, sie ließen nicht ab. So trieben sie den Angstvollen bis in den steinernen Mautturm im Rhein. Hier dachte er das Ende ihrer Verfolgung gefunden zu haben; aber Ratten und Mäuse aus der Hölle scheuen das Wasser nicht. Sie schwammen hindurch, fielen über ihn her, und fraßen ihn lebendig auf. Von dieser Zeit an nannte man diesen Turm den Mäuseturm. Seine Frau erzählte in der Bestürzung die Geschichte der Verwandlung der Goldstücke, wodurch sich ihr unglücklicher Mann hätte verblenden lassen, und seit diesem Vorfall hat man im ganzen Erzstift Mainz kein Beispiel erlebt, daß sich ein Richter oder Advokat hätte bestechen lassen. Der Teufel muß dieses nicht bedacht haben, sonst hätte er gewiß den Spuk bleiben lassen.

10

Der Teufel und Faust stunden verwandelt und vermummt in dem Kreuzgang des Nonnenklosters. Die Pförtnerin lief voraus, was sie konnte, der Äbtissin den vornehmen Besuch anzukündigen. Die Äbtissin empfing sie, mit allen den frömmelnden Klosterbegrüßungen, die der Teufel in gleichem Tone beantwortete. Man trug Zuckergebacknes und feine Getränke auf, schnatterte von Klostergeschichten, von der argen Welt, und der Teufel lenkte seufzend die Unterredung auf Klaras Geschichte. Klärchen, die vermöge ihrer Verwandtschaft das Schoßkind des Klosters war, stund neben der Äbtissin, und lächelte unter ihrem Schleier. Faust bemerkte das Lächeln, verschlang sie mit den Augen, und freute sich des bevorstehenden Abenteuers, denn nie dünkte ihn, einen reizendern Schalk unter dem heiligen Schleier gesehen zu haben. Der Teufel gab dem Gespräche eine ernste Wendung, und ließ die Äbtissin merken, er hätte ihr wichtige Sachen zu vertrauen.

ÄBTISSIN, *zu Klara.* Lämmchen, Ihr könnt nun zu den Nonnen in Garten gehen, und Euch ergötzen. Ich will euch, des vornehmen Besuches der Äbtissin zu Ehren, Zuckergebacknes schicken, daß ihr den glücklichen Tag recht feiern mögt.

Klärchen sprang weg. Nach einigen Worten, wobei der Teufel sehr bedenklich und ängstlich tat, um die Äbtissin zu reizen, in ihn zu setzen, fing er an, seinem Zwecke näher zu kommen.

TEUFEL. Ach liebe Schwester, wie sehr bedaure ich Euch! Es ist wahr, und das kann Euch trösten, die ganze Stadt, und das ganze Land sind von Eurer Heiligkeit, Eurer Frömmigkeit und Strenge überzeugt. Ihr seid ein lebendiges Muster der Bräute des Himmels; aber leider! Welt ist Welt, und oft flößt der böse Feind den Weltmenschen böse Gedanken ein, um die durch sie zu stürzen, die ihm ein Dorn in den Augen sind. Er kann es nicht leiden, der häßliche Satan, daß Ihr Eure

Schäfchen in aller Reinheit weidet. Wie gesagt, ich bedaure Euch herzlich, und noch mehr die armen Schäfchen, die Euch anvertraut sind; was wird aus ihnen werden, wenn sie Euch verlieren?

Äbtissin. Liebe Schwester, seid darum unbesorgt; ob ich gleich alt bin, so bin ich doch, dem Himmel sei Dank, gesund und frisch, und die kleinen Ungemächlichkeiten, ach! eine Folge der Enthaltsamkeit, des strengen Lebens und der Buße sichern eher mein hinfälliges Leben, als daß sie es bedrohen. Wenigstens sagt mir dies immer der Arzt des Klosters, wenn ich mich beklage.

Der Teufel sah sie bedeutend an:

Habt Ihr denn gar keine Ahndung von dem, was Euch bevorsteht? Kein warnendes Traumgesicht? Hat sich seit einiger Zeit gar nichts im Kloster zugetragen, das Euch aufmerksam auf die Zukunft macht? Es pflegt doch gewöhnlich zu geschehen, daß fromme Seelen durch gewisse Zeichen von dem unterrichtet werden, was ihnen bevorsteht.

Äbtissin. Ihr erschreckt mich, daß ich am ganzen Leibe zittre. Laßt mich doch nachsinnen – ja, ja, nun erinnre ich mich – ich schlafe sehr unruhig – träume von Kirchhof und Leichen – und vor einigen Tagen – o gewiß ist dies ein Zeichen und Warnung. Vor einigen Tagen, liebe Schwester, ging ich mit dem Hündchen, das hier in meinem Schoße schläft, und das ein gar sittsames Tier ist, spazieren. Ich war ganz allein, und die Nonnen erzählten sich unter den Linden Märchen. Auf einmal sprang der große Hund des Gärtners nach meiner Pietas, so heißt das Hündchen, und wollte das Werk des Teufels mit ihr treiben. Ich bebte an allen Gliedern, schlug ein Kreuz nach dem andern vor die Brust, es wollte alles nichts helfen. Endlich schlug ich mit meinem Stabe auf den großen Hund, schlug aus Leibeskräften auf das häßliche Tier, das das Kloster entweihte, und schlug, schlug, bis der Stab, den mir der hochselige Erzbischof bei meiner Einweihung als Äbtissin verehrte, mitten entzwei brach. Sollte dies nicht ein Vorzeichen von Bedeutung sein?

Der Teufel und Faust taten erschrocken:

Ach das schlimmste von der Welt!

TEUFEL. Nun ist alles klar und wahrhaftig. Hab ich's Euch nicht gesagt, Schwester Agathe?

Faust beugte sich demütig.

ÄBTISSIN. So redet doch, ich bebe am ganzen Leibe.

TEUFEL. Faßt Euch, liebe Schwester, noch ist Rettung da, vielleicht, daß ich sie Euch bringe. Bedenkt wohl, daß es der Stab war, den Euch der Erzbischof bei Eurer Einweihung als Äbtissin verehrte, und hört mir dann aufmerksam zu. Ihr kennt doch meinen Bruder den Domherrn? Nun, er vertraute mir eine ganz erschreckliche Sache, und eben darum bin ich zu Euch gekommen. Er nahm zwar eine Verpflichtung von mir, es Euch nicht zu sagen; aber weiß ich doch, daß es besser ist, eine kleine Sünde zu begehen, wenn man einer größern zuvorkommt, und die Absichten des Teufels stört.

ÄBTISSIN. Da habt Ihr recht, und die Kirchenväter selbst lehren uns das, wie mein Beichtvater sagt.

TEUFEL. So wißt denn, der Erzbischof hat endlich das Kapitul so weit gebracht, daß sein Vorschlag durchgegangen ist, Euch nach Verlauf einiger Monate abzusetzen, und seine Nichte Klara als Äbtissin einzuweihen.

»Jesus Maria!« rief die Äbtissin, rang die Hände, und fiel in Ohnmacht. Der Teufel machte ein saures Gesicht bei ihrer Ausrufung, und Faust rieb ihr lachend die runzlichten Schläfe. Nachdem sie sich erholt hatte, brach sie in eine Tränenflut, und in die bittersten Verwünschungen über die Bosheit der Welt aus.

TEUFEL. Verzweifelt nicht, liebe Schwester, für ein Übel, das noch nicht geschehen ist, kann man immer Mittel finden.

ÄBTISSIN. Und was ratet Ihr mir Unglücklichen? Ach, der Himmel erbarme sich, was soll aus mir, was soll aus den Nonnen werden?

TEUFEL. Ich sagte Euch schon, daß es oft besser sei, eine kleine Sünde zu begehen, um einer größern vorzukommen, und ihr selbst bewiest es aus den Kirchenvätern, und setztet hinzu, daß man dadurch den Absichten des Teufels, und derer er sich bedient, entgegen arbeitet; aber liebe Schwester, dazu gehört Mut und Verstand, es so einzufädeln, daß ein Dritter die Hauptsünde davon trage, und man ohne Gefahr für sich und seine Seele seinen Zweck erhalte.

Äbtissin. Ach, liebe Schwester, und wie ist das anzufangen?

Teufel. Ich bin einmal in unserm Kloster in gleichem Fall gewesen, die fromme Schwester Agathe hier ist mein Zeuge, sie hat alles angesehen, dazu geholfen, und Ihr habt sie nicht zu fürchten.

Faust verbeugte sich demütig.

Teufel. Eine Nonne, die durch sündlichen Verstand, und noch sündlichere Schönheit, bei den Großen Schutz gefunden hatte, sollte durch ihre Hülfe über mich hinaussteigen. Ach, ihr fühlt nun, wie das tut, wenn man auf einmal gehorchen soll, nachdem man so lange unumschränkt geherrscht hat! Ich ging in Gegenwart der Schwester Agathe mit einem meiner Anverwandten zu Rat, er war in Gewissens- und Sündenfällen sehr bewandert, und wußte auf ein Haar, was verdammlich und nicht verdammlich sei. Dieser kluge Mann nun gab mir einen Rat, der mir aus der Not half, und wofür ich noch heute seine Asche segne. Anfangs schien er mir freilich sündlich, aber er versicherte mich, und bewies mir's aus den Kasuisten, daß Fasten und ein wenig Disziplin ihm das Arge und Verdammliche benehmen würden.

Äbtissin. Und der Rat? der Rat?

Teufel. Ich schäme mich, es Euch laut zu sagen.

Äbtissin. So lispelt mir's in das Ohr. Was die Äbtissin der schwarzen Nonnen ohne Gefahr ihrer Seligkeit tun konnte, mag auch die Äbtissin der weißen tun.

Teufel, *ihr leise ins Ohr:* Er riet mir, es zu veranstalten, oder geschehen zu lassen, daß die mir gefährliche Nonne die Sünde des Fleisches beginge.

Äbtissin, *sich kreuzigend.* Heilige Ursula! dies ist ja Teufelswerk, und führt grade zur Hölle.

Teufel. Den, der sie begeht, liebe Schwester, und das rate ich Euch ja nicht. Bedenkt doch, wenn Ihr um der heimlichen Sünden Eurer Nonnen verdammt würdet, wie sollte es Euch ergehen?

Äbtissin. Aber um aller Heiligen willen, wie konntet Ihr eine so gefährliche Sache ausführen, ohne daß es entdeckt wurde?

Teufel. O mein Fall war viel schwerer, wie der Eurige, denn Euch begünstigt schon das Gerücht von dem Traume, der die ganze Stadt erfüllt hat. Wenn ihr nun einen Mann, unter der Gestalt des Dominikaners, in Klaras Zelle schleichen laßt, und die Zeichen der sündigen Tat darauf erscheinen, wird nicht die ganze Welt sagen, es sei ein Spiel des Erbfeinds der Menschen? Laßt dem Satan den schlechten Ruf, und bleibt auf Eurem Stuhle mit der Herrschaft geschmückt sitzen, die dem Himmel gefällt. Dieses rate ich Euch zu Eurem Besten, aus Freundschaft für Euch, und Ihr mögt es nun machen, wie Ihr wollt.«

Die Äbtissin saß stumm da, und betete in der Verwirrung leise ihren Rosenkranz herunter. – »Die Sünde des Fleisches soll retten – Ave Maria! – es ist Eingebung des Satans – Heilige Ursula, erleuchte mich! – *sie sah nach dem Bilde der Heiligen.* – Die Schande und Ärgernis für das Kloster werden groß sein – Ave Maria! – es wird auf die Rechnung des Teufels geschrieben werden – aber ich kann verdammt dadurch werden! – pater noster – soll ich nun eine Magd im Kloster werden, und in meinen alten Tagen mich von Höhern quälen lassen, nachdem ich so lange die Nonnen gequält habe? – wir würden ihrer los, das sündliche Geschöpf hatte ohnedies der ganzen Stadt Ärgernis gegeben. – Hm, ich soll nicht mehr die Nönnchen auskeifen; und wie würde sich diese und jene an mir rächen? Ave Maria! – ich will meine übrigen Tage als Äbtissin ausleben, dem Kloster zum Besten, es koste was es wolle!«

Der Teufel feuerte zu, und der Anschlag ward gefaßt. Beim Weggehen sagte der Teufel zu Faust:

»Was hab ich nun anders getan, als daß ich den Stolz dieser alten Vettel fragte: ob es besser sei, die gefürchtete Verdammnis zu wagen, oder die tyrannische Gewalt über die armen Nonnen aufzugeben, die sie nur noch eine kurze Zeit auszuüben hat?«

So wohl Fausten der Spaß gefiel, so sehr mißfiel es ihm, daß der Teufel immer recht behielt. Abends führte ihn die Äbtissin, unter der Vermummung des Dominikaners, selbst in Klaras Zelle; während die Nonnen in der Vesper waren. Klärchen erschien, und nachdem sie sich der heiligen Ursula empfohlen, legte sie sich nieder. Ihre Einbildungskraft, die einmal auf gewisse Dinge gespitzt war, wiederholte oft in Träumen die vorige Erscheinung, sie lag eben in einer solchen Entzükkung, als Faust zu ihr schlich, die Erscheinung zu verkörpern. Klärchen hielt wachend das Spiel für Traum, genoß seiner, und fühlte die Sünde der Lust in all ihrem Reiz. Die Äbtissin gab sich indessen in ihrer Zelle die Disziplin, und gelobte, jede Woche, um ihrer Seele willen, einmal zu fasten. Der Erfolg dieser Nacht endigte auf einmal den Krieg in Mainz; aber für das arme Klärchen war er schrecklich.

Faust nahm nun Abschied von seiner Familie. Es wurden wenig Tränen vergossen, und sein Vater gab ihm traurig heilsame Lehren.

11

Als er mit dem Teufel über die Rheinbrücke ritt, sich an der nächtlichen Szene ergötzte, und Glossen über die Äbtissin machte, sahe er ferne einen Menschen im Wasser, der dem Ersaufen nahe war, und nur noch matt mit dem Tode kämpfte. Er befahl dem Teufel, den Menschen zu retten. Dieser antwortete ihm mit bedeutendem Blicke:

»Faust, bedenke was du forderst, es ist ein Jüngling, und vielleicht ist es besser für ihn und dich, daß er hier sein Leben endet.«

Faust. Teufel, nur zum Bösen bereit, willst du mich dahin bringen, dem Ruf der Natur zu widerstehen? Eile und rette ihn.

Teufel. Du kannst vermutlich nicht schwimmen – gut. Die Folgen seien dein Gewinn; du wirst es bereuen.

Er eilte hin, und rettete den Jüngling. Faust tröstete sich, durch eine gute Handlung die sündige Nacht versühnt zu haben, und der Teufel lachte des Trosts.

Drittes Buch

1

Der Teufel hatte Fausten durch einige Abenteuer geführt, die, nebst den vorhergehenden, seinem Herzen bloß zur Vorbereitung auf die Stürme des Lebens, welche er, vermöge seiner Menschenkenntnis, vorsah, dienen sollten. Das, was Faust bisher gesehen hatte, erfüllte seinen Busen höchstens mit Hohn und Bitterkeit; aber die Szenen, die sich nun eröffnen, rissen nach und nach solche tiefe Wunden hinein, daß sein Verstand sie nicht mehr zu tragen und zu heilen fähig war. Und nur ein Großer der Erde, oder welches so oft einerlei ist, ein Schöpfer und Mitwürker des menschlichen Elends, kann sie gelassen ansehen.

Der Teufel und Faust ritten unter Gesprächen an der Fulda hin, als sie, nahe bei einem Dorfe, unter einem Eichbaum, ein Bauerweib mit ihren Kindern sitzen sahen, die leblose Bilder des Schmerzes und der stumpfen Verzweiflung zu sein schienen. Faust, den die Tränen ebenso schnell wie die Freude herbeizogen, nahte sich hastig, und fragte die Elenden um die Ursache ihrer Not. Das Weib sah ihn lange starr an. Nur nach und nach taute sein freundlicher Blick ihr Herz so weit auf, daß sie ihm unter Tränen und Schluchzen folgendes mitteilen konnte:

»In der ganzen Welt ist niemand unglücklicher, als ich und diese arme Kinder. Mein Mann war dem Fürst-Bischof seit drei Jahren die Gebühren schuldig. Das erste Jahr konnte er sie wegen Mißwachs nicht bezahlen; das zweite fraßen die wilden Schweine des Bischofs die Saat auf, und das dritte ging seine Jagd über unsre Felder, und verwüstete die Ernte. Da der Amtmann meinen Mann beständig mit Pfändung bedrohte, so wollte er heute ein gemästetes Kalb mit dem letzten Paar Ochsen nach Frankfurt führen, sie zu verkaufen, um die Gebühren zu bezahlen. Als er aus dem Hofe fuhr, kam der Haushofmeister des Bischofs, und verlangte das

Kalb für die fürstliche Tafel. Mein Mann stellte ihm seine Not vor, bat ihn, die Ungerechtigkeit zu bedenken, daß er das Kalb für nichts hingeben sollte, da man es ihm in Frankfurt teuer bezahlen würde. Der Haushofmeister antwortete: er wisse doch wohl, daß kein Bauer etwas über die Grenze führen dürfte, was ihm anstünde. Der Amtmann kam mit den Schergen dazu; anstatt meinem Manne beizustehen, ließ er die Ochsen ausspannen, der Haushofmeister nahm darauf das Kalb, mich trieben die Schergen mit den Kindern von Haus und Hof, und mein Mann schnitt sich in der Scheune aus Verzweiflung den Hals ab, während sie unser Hab und Gut wegführten. Da seht den Unglücklichen unter diesem Tuche! Wir sitzen hier, seinen Leichnam zu bewachen, damit ihn die wilden Tiere nicht fressen, denn der Pfarrer will ihn nicht begraben.«

Sie riß das weiße Tuch von der Leiche weg, und sank zu Boden. Faust fuhr bei dem schrecklichen Anblick zurück. Dicke Tränen drängten sich aus seinen Augen, er rief: »Menschheit! Menschheit! ist dies dein Los?« *zum Himmel.* »Ließest du diesen Unglücklichen darum geboren werden, daß ihn ein Diener deiner Religion, durch Verzweiflung, zum Selbstmord treibe?« Er deckte den Unglücklichen zu, warf der Frau Gold hin, und sagte: »Ich gehe zum Bischof, ich will ihm Eure unglückliche Geschichte erzählen, er muß Euren Mann begraben, Euch das Eurige zurückgeben, und die Bösewichter bestrafen.«

Diese Geschichte machte einen so starken Eindruck auf ihn, daß sie schon an dem bischöflichen Schlosse waren, bevor er seiner Empfindung Luft machen konnte. Man nahm sie sehr gut auf, und lud sie zur Tafel. Der Fürst-Bischof war ein Mann in seinen besten Jahren, und so ungeheuer dick, daß das Fett seine Nerven, sein Herz und seine Seele ganz überzogen zu haben schien. Er fühlte nirgends als bei Tische, hatte nur Sinn auf der Zunge, und kannte kein andres Unglück, als wenn eine von ihm angeordnete Schüssel nicht geriet. Seine Tafel war so gut besetzt, daß Faust, dem der Teufel durch dienstbare Geister einigemal hatte auftischen lassen, gestehen mußte, ein Bischof überträfe selbst diesen Tausendkünstler an feinem Geschmack. Auf der Mitte des Tisches stund unter andern ein großer fetter Kalbskopf, ein Lieblingsgericht des Bischofs. Er, der mit Leib und Seele bei Tische war, hatte noch nicht gesprochen. Auf einmal erhub Faust seine Stimme:

»Gnädiger Herr, nehmt mir nicht übel, wenn ich Euch die Eßlust verderben muß; aber es ist mir gar nicht möglich, diesen Kalbskopf da anzusehen, ohne Euch eine schreckliche Geschichte zu erzählen, die sich heute, ganz nahe bei Eurem Hoflager, zugetragen hat. Auch hoffe ich von Eurer Gerechtigkeit und christlichen Milde, daß Ihr den Beleidigten Genugtuung verschaffen, und in Zukunft dafür sorgen werdet, daß Eure Angehörigen die Menschheit nicht mehr auf eine so unerhörte Art verletzen.«

Der Bischof sah verwundernd auf, blickte Fausten an, und leerte seinen Becher aus.

Faust erzählte mit Wärme und Nachdruck die obige Geschichte, keiner der Anwesenden schien darauf zu horchen; der Bischof aß fort.

Faust. Mich dünkt doch, ich rede hier zu einem Bischof, einem Hirten seiner Herde, und sitze mit Lehrern und Predigern der Religion und christlichen Liebe zu Tische. Herr Bischof, seid Ihr es oder nicht?

Der Bischof sah ihn verdrießlich an, ließ den Haushofmeister rufen, und fragte ihn: »He, was ist denn das mit dem Bauern da, der sich wie ein Narr den Hals abgeschnitten hat?«

Der Haushofmeister lächelte, erzählte die Geschichte wie Faust, und setzte hinzu: »Ich habe ihm darum das fette Kalb genommen, weil es eine Zierde Eurer Tafel, und für die Frankfurter, denen er's verkaufen wollte, zu gut ist. Der Amtmann hat ihn gepfändet, weil er immer ein schlechter Wirt war, und seit drei Jahren seine Gebühren nicht bezahlt hat. So verhält sich's gnädiger Herr, und wahrlich kein Bauer soll mir etwas Gutes aus dem Lande führen!«

Bischof. Da hast du recht. – *zu Faust.* Was wollt Ihr nun? Ihr seht doch, daß er wohlgetan hat, dem Bauer das Kalb zu nehmen; oder meint Ihr, die Frankfurter Bürger sollten die fetten Kälber meines Landes fressen, und ich die magern?

Faust wollte reden.

Bischof. Hört Ihr, eßt, trinkt und schweigt. Ihr seid der erste, der an meiner Tafel von Bauern und solchem Gesindel spricht, und wenn Euch Euer Rock nicht zum Edelmann machte, so müßt ich denken, Ihr stammt von Bettlern her, weil Ihr ihnen so laut das Wort redet. Wißt, ein Bauer, der seine Gebühren nicht bezahlen kann, tut ebenso wohl, daß er sich den Hals abschneidet, als gewisse Leute tun würden zu schweigen, wenn sie einem die Eßlust mit unnützem Gerede verderben. – Haushofmeister, dies ist ein vortrefflicher Kalbskopf –

Haushofmeister. Es ist eben der von Hans Ruprechts Kalbe.

Bischof. So! So! Gib ihn her, und reiche mir die Würze. Ich will ihm ein Ohr herunter schneiden – er wird auch dem Schreier dort schmecken.

Der Haushofmeister stellte die Schüssel vor den Bischof. Faust raunte dem Teufel etwas ins Ohr, und in dem Augenblick, da der Bischof das Messer an den Kalbskopf setzte, verwandelte ihn der Teufel in den Kopf Ruprechts, der wild, gräßlich und blutig dem Bischof in die Augen starrte. Der Bischof ließ das Messer fallen, sank rücklings in Ohnmacht, und die ganze Gesellschaft saß da in lebloser Lähmung des Schreckens.

Faust. Herr Bischof, und ihr geistliche Herren, laßt euch nun diesen da christliche Milde vorpredigen!

Er brach mit dem Teufel auf.

2

Die Unempfindlichkeit des Fürst-Bischofs und seiner Tischgenossen, die Faust bei der Erzählung dieser traurigen Geschichte wahrgenommen, die Art, wie dieser über das Schicksal dieser Unglücklichen entschied, legten den ersten Samen zum finstern Groll in sein Herz. Er lief in seinem Geiste seine vorige Erfahrung, und das, was er, seitdem er mit dem Teufel herumzog, gesehen, durch, und entdeckte, wohin er sich wandte, nichts als Härte, Betrug, Gewalttätigkeit, und Bereitwilligkeit zu Lastern und Verbrechen, um des Golds, des Emporsteigens und der Wollust willen. Er seufzte tief in seinem Herzen, und sah mit feuchtem Auge gen Himmel: »Du hast allen, von dem Größten bis zu dem Kleinsten, den Anspruch von Glück und Genuß in das Herz gelegt! allen das Gefühl von Recht und Unrecht mitgeteilt. Hast sie alle gleich empfindlich für Schmerz und Freude gemacht! Warum kann und darf ein einziger diese anerkannten Ansprüche und Gefühle verletzen? Wie kann der Mensch vor deinem Angesicht gegen den Menschen wüten?« Noch wollte er die Ursache dazu in dem Menschen selbst suchen; aber sein unruhiger, zu Zweifeln geneigter Geist, seine Einbildungskraft, die so gern über die nähern Verhältnisse wegflog, sein erbittertes, heftig teilnehmendes Herz fingen schon jetzt an, in dunklen Gefühlen den Schöpfer der Menschen, wo nicht zum Urheber, doch wenigstens durch seine Duldung zum Mitschuldigen alles dessen zu machen, was ihm Empörendes aufstieß. Diese dunklen Empfindungen brauchten nur einen stärkern Stoß, um seinen Verstand zu verwirren, und der Teufel freute sich darauf, die Veranlassung darzu in der Ferne wahrzunehmen. Faust hoffte sich bald an dem Hofe des berühmten Fürsten von diesem Mißmut zu heilen, und in diesem Wahne ließ ihn sein Gefährte sehr gerne.

Sie kamen gegen Abend in eine Stadt, wo sie bei ihrem Eintritt eine Menge Volks um einen Turm versammelt fanden, in welchem man die zum Tod Verurteilten die letzte

Nacht ihres Lebens zu bewachen pflegte. Faust merkte, daß einige wild, andre gerührt hinauf sahen, und erkundigte sich um den Grund dieser Äußerungen. Das Volk schrie untereinander:

»Unser Vater, der Freund der Freiheit, der Beschützer des Volks, der Rächer der Unterdrückung, der Doktor Robertus sitzt da oben! der harte, tyrannische Minister, sein Freund, hat ihn zum Tod verdammt, und morgen soll er hingerichtet werden, weil er uns gegen ihn so kühn verteidigt hat.«

Diese Worte fielen in die Seele Fausts. Er faßte eine hohe Meinung von dem Manne, der sich auf Gefahr seines Lebens zum Rächer der Menschen aufgeworfen; und da er soeben ein Augenzeuge der Folgen tyrannischer Gewalttätigkeit gewesen war, so forderte er den Teufel schnell auf, ihn zu diesem Doktor zu bringen. Der Teufel führte ihn seitwärts, schwang sich mit ihm auf den Turm, und trat mit ihm in das Gefängnis des Rächers der Freiheit. Faust sah da einen Mann vor sich, dessen stolze, kühne, düstre Gesichtsbildung jeden andern als ihn zurückgestoßen hätte; aber es tat eine ganz andre Würkung auf ihn, und da er ihn in diesem entscheidenden Augenblick ruhig und gelassen fand, so setzte seine rasche Einbildungskraft aus dem, was er gehört hatte, und was er vor sich sah, beim ersten Blick, das Bild eines großen Mannes zusammen. Der Doktor schien über ihre plötzliche Erscheinung gar nicht betroffen. Faust nahte sich ihm und sagte:

»Doktor Robertus, ich komme, Eure Geschichte aus Eurem eignen Munde zu hören; nicht, als wenn ich daran zweifelte, denn Euer Anblick bestätigt das, was ich vernommen habe. Ich bin nun gewiß, daß Ihr als ein Opfer der Gewalt fallt, die das Menschengeschlecht unterjocht, und die mich so wie Euch empört. Ich komme Euch meine Dienste anzubieten, die Euch gegen allen Schein aus dieser traurigen Lage retten können.«

Der Doktor sah ihn kalt an, ließ sein Haupt in seine Hand fallen, und antwortete:

»Wohl falle ich als ein Opfer der Gewalt und Tyrannei, und

was mir das empfindlichste ist, durch die Hand eines falschen Freundes, der mich mehr seiner Furcht, seinem Neide, als seinen despotischen Grundsätzen aufopfert. Ich weiß nicht, wer Ihr seid, und ob Ihr mich retten könnt; aber es liegt mir daran, daß Männer von Eurem Ansehen den Doktor Robertus kennen lernen, der morgen für die Freiheit blutet. Von frühster Jugend lebte der Geist edler Unabhängigkeit, dem der Mensch allein das Große, dessen er fähig ist, zu danken hat, in meiner Brust. Früh empörten meine Seele die Gewalt und Unterdrückung, wovon ich Beweise sah, und in der Geschichte las; ja bis zur Wut entflammten sie mich, und oft vergoß ich glühende Tränen, daß ich mich unvermögend fühlte, die Leiden der Menschheit zu rächen: zu meiner Qual erfuhr ich aus der Geschichte der edlen Griechen und Römer, welche große Ansprüche der Mensch auf Würde und Achtung hat, wenn ihn die Tyrannen das sein lassen, wozu ihn die Natur gemacht hat. Glaubt darum nicht, ich sei einer der Toren, welche die Freiheit dahinein setzen, daß jeder tun kann, was ihm gefällt. Wohl weiß ich, daß die Kräfte des Menschen verschieden sind, und ihre Lage im bürgerlichen Leben bestimmen müssen; aber da ich mich nach Gesetzen umsah, die einem jeden diese Lage, sein Gut und seine Person zusicherten, so fand ich nichts, als ein wildes Chaos, das tyrannische Gewalt geflissentlich zusammengemischt hat, um sich zum eigenmächtigen Herrn des Glücks und des Daseins der Untertanen zu machen. Nach dieser Entdeckung schien mir das ganze Menschengeschlecht eine Herde zu sein, gegen die sich eine Bande Räuber verschworen hat, sie nach von ihnen, nur zu ihrem eignen Vorteil entworfnen Gesetzen zu plündern und zu würgen, ohne daß sie selbst eins anerkennen. Sagt mir, wo ist das Gesetz, das die Herrscher der Erde fesselt? Ist es nicht Unsinn, daß eben diejenigen, die ihre Macht dem Mißbrauch der Leidenschaften und des Übermuts am meisten aussetzt, keinem Gesetz unterworfen sind, und keinen Richterstuhl anerkennen, der sie zur Verantwortung ziehen könnte? Wollt Ihr den Himmel dafür annehmen, meinetwegen, sie stehen sich gut dabei, und er scheint taub gegen das Winseln der Elenden. Nah ist der Jammer, die versprochne Rache ferne, und dieses reimt sich schlecht mit dem Gefühl und der Natur des Menschen.«

Faust faßte dieses stark auf, blickte düster, und strich über seine Stirne. Den Teufel ergötzte der Redner, er fuhr fort:

»Der wilde Ungestüm, den ich nach dieser Entdeckung äußerte, macht meinem Herzen Ehre, und ich kümmre mich wenig darum, daß meine Feinde meine Klugheit antasten. Denn was anders heißt den Menschen Klugheit, als blinde Unterwerfung, Niederträchtigkeit, Schmeichelei, Gleichgültigkeit darüber, wie man einen Posten erschleicht, wenn man nur dahingelangt, mit zu unterdrücken, und mit zu plündern? Nur dieses nennen sie klug sein, aber ein Mann wie ich sucht das Glück auf reinern Wegen. Mein Unglück war, daß ich mit dem jetzigen Minister, von der Schule an, aufs innigste verbunden war. Er besitzt den Geist, der dazu gehört, empor zu kommen; von frühster Jugend suchte er, durch mir entgegengesetzte Grundsätze, Aufsehn zu machen, und verteidigte in eben dem Maße die tyrannische Regierungsformen, als ich sie antastete. Wir stritten über diesen kitzligen Punkt, geheim und öffentlich. Ich schlug ihn mit meiner Beredsamkeit überall nieder, aber wenn es natürlich war, daß ich den unterdrückten Teil der Menschheit auf meine Seite zog, so war es noch natürlicher, daß es ihm gelingen mußte, alle die zu gewinnen, deren Vorteil die Unterjochung der Menschen ist. Da es nun eben diese sind, die ihren Mitverschwornen die Türe zu dem Glück und den Ehrenstellen öffnen, so ward er bald hervorgezogen, stieg von Stufe zu Stufe bis zur Stelle des Ersten im Lande, während ich vernachlässigt, verkannt und verachtet sitzen blieb. Der Stolze wandte alle Mittel an, mich an sich zu ziehen, trug mir bald diese, bald jene Stelle an; aber ich merkte wohl, daß er mir dadurch nur seine Größe fühlbarer machen wollte, und daß seinem Triumph nun weiter nichts mehr abginge, als daß ein Mann von meinen Grundsätzen ihn als Beschützer erkennte, und öffentlich seine harte

Regierung, durch seinen Beitritt heiligte. Überdem wollte mich der Listige dem Volke, das an mir hing, immer verdächtiger machen. Ich aber, meinen Grundsätzen getreu, griff seine Fehler bei jeder Stufe, die er stieg, um so heftiger an. Ihr seht wohl, daß ihm, wenn er fähig wäre, groß zu fühlen, dieser edle Kampf Bewundrung für den hätte einflößen müssen, der ihn mit so vieler Gefahr für sich unternahm. Auf ihn tat es eine andre Würkung. Sein Haß gegen mich nahm bei jeder meiner Äußerungen zu, und da ich ihn in einer Schrift vergangnen Monat sehr heftig angriff, worauf sich das Volk vor seinem Hause versammelte, ihm drohte, und meinen Namen laut ausrief, so legte er diese Schrift vor den Fürsten, der ein Gericht niedersetzte, das mich zum Tod verdammt hat. So verurteilt das Gesetz der Tyrannen; aber das Recht der Menschheit spricht mich los. Dieses ist meine Geschichte, und weiter sollt Ihr nichts von mir hören. Ich sterbe ohne Klage, und bedaure nichts, als daß ich die Kette nicht zerbrechen kann, woran das Menschengeschlecht gefesselt ist. Könnt Ihr helfen, gut; doch wißt, aus meines Feindes Hand ist mir der Tod willkommner, als Gnade. Laßt mich nun ruhig, kehrt in die Sklaverei zurück, ich schwinge mich zur Freiheit auf!«

Faust war ganz durchdrungen von der Größe des Doktors, und machte sich schnell auf den Weg, diesen Minister zu sprechen, ihm seine Ungerechtigkeit vorzuwerfen, und ihn zu beschämen. Der Teufel, der tiefer sah, merkte wohl, daß der Freiheitssinn des Doktors aus einem ganz andern Gefühl entstanden war. Der Minister ließ sie gleich vor. Faust sprach warm, kühn und frei über die Lage und Denkart des Doktors. Stellte ihm vor, »wie nachteilig es seinem Ruhme sei, einen Mann, den er einst seinen Freund genannt, dem Despotismus zu opfern«. Gab ihm zu verstehen, »daß jedermann glauben müßte, es reizten ihn Privatrache und Furcht, sich von einem so hellsehenden Beobachter seiner Taten zu befreien. Ist Euer Tun gerecht«, setzte er hinzu, »so habt Ihr ihn nicht zu fürchten; seid Ihr der Mann, wofür er Euch ausgibt, so bestärkt Ihr durch seine Hinrichtung seine Meinung, und jeder wird in Euch nichts sehen, als einen falschen eifersüchtigen Freund, und den Unterdrücker seiner Mitbürger.«

MINISTER. Ich kenne Euch nicht, und frage auch nicht, wer Ihr seid. Wie ich denke, mag Euch die Art beweisen, mit welcher ich Eure Zudringlichkeit, Eure Vorwürfe und Beschuldigungen aufnehme. Fühlt selbst, ob Ihr ein Recht dazu habt, da Ihr mir sie auf bloßes Hörensagen macht, und von der Lage dieses Landes nicht unterrichtet seid. Ich will denken, nur Mitleid spricht aus Euch, und darum Euch antworten. Ich war und bin ein Freund des Doktor Robertus, und bedaure es, daß ich in ihm einen Mann der Gerechtigkeit überliefern muß, der durch seine Eigenschaften seinem Vaterlande hätte nützlich sein können, wenn es ihm nicht gefallen hätte, sie zu dessen Untergang anzuwenden. Ich will nach dem Grund zu dieser Verirrung nicht in seinen Busen greifen, und es seinem eignen Gewissen überlassen. Lange hatte ich Geduld mit seinem gefährlichen Wahnsinn; da er aber das Volk aufwiegelte, für dessen Bestes ich zu sorgen habe, und sich zum Haupt einer Empörung aufwarf, so muß er sterben, wie es mein einziger Sohn müßte, wenn er ein gleiches unternehmen sollte. Das Gesetz hat ihn verurteilt, nicht ich, er kennt dieses Gesetz, und weiß welche Folgen Empörung nach sich zieht. Das Urteil der Welt nehme ich auf mich, und habe nichts dagegen zu setzen, als die Ruhe und das Glück dieses Volks, das es später erkennen wird, daß nur ich sein Vater bin. Wenn es Euch nicht genug ist, dem ersten Eindruck zu folgen, so verweilet hier, und wenn Ihr mir dann mit mehrerer Bescheidenheit etwas zu sagen wißt, das diesem Volke und mir nutzen kann, so steht Euch mein Ohr immer offen.«

Nach diesen Worten, die er mit festem und unverstelltem Tone aussprach, zog er sich zurück, und ließ Fausten, der keine Antwort sogleich finden konnte, stehen. Dieser sagte beim Weggehen zum Teufel: »Welchem von beiden soll ich nun glauben?« Der Teufel zuckte die Schultern, denn da, wo es ihm für die Hölle nützlich, nachteilig für Fausten und die Menschen schien, wollte er nichts zu wissen scheinen.

FAUST. Daß ich doch dich frage! Ich will dem Rufe meines Herzens folgen: ein solcher Mann, der mir so nah durch seine Denkart verwandt ist, soll nicht sterben!

Hätte Faust unsre junge Freiheitsschreier gekannt, er würde sich in dem Doktor Robertus nicht geirrt haben; aber ihm war die Erscheinung neuer als uns.

Morgens, da die Hinrichtung vor sich gehen sollte, begab sich Faust mit dem Teufel nach dem Markte, und unterrichtete ihn im Gehen von seinem Willen. In dem Augenblick, als der Henker dem Doktor, der mit wilder Miene niederkniete, das Haupt abschlagen wollte, verschwand dieser. Der Teufel führte ihn durch die Luft über die Grenze, stellte ihm auf Fausts Befehl eine große Summe Gelds zu, und überließ ihn freudig seinem Geschicke, denn er sah voraus, wozu er dieses und seine Freiheit anwenden würde. Das Volk erhub ein Freudengeschrei bei dem Verschwinden des Doktors, glaubte, Gott selbst beschütze seinen Liebling, Faust schrie mit, und freute sich der schönen Tat.

3

Faust und der Teufel ritten nun nach dem Hofe des Fürsten von ***. Nicht aus Furcht verschweige ich die Namen der teutschen Fürsten und Großen, die in diesem Werk auftreten,* sondern weil die geheimen, von mir entdeckten Triebfedern ihrer Handlungen zu oft mit ihren lügnerischen, schmeichlerischen und unwissenden Geschichtschreibern im Widerspruch stehen, und die Menschen, die sich so gerne betrügen lassen, an der Echtheit meiner geheimen Entdekkungen zweifeln möchten. Welcher Herkules kann den

* Aus dieser Stelle sieht man, daß der Verfasser viele Abenteuer in Teutschland, um sein Buch nicht zu dick zu machen, unterschlagen hat. Vielleicht, daß sie einstens erscheinen.

Schutt ausräumen, den die Geschichtschreiber zusammengetragen haben?

Sie erreichten bald den Hof dieses Fürsten, der als ein Muster eines klugen, tugendhaften, gerechten Regenten, als ein Vater seiner Untertanen in ganz Teutschland ausgeschrien war. Seine Untertanen selbst, wollten freilich nicht immer in diesen Ton mit einstimmen; aber der Fürst soll noch geboren werden, der es allen recht macht. Ein Gemeinspruch der Politik, der, wie alle Gemeinsprüche, öfterer dazu dient, den schlechten Fürsten schlechter zu machen, als dem Guten sein schweres Amt im rechten Gesichtspunkt zu zeigen.

Faust und der Teufel fanden durch ihren Aufwand und ihr Betragen bald Eingang am Hofe. Faust sah den Fürsten mit den Augen eines Mannes an, dessen Herz durch das Vorurteil schon gestimmt war; dieses Vorurteil nun bis zur Überzeugung zu treiben, erforderte es vielleicht weniger, als das edle Äußere des Fürsten. Er schien; oder war, grad und offen. Suchte zu gefallen, und die Herzen zu gewinnen, ohne es merklich zu machen; war vertraulich, ohne sich etwas zu vergeben, und besaß jene kluge Kälte, die Ehrfurcht einflößt, ohne daß man sich die Ursache davon deutlich anzugeben weiß, und ohne daß man einen starken Trieb fühlt, ihr nachzuspüren. Dieses alles war mit so viel Würde, Feinheit und Anstand umhüllt, daß es dem geübtesten Auge schwer fiel, das Erlernte, Erkünstelte und Erworbene, von dem Natürlichen zu unterscheiden. Faust, der noch wenige Weltleute gesehen hatte, die ihren natürlichen Charakter an der politischen Klugheit abgerieben haben, setzte sich aus obigem ein Ideal zusammen, und nachdem er einige Zeit den Hof besucht, und die Hauptpersonen desselben alle gefaßt zu haben glaubte, so fiel eines Abends zwischen ihm und dem Teufel folgendes Gespräch vor:

Faust. Ich habe dir diese Tage vorsätzlich nichts von diesem Fürsten sagen wollen; aber nun, da ich mir schmeichle, ihn gefaßt zu haben, wage ich es, mit Zuversicht zu behaupten, daß das Gerücht kein Lügner ist, und ich hoffe dir das Geständnis abzuzwingen, er sei, was wir suchen.

TEUFEL. Faust, ich merke schon, wo du hinaus willst, und du gibst dem Teufel eine sonderbare Bestimmung; doch hiervon ein andermal. Dein Fürst da ist nun freilich ein ganzer Mann; ich werde dir auch nichts von meinen Bemerkungen über ihn sagen, denn wie ich diesen Abend bei dem Minister ausgespäht habe, so ist etwas auf dem Wege, das dich anschaulich von seinem Werte überzeugen wird; bis dahin halte das Ideal von ihm warm in deinem Busen, und sage mir, was hältst du von dem Grafen C***, seinem Günstling?

FAUST. Verwünscht! dies ist der einzige Umstand, mit dem ich nicht fertig werden kann. Er ist sein Busenfreund, und doch so glatt wie ein Aal, der dir immer entwischt, und so geschmeidig wie ein Weib gegen ihren Mann, wenn sie auf Ehebruch sinnt. Indessen gehört dies vielleicht zu seiner Lage, sein Inneres so zu verdecken und zu übertünchen, daß keiner von denen, die sich so gern an begünstigte Große hängen, an etwas fassen soll.

TEUFEL. Sein Inneres? Glaubst du, Faust, der Mann, der so mühsam arbeitet, sich zu verbergen, habe ein Inneres, das das Licht verträgt? Traue dem Menschen nicht, in dem Kunst, Verstand und Interesse das Tierische seiner Natur so unterjocht und verdünstet haben, daß sogar die Zeichen seines Instinkts und seiner Sinnlichkeit verloschen sind. Wenn sich das, was in euch kocht und arbeitet, nicht mehr auf eurer Stirne, in euren Augen und Bewegungen zeigt, so seid ihr eurer Natur entsprungen, und werdet die gefährlichsten Tiere der Erde; Mißgeburten, die die überfeine Kultur des Verstandes mit der letzten Aufwallung der Wollust zeugt.

FAUST. Wie, so wäre es nicht einmal Verstellung?

TEUFEL. Da hättest du noch etwas vor dir; denn auch eine Maske hat Bedeutung, und man enträtselt den Vermummten an Gang, Stimme, Atemholen und Gewohnheiten. Nein, Faust, dieser da ist so ganz, was er ist.

FAUST. Und was ist er denn im Namen der Hölle?

TEUFEL. Ein Mann, der viel gereist und die Welt gesehen hat. Der an den Höfen Europas herumgezogen ist, den rohen Menschen abgeglättet, und die Gefühle des Herzens an dem kalten Lichte des Verstandes versengt hat; kurz, einer der ausgebildeten Köpfe, die alle Verbindung zwischen Geist und Herz zertrümmern, eurer eingebildeten Tugend lachen, und mit den Menschen umgehen wie der Töpfer, der das Werk seiner Hände zu den Scherben wirft, wenn es seiner Laune nicht entspricht. Er ist einer von denen, die sich durch ihre Erfahrung berechtigt glauben, die Menschen samt und sonders als ein Pack Raubgesindel zu betrachten, die den auffressen, der ihnen edlen Instinkt zutraut. Nichts freut ihn, als ein fein entworfner, glücklich ausgeführter Hofstreich, und er genießt eines Mädchens wie einer Rose, die er von dem Stocke abbricht, beriecht, und dann gleichgültig mit Füßen tritt.

FAUST. Hämischer Teufel, und der Mann, den du da malst, könnte der Busenfreund des Fürsten von *** sein?

TEUFEL. Es wird sich schon zeigen, was er ihm ist; ich sage dir, es ist etwas auf dem Wege. Hast du diesen Abend den Minister bemerkt?

FAUST. Er scheint beklommen und düster.

TEUFEL. Dies ist nun einer von den Menschen, die ihr wackre Männer nennt. Großmütig, arbeitsam und gerecht; aber so, wie es euch immer geht, ein einziger Gran falschen Zusatzes schnellt schon die Waage hinauf. Dieser ist bei ihm der Sinn der Zärtlichkeit für das andre Geschlecht, und da er aus Grundsätzen die Einsegnung des Priesters zu seinem Vergnügen braucht, so vernarrte er sich nach dem Tod seiner ersten Gemahlin in das Weib, das du gesehen hast. Durch sie gab er seinen erwachsnen Kindern eine Stiefmutter, seinen Sinnen einen kurzen Genuß, und zertrümmerte das Gebäude seines Glücks. Sie nutzte seine Verblendung, verpraßte durch Üppigkeit, Putz und Spiel ihr, sein und seiner Kinder Vermögen, und verwickelte ihn noch obendrein in ungeheure Schulden. Es ist wahr, sie nahm in dem Baron H***, den du gesehen hast, und der eigentlich Herr im Hause ist, einen arbeitsamen Gehülfen dazu. Da man sich nun ganz auf der Neige fühlte, die Phantasie immer mehr wuchs, und neue Bedürfnisse ersann, je schwerer es war die Mittel dazu zu finden, so ließ sich's endlich die Mutter gefallen, einem Plan beizutreten, den ihr Buhler entwarf: Die Tugend ihrer Tochter, unter einer zweideutigen Versicherung auf Vermählung, so teuer an den Günstling zu verkaufen, als er sie kaufen wollte. Von allem diesem merkt der Minister nichts, fühlt nur die Lücke in seinem Vermögen, die Last der Schulden, das volle Maß seiner Torheit, und zittert vor der augenblicklichen Ankunft seines Sohns, den die Mutter aus dem Hause trieb, um auch sein Vermögen ungestörter zu verprassen. Indessen hat er sich in dem Türkenkriege einen hölzernen Arm geholt. Auch ist's wohl möglich, daß der Günstling, da der Minister viel bei dem Fürsten gilt, anfangs ernsthafte Absichten hatte; aber nun hat sich seit einigen Tagen die Szene gänzlich geändert. Der Fürst schlug ihm eine Vermählung mit der reichsten Erbin des Landes vor, und jetzt brütete er darüber, durch einen kühnen und geheimen Schlag den Minister und sein ganzes Haus so zu zerschmettern, daß keiner es wage, um Rache zu schreien; oder ihn nur anzuklagen. Verstummen sollen sie, als seien sie nie gewesen, und der Minister soll unter seiner Sohle hinsterben, wie der Wurm, dessen Ächzen euer hartes Ohr nicht hört.

FAUST. Und diese Tat sollte der Fürst nicht rächen?

TEUFEL. Du sollst die Entwicklung mit eignen Augen sehen.

FAUST. Ich gebiete dir bei meinem Zorne, hier keinen deiner Streiche zu spielen.

TEUFEL. Brauchen die des Teufels, die ihn durch ihr Tun beschämen? Faust, wir fangen nur an, die Decke von dem menschlichen Herzen aufzuheben; es ist mir aber doch lieb zu bemerken, daß auch ihr Teutschen der Ausbildung fähig seid. Freilich borgt ihr sie von andern Völkern, und verliert dadurch den Ruhm der Eigenheit; aber in der Hölle ist man darüber weg, und hält sich an den guten Willen.

4

Faust vertrieb sich die Zeit mit den Weibern, verführte die Hoffräuleins und Zofen, indessen sich das Drama des Günstlings der Entwicklung näherte. Dieser saß mit dem Baron H*** zusammen, und teilte ihm den fein gesponnenen Entwurf mit. Er sollte das Werkzeug dazu sein, und da der Glanz des Goldes den Kitzel der langen Buhlerei mit der Frau des Ministers nicht mehr schärfen konnte, überdem die Tränen der unglücklichen Tochter, der Kummer des Vaters, die nahe Ankunft des Krüpels von Sohne seinem zarten Gewissen anfingen beschwerlich zu werden, so war er sehr geneigt, sich dieser Bürde, auf eine oder die andre Art, zu entledigen. Die Belohnung ging, wie unter Leuten, die sich kennen, natürlich voraus, und bestund darin, daß der Graf über sich nahm, bei dem Fürsten auszuwürken, den Baron in einer wichtigen Angelegenheit an den Kaiserlichen Hof zu schicken. Dafür verband sich der Baron, die Frau des Ministers durch eine Summe Gelds, die der Graf herschoß, dahin zu stimmen, ein gewisses Papier, das eins der wichtigsten Dokumente des fürstlichen Hauses enthielt, und dessen man soeben, wegen einer Streitigkeit mit einem andern fürstlichen Hause benötigt war, aus dem Kabinet des Ministers, dem es übergeben war, darüber zu arbeiten, auf eine unmerkliche Art zu entwenden. Der Graf hoffte dann die Sache so zu drehen, daß aller Schein gegen den Minister sei, als habe er dieses Dokument aus Not der Gegenpartei ausliefern wollen, und daß nur seine eigne Wachsamkeit das fürstliche Haus aus dieser Gefahr gerettet hätte. Die Gemahlin des Ministers glaubte, daß ein Mann, der zu ihren Torheiten kein Gold mehr auftreiben könnte, keine Schonung verdiente, und da sie sich immer schmeichelte, den Günstling mehr zu gewinnen, je gefälliger sie sich ihm erzeigte, so überlieferte sie ohne Bedenken das Papier.

5

Der Minister ging seufzend und einsam in seinem Zimmer auf und ab. Das Gefühl der bevorstehenden Schande, der Druck peinlichen Kummers, die Gewißheit betrogner Liebe hatte auch seine Tochter, einst sein einziger Trost, von ihm entfernt. Sie weinte verschlossen, und zehrte an einem Herzen, das eines bessern Schicksals würdig war; so dorrt die Lilie im einsamen Tale hin, die eine mutwillige Hand am zarten Stengel gedrückt hat. Seine Gemahlin unterbrach seine düstre Einsamkeit, um ihm sein Elend noch fühlbarer zu machen. Bald darauf trat der Baron herein, und forderte kalt die Instruktion an den Kaiserlichen Hof. Da der Fürst Befehl dazu erteilt hatte, so ging der Minister in sein Kabinet, um sie zu holen. Indessen hatte seine Gemahlin Zeit, eine Szene der Verzweiflung mit ihrem Buhlen zu rasen. In dem Augenblick, da der Minister dem Baron die Instruktion übergab, kam ein Bote des Fürsten mit einem Handschreiben, worin er ihm bedeutete, das Dokument und seine Ausarbeitung an Hof zu bringen, weil man beides dem Abgesandten der Gegenpartei vorlegen wollte. Der Minister suchte in seinem Kabinete, leerte alle Schränke aus, kalter Todesschweiß rann über sein Gesicht; er forschte alle Secretairs und Schreiber aus, sein Weib, seine Tochter, umsonst, er mußte den Entschluß fassen, sich dem fürchterlichen Sturm in der Unschuld seines Herzens auszusetzen. Er trat vor den Fürsten, der mit dem Grafen allein war, und kündigte ihm sein Unglück an, beteuerte seine Unschuld, und unterwarf sich seinem Schicksal. Der Graf ließ die erste Empfindung bei dem Fürsten würken, trat dann kalt näher, zog das Dokument aus der Tasche, übergab es dem Fürsten mit einer tiefen Verbeugung, ließ darauf hart in sich dringen, wie er dazu gekommen, ließ sich sogar mit Ungnade bedrohen, und gestund endlich mit dem äußersten Widerwillen den Vorgang der Sache nach seinem entworfnen Plane. Der Minister verstummte, der sprechende Beweis von Schuld verwirrte ihn so, daß selbst das

Gefühl seiner Unschuld nicht durch die Finsternis dringen konnte, die diese unerwartete Wendung vor seine Sinne zog. Der Fürst sah ihn wütend an, und sagte: »Lange konnt ich von Euch erwarten, daß Ihr endlich die Torheit Eurer Aufführung durch Verräterei an mir zu heilen suchen würdet.« Dieser Vorwurf zog die Decke von den Augen des Verstummten weg; das Gefühl seiner Redlichkeit wollte seine starre Zunge beleben, der Fürst befahl ihm zu schweigen, seine Stelle niederzulegen, nach Hause zu gehen, und sich nicht zu entfernen, bis ein Gericht über ihn gesprochen.

Der Unglückliche ging, dicke Tränen rollten in seinen Bart. Die Verzweiflung entriß seiner Tochter das Geheimnis ihrer Schande, und der Mutter das Geständnis ihres Verbrechens. Die Kraft seines Geistes zersprang, seine Sinne verwirrten sich, und nur das schrecklichste Schicksal, das den Menschen treffen kann, Stumpfheit und Wahnsinn zogen einen düstern Schleier vor das Erinnern des Vergangnen, und heilten durch eine gänzliche Zerstörung sein Herz von den grausamen Wunden, die ihm seine Nächsten geschlagen.

In diesem Augenblick führte der Teufel Fausten in das Zimmer des Ministers, nachdem er ihn vorher von der ganzen Geschichte unterrichtet hatte. Noch hatte die Zerstörung nicht alle Vorstellungskraft verdunkelt, alle Fibern des Gefühls gelöst, noch stammelte die Zunge die letzten Empfindungen über das erlittene Weh, noch träufelte der letzte Tau aus den Augen des Unglücklichen auf die elende Tochter, die seine Knie umfaßte, und deren Gesicht die starre Verzweiflung, der peinlichste Schmerz entstellten. Er lächelte noch einmal – spielte mit ihren heruntergefallnen Haaren, lächelte noch einmal – sein Sohn trat herein, und wollte freudig auf ihn zustürzen. Er sah ihn starr an, ein wilder Ton der Raserei, der die Nerven durchbebt, das Herz durchschaudert, drängte sich aus seiner Brust hervor, und der sanfte Dulder ward für immer ein Gegenstand des Schreckens und des peinvollsten Mitleids.

6

Faust wütete und stieß fürchterliche Flüche aus. Er entschloß sich, dem Fürsten den ganzen Vorgang zu entdecken, und den Betrüger zu entlarven. Der Teufel lächelte, und riet ihm leise zu Werke zu gehen, wenn es ihm darum zu tun wäre, diesen Fürsten, den er ihm als ein Muster menschlicher Tugend angepriesen hätte, genau kennen zu lernen. Faust eilte so gestimmt nach Hofe, und sicher, durch diese Entdekkung den Fall des Günstlings zu bewürken, enthüllte er dem Fürsten alles in einem kalten, gesetzten Tone. Als er auf die Ursache kam, die den Grafen zu dieser scheußlichen Tat verleitet hätte: nämlich sich von der Verbindung mit der Tochter des Ministers zu befreien, heiterte sich das Gesicht des Fürsten auf, er ließ den Grafen rufen, umarmte ihn bei dem Eintritt, und sagte:

»Glücklich ist der Fürst, der einen Freund findet, der aus Gehorsam, aus Furcht ihm zu mißfallen, auch wohl einen Streich wagt, der die gewöhnlichen Regeln der Moral verletzt. Der Minister hat immer als ein Tor gehandelt, es ist mir lieb, daß ich seiner los bin, und du wirst seine Stelle klüger versehen.«

Faust stund einen Augenblick wie versteinert; endlich durchglühte edle Wärme sein Herz. Er malte mit schrecklichen Farben die Lage des Ministers, brach dann in Wut und Vorwürfe aus, vergaß selbst der fürchterlichen Macht, der er gebot, entbrannte ganz im Gefühl eines Rächers der unterdrückten Menschheit, der einem kalten Tyrannen die Larve abreißt, seines Schicksals unbekümmert. Man entließ ihn als einen Wahnsinnigen. Der Teufel empfing ihn frohlockend, er blieb stumm, knirschte in seinem Innersten, und freute sich im giftigen Mißmut, von den Menschen sich gerissen zu haben.

7

Um Mitternacht ließ der Graf den Teufel und Fausten aufheben, und sie in ein enges, schreckliches Gefängnis werfen. Faust befahl dem Teufel, der Gewalt nachzugeben, weil er erfahren wollte, wie weit diese Heuchler ihre Bosheit treiben würden. Er nagte an den peinvollen Zweifeln seiner Seele in dem dunkeln Kerker. Die schreckliche Szene des Tags malte sich immer düstrer vor seinen Augen, und es entsprangen gräßliche Gedanken gegen den, der das Schicksal der Menschen leitet, aus diesen schwarzen Betrachtungen. Sein Inneres war in Aufruhr, endlich rief er hohnlachend aus: »Wo ist hier der Finger der Gottheit? Wo das Aug' der Vorsehung, das über die Wege des Gerechten waltet? Wahnsinnig seh ich den Redlichen, den belohnt, der ihn zerschlagen! Dem Tyrannen, der die Tugend heuchelt, entdeckt ich die Bosheit seines Günstlings, und er findet ihn seiner Freundschaft, der Belohnung nur würdiger! Und es wäre Zweck, Ordnung und Zusammenhang in der moralischen Welt? Nun so sind sie auch in dem Gehirn dieses armen Zerrütteten, den sein Schöpfer ohne Schutz und Rache fallen ließ!« – *Er fuhr fort, und der Teufel horchte lächelnd.* »Ist der Mensch durch die Kette der Notwendigkeit gezwungen zu handeln, so muß man seine Handlungen und Taten dem höchsten Wesen selbst zuschreiben, und sie hören dadurch auf, strafbar zu sein. Kann von einem vollkommnen Wesen etwas anders als Gutes und Vollkommnes fließen? Nun so sind es unsre Handlungen auch, so scheußlich sie uns vorkommen mögen, und wir sind ihr Opfer, ohne abzusehen, warum. Sind sie dennoch sträflich, und scheußlich, wie sie uns scheinen, so ist dieses Wesen ungerecht gegen uns, denn es straft Greuel an uns, deren Quelle es selbst ist. Teufel, löse mir diese Rätsel auf, ich will wissen, warum der Gerechte leidet, und der Ruchlose belohnt wird?«

TEUFEL. Faust, du hast zwei Fälle gesetzt, wie, wenn es noch einen dritten gäbe? Nämlich: daß ihr auf die Erde geworfen wärt, wie der Staub und das Gewürme, ohne Vorsicht und Unterschied. Einem dunklen Wirrwarr überlassen, den man euch wie einen verworrnen Knäul hingeworfen hätte, ihn auseinander zu zerren, und wenn euch das unmögliche Werk nicht gelänge, euch euer strenger Herr und Richter doch zur Rechenschaft dafür aufforderte? Wenn er nun, gleich einem Despoten, eurem Herzen darum solche zweideutige Gesetze, und widersprechende Neigungen eingedrückt hätte, um sich die Erklärung des dunklen Sinns derselben vorzubehalten, und nach Gefallen zu strafen und zu belohnen?

FAUST. Bei welchem Philosophen bist du in die Schule gegangen, daß du mir ein W e n n nach dem andern auftischest? Ha, ich fühle es, der Mensch soll und muß in der Finsternis tappen, sein Herz durch die täglichen Erscheinungen zerreißen lassen, und wenn er's auch mit dem Teufel versucht, Licht und Klarheit zu erringen. Wenn Laster und Torheit den Gang der Welt befördern, so ist die Tugend Unsinn, da sie den nicht schützen kann, der ihr sein Leben weiht. So haben wir dies Gefühl erkünstelt, und unsre tierische Natur, die uns durch die Sinne zum Genuß des Augenblicks treibt, weiß nichts davon. In törichter Hoffnung, in stolzem Wahnsinn, blicken wir zu dem Himmel auf, und erwarten in der fernen, ungewissen Zukunft den Lohn unsrer Unterwerfung, während der Triumph und Spott des Lasters um uns her erschallt. Hier schwebe ich zwischen meinem zerrißnen Herzen und meinem empörten Verstand, wie der verzweifelnde Schiffer auf dem brausenden Meere, dessen Fahrzeug der Blitz entzündet hat. Vernichtung droht ihm die Glut; Vernichtung die tobenden Wellen. Was soll mir dieses Mitleiden, das mein Herz, bei dem Leiden des Menschengeschlechts, auflöst? Es werde zu Stein, wie die Herzen der Großen und Mächtigen, die die Menschen bloß zu Mitteln ihrer Zwecke nutzen! Ihnen muß ich nun gleich werden, und Hohn der Menschheit sprechen. Daß der Keim meines Daseins in dem Schoße meiner Mutter vertrocknet wäre! Daß nie meine Nerven diese Reizbarkeit erhalten hätten, nie das Gefühl von Recht und Unrecht in meiner Brust erwacht wäre! Mußte ich dies an dem Menschen erfahren, um in Gegenwart des Teufels seine Natur zu lästern! Noch einmal, listiger Sophist, löse mir diese Rätsel auf; enthülle mir dies Geheimnis, und wenn auch Gespenster aus dem Dunkel hervorsprängen, die mich durch ihren Anblick töteten.

TEUFEL. Beruhige dich, und schüttle diesen Zweifel ab; keinem in Fleisch gehüllt ist es gegeben, diesen Knoten zu lösen, und Tausende werden sich daran erwürgen. Vergiß den Zweck nicht, den wir uns bei unsrer erstern Zusammenkunft vorgesetzt haben. Ich versprach dir, den Menschen nackend zu zeigen, um dich von den Vorurteilen deiner Jugend und deiner Bücher zu heilen, damit sie dich in dem Genusse des Lebens nicht stören möchten; und wenn du wirst eingesehen haben, daß die sogenannte Leitung des Ewigen, dem du um meinetwillen entsagt hast, und vor dessen Angesicht ihr ungehindert die scheußlichsten Greuel begeht, nur Wahn eures Stolzes ist, und dir dann noch Kraft im Herzen übrig bleibt, so will ich dir die schaudervollen Geheimnisse eröffnen, die dich nun umhüllen.

FAUST, *mit bittrem Gelächter.* Nun bei dem Dunkel der Hölle, das uns bei unsrer Geburt bis zum Grabe umdampft, so wär ich noch der Gescheiteste von allen, daß ich dem Wirrwarr entgangen bin, und dadurch, daß ich mich dir ergab, mein Schicksal willkürlich bestimmte, es entschied, wie es einem freien Wesen zusteht, *(in sich mit verbißner Wut:)* Einem freien Wesen! ha! ha! ha! Ja frei, wie der Jagdhund, den ich am Seile leite, und den der Instinkt fortreißt, wenn er das Wild wittert.

TEUFEL. Glaube mir, Spötter, besäßen die Menschen die Zauberkraft, die du dem Dunkel entrissen hast, sie würden bald die Hölle entvölkern, und du würdest mehr Teufel auf der Erde herumfahren sehen, als Schutzheilige im Kalender stehen, oder als eure Tyrannen Soldaten im Solde halten, um euch zu unterjochen. Hei ho! welch ein trauriges Los für einen Teufel, die tollen Begierden eines guten Kopfs auszuführen; was würde dann aus uns werden, wenn es jedem Schuft gelänge, uns aus der Hölle zu rufen?

Diese Bemerkung des Teufels wollte soeben der Laune Fausts eine andre Richtung geben, als auf einmal eine neue Erscheinung ihrer Unterredung ein Ende machte. Es traten sechs Bewaffnete mit einer Blendlaterne herein, denen zwei Henker, mit großen leeren Säcken, folgten. Faust fragte, was sie wollten, und der Anführer antwortete: »sie möchten sich bequemen, in diese Säcke zu kriechen, denn sie hätten den Auftrag, die gnädigen Herren hineinzustecken, die Säcke zuzubinden, und in den nahen Fluß zu tragen«. Der Teufel erhub ein lautes Gelächter, und sagte: »Sieh doch Faust, der Fürst von *** will dich von dem Enthusiasmus der Tugend abkühlen, den du ihm heute so warm gezeigt hast.« Faust sah ihn ergrimmt an, gab ihm einen Wink; ein höllisches Gesause erfüllte den gewölbten Kerker, die Schergen stürzten zitternd zu Boden, und die Gefangnen fuhren hinaus.

Nun erst erwachte das Gefühl der Rache in dem Herzen Fausts, und kleidete sich in den Schmuck eines großen edlen Berufs. Der Gedanke fuhr durch seine Seele: die Menschheit an ihren Unterdrückern zu rächen. Ein stolzes Gefühl durchglühte seinen Busen, die Macht des Teufels, dem er sich auf Gefahr seines Selbsts ergeben, zu nutzen, um Gerechtigkeit an den Heuchlern und Bösewichtern auszuüben. Er rief dem Teufel zu:

»Fahre in den Palast, und erwürge mir den, der mit der Tugend ein Spiel treibt! Vernichte den, der Verräter belohnt, und den Gerechten wissend zertritt! Räche in meinem Namen die Menschheit an ihm.«

TEUFEL. Faust, du greifst der Rache des Rächers vor!

FAUST. Seine Rache schläft, und der Gerechte leidet; ich will den vertilgt sehen, der die Maske der Tugend trägt.

TEUFEL. So gebiete mir, die Pest über die Erde zu hauchen, daß das ganze Menschengeschlecht hinsterbe. Was soll aus ihnen werden, wenn dein Wahnsinn dauert? Du wirst nur die Hölle bevölkern, und alles wird seinen Gang gehen wie vor.

FAUST. Hämischer Teufel, du möchtest ihn retten, daß er der Greuel noch mehr begehen kann; freilich, Fürsten seinesgleichen verdienen den Schutz der Hölle, denn sie machen auf Erden die Tugend verdächtig, da sie das Laster belohnen. Er soll sterben, beladen mit seiner letzten Tat, soll er bebend zur Verdammnis fahren.

TEUFEL. Tor, der Teufel freut sich des Mords des Sünders; was ich sage, geschicht bloß darum, mich gegen deine Vorwürfe in Zukunft zu sichern, damit dir keine Entschuldigung übrig bleibe. Die Folgen der Tat sind dein.

FAUST. Sie seien mein, ich lege sie gegen meine Sünden in die Waage. Eile und morde. Sei der Pfeil meiner Rache! Fasse den Günstling, und schleudere ihn in den glühenden, unfruchtbaren Sand des heißen Lybiens, daß er langsam hinschmachte!

TEUFEL. Faust, ich gehorche, doch bedenke, Kühner, daß dir das Richteramt nicht gegeben ist.

FAUST. Ich bin der Elendeste der Erde; aber nicht in diesem Augenblick.

TEUFEL. Es ist Selbstrache, Verdruß, dich in ihm betrogen zu haben, die dich treiben.

FAUST. Geschwätziger Teufel, es ist der Rest des Unsinns meiner Jugend, der mich bei schlechten Taten oft zu Mordgedanken reizte. Hätte ich das Unrecht der Menschen sehen und dulden können, würde ich dich aus der Hölle gerufen haben? Eile und vollziehe!

Der Teufel erwürgte den Fürsten auf seinem weichen Lager, faßte den bebenden Günstling, und schleuderte ihn in den glühenden Sand Lybiens, fuhr zu Faust zurück: Die Tat ist vollbracht! Sie setzten sich beide auf den schnellen Wind, und segelten dem Lande hinaus.

Wie glücklich sind nun unsere Fürsten, daß es keinem mehr so leicht gelingt, den Teufel aus der Hölle zu rufen, und ihn zum Werkzeug der Rache der Unterdrückten und Zertretnen zu machen. Wehe den Nabobs der Erde, wenn es einem gelänge!

8

Faust saß düster auf seinem Pferde (denn da sie über die Grenzen waren, hatten sie durch des Teufels Vermittlung das Fuhrwerk verändert). Die letzte Geschichte nagte noch immer an seinem Herzen; es verdroß ihn, dem Teufel in Ansehung der Menschen gewisse Dinge zugestehen zu müssen, und seine Laune ward um so bittrer, da er selbst anfing sie in einem andern Lichte zu betrachten. Doch tröstete ihn der Gedanke in seinem Mißmut, den unglücklichen Minister an den Heuchlern gerächt zu haben. Der Stolz schwellte nach und nach sein Herz so auf, daß er beinahe anfing, seine Verbindung mit dem Teufel als das Wagstück eines Mannes anzusehen, der seine Seele für das Beste der Menschen opfert, und dadurch alle Helden des Altertums, die nur ihr zeitliches Dasein dransetzten, übertrifft. Noch mehr, da diese um des Ruhms willen sich opferten, und also aus Eigennutz handelten, auf den er, vermöge seiner Verbindung, keinen Anspruch machen konnte, so fiel vor seinen verblendeten Augen alle Vergleichung zwischen ihnen und ihm weg. Setze den Menschen in welche Lage du willst, sei unbesorgt, und laß nur seine Eigenliebe würken; du siehst, sie weiß Fausten selbst die Aussicht in die Hölle zu vergulden. Er vergaß in diesem stolzen Gefühle, die Beweggründe seiner Verbindung mit dem Teufel, seinen Hang zur Wollust und Genuß, und schwärmte sich auf seinem Rosse in gespannter Phantasie zum Ritter der Tugend, zum Rächer der Unschuld. Ja, dieser Selbstbetrug ward sogar ein Balsam für seinen gekränkten Geist, und er sah gleichgültiger auf den peinlichen Gedanken, das nicht durch den Teufel entdeckt zu haben, was er so sehnlich zu wissen gewünscht hatte. Sein Herz schlief hierbei so ruhig an dem Abgrund der Hölle ein, als der Fromme in die Arme des Todes sinkt, der ihn in die seligen Gefilde hinüberträgt. Der Teufel ritt neben ihm her, und ließ ihn ruhig seine Glossen machen. Er nur sah in jedem dieser vermeinten edlen Gefühle einen neuen Stoff zur künftigen Marter und Verzweiflung, und sein Haß nahm in dem Maße gegen Fausten zu, als sich dessen Aussicht aufheiterte und erweiterte. Er genoß der Stunde voraus, worin alle diese glänzende Lufterscheinungen zusammenstürzen, alle diese bunten Bilder der Phantasie sich in die Farbe der Hölle hüllen, und des Kühnen Herz so zerreißen würden, wie nie eines Sterblichen Herz zerrissen ward. Nach langem Schweigen erhub endlich Faust die Stimme:

»Sage mir, wie ist es nun mit dem falschen Günstling?«

Teufel. Er schmachtet auf dem glühenden Sande, streckt seine verdorrte Zunge aus dem brennenden Rachen, daß die Luft und der Tau sie erfrischen und befeuchten mögen; aber dort weht kein kühlender Wind, und in Jahrtausenden fällt kein erfrischender Tropfen vom Himmel. Sein Blut kocht wie glühendes Metall in den Adern, die Strahlen der Sonne fallen senkrecht auf sein nacktes Haupt. Schon rollt der Fluch gegen den Ewigen in seinem entflammten Gehirne, seine dürre Zunge vermag nicht ihn auszusprechen, er arbeitet in dem heißen Sande wie ein Maulwurf, um die feuchte Erde zu lekken, und öffnet sich nur ein Grab. Ist deine Rache befriedigt?

Faust. Rache? Warum nennst du Ausübung der Gerechtigkeit Rache? Sieh, kalter Schauder überlief meine Haut bei deinen Worten; aber ich sah ihn kalt lächeln, da ich ihm die Marter des Edlen und der Verführten schilderte.

Teufel. Die Zeit, die nur langsam den Schleier hebt, mag es entwickeln. Der Bauer, Faust, säet den Hanf, arbeitet ihn zum Stricke, ohne zu ahnden, daß sein strenger Herr ihn einst damit wird geißeln lassen, wenn er die Gebühren und Frondienste nicht abträgt. Was wird aus dir werden, wenn du den Menschen in größerm Wirkungskreise sehen wirst? Wir haben dem Ungeheuer nur die erste Haut abgezogen, was wird es dann sein, wenn wir ihm die Brust aufreißen? Schnell würde der, welcher die Rache sich vorbehalten hat, das Zeughaus des Donners ausleeren, wenn er alle die vernichten wollte, die nach deiner Meinung nicht zu leben verdienen. Aber er will, daß sie leben, leiden, sündigen und der Strafe reifen. Gleichwohl wäre das Ding von Mensch noch immer gut genug, wenn es nur dem Trieb, alles zu verzerren und zu mißbrauchen, durch seine stolze Vernunft etwas mehr widerstehen könnte oder wollte. Faust, woher mag dies Unvermögen wohl kommen? Wenn du eine Maschine verfertigest, wirst du sie nicht so zurichten, daß sie deinem Zweck entspricht; wenn du nun fändest, daß du dich in deinem Machwerk geirrt hättest, und es eher deinem Zweck hinderte als beförderte, wirst du sie nicht verbessern oder vernichten?

Faust wollte eben antworten, als sie in der Ferne ein Dorf in hellen Flammen sahen. Da ihn nun alles scharf reizte, spornte er sein Pferd, und der Teufel zog hinter ihm drein. Es begegnete ihnen bald ein Haufe fliehender Ritter und Knechte, die eben ein andrer Haufe geschlagen hatte. Als sie dem Dorfe näher kamen, fanden sie das Feld mit Leichen der Reisigen und Pferden bedeckt. Sie sahen unter den Toten einen Knappen, der mit beiden Händen arbeitete, seine herausgestürzte Eingeweide in den Bauch zurück zu drücken; er heulte und fluchte fürchterlich unter dem schmerzlichen Werke. Faust fragte ihn höflich um die Ursache des Zwists, der Knappe schrie: »Schert Euch zu allen Teufeln, Herr Naseweis! wenn Ihr Eure Kaldaunen in frischer Luft sähet, wie ich, die Neugierde würde Euch vergehen. Weiß ich, warum sie mir den Bauch aufgerissen haben? Fragt dort den gnädigen Herrn, meinen Junker, den sie auch verstümmelt haben, und dem ich dies Frühstück zu verdanken habe.«

Sie nahten einem Ritter, der eine Wunde an dem Schenkel hatte, und Faust tat dieselbe Frage an ihn. Der Ritter antwortete: »Ein Bauer aus dem brennenden Dorfe hat vor einiger Zeit dem mächtigen Rauhgrafen einen Hirsch erlegt. Darauf hat der Rauhgraf den Täter von meinem Herrn gefordert, um ihn nach teutschem Herkommen auf einen Hirsch zu schmieden, und zu tot rennen zu lassen. Mein Herr wollte den Bauern nicht herausgeben, und erklärte die Pfändung an Hab und Gut zu seinem eignen Besten für hinreichende Strafe. Der Rauhgraf schickte hierauf dem Edelmann im Namen Gottes und unter dem Schutze des Kaisers einen Fehdebrief zu. Die Fehde ist unglücklich für uns ausgefallen, der Rauhgraf hat nun das Dorf angezündet, es mit seinen Reisigen umgeben, daß keiner der Bauern heraus kann, und will jetzt dem Eide Gnüge tun, den er bei dem heiligen Sakrament geschworen, alle die Bauern wie Martinsgänse für seine Hunde und wilden Schweine zu braten.«

FAUST, *ergrimmt.* Wo liegt sein Schloß?

RITTER. Auf jener Höhe, es ist das festeste und prächtigste im Lande.

Faust ritt auf eine Anhöhe, und sah in dem Tale das brennende Dorf vor sich liegen. Die Mütter mit ihren Kindern, Männer und Greise, Jünglinge und Jungfrauen stürzten heraus, warfen sich den Reisigen zu Füßen, flehten verzweifelnd um Rettung. Der Rauhgraf schrie, daß es im Tal erschallte: »Treibt die Hunde zurück! In den Flammen sollen sie alle sterben!« Die Bauern schrien, daß es den Himmel und die Felsen zerreißen müßte: »Wir sind unschuldig, der euch beleidigt hat, ist entflohen! Was haben wir und unsre Kinder verbrochen? Ach rettet nur sie!« Die Reisigen peitschten sie von der Erde auf, trieben sie nach den Flammen, die Mütter warfen die Kinder nieder, in der Hoffnung, sie würden sich ihrer erbarmen, der Huf der Rosse zerschmetterte sie –

Faust rief wahnsinnig: »Teufel, fliege und kehre nicht zurück, bis du des Wüterichs Schloß, mit allem, was es in sich faßt, aufgebrannt hast. Er kehre heim und finde Wiedervergeltung!«

Der Teufel lächelte, schüttelte den Kopf, und flog davon. Faust warf sich unter einen Baum und blickte ungeduldig nach dem Schlosse. Als er es in Flammen sah, wähnte der Verwegne, die Ordnung der Dinge hergestellt zu haben, und empfing den zurückkehrenden Teufel mit Zufriedenheit. Dieser fuhr siegend einher, verkündigte ihm den Jammer, den er angerichtet, und mit welcher Eile der Rauhgraf mit seinen Reisigen nach dem Schlosse zujage; »aber, Faust«, setzte er hinzu, »der Dampf des höllischen Pfuhls wird ihm einst nicht so entgegenstinken, als diese deine Tat. Sein junges, vielgeliebtes Weib ist vor einigen Tagen mit dem Erstgebornen niedergekommen« –

FAUST. Rette sie und den Neugebornen.

TEUFEL. Es ist zu spät; die schwache Mutter drückte ihn in ihre Arme, und er brannte auf ihrem Herzen zu Asche.

Diese Post durchschauderte die Seele Fausts, er sagte grimmig: »Ha, wie schnell der Teufel im Zerstören ist!«

TEUFEL. Faust, nicht so schnell, als der verwegne Mensch im Urteil und Richten. Hättet ihr unsre Macht, längst würdet ihr die Welt zertrümmert und zum Chaos gemacht haben. Beweisest du es nicht, da du deine Herrschaft über mich so unsinnig mißbrauchst? Fahre nur zu! der Mensch, der sich den Zügel läßt, gleicht dem Rade, das vom Berge rollt, wer kann es aufhalten? es springt von Klippe zu Klippe, bis es zerschmettert. Faust, gern hätte ich den Unmündigen der Sünde reifen lassen, nun ist er der Hölle entgangen samt der Mutter; er brannte auf ihrem Herzen zu Asche, und sie wehrte der ihn aufzehrenden Flamme, noch mit den Knochen, von denen schon das Feuer das Fleisch abgefressen hatte.

FAUST. Du legst es an mein Herz.

Er hüllte sein Gesicht in seinen Mantel, und netzte ihn mit seinen Tränen.

9

Das Gefühl, die Tugend an den Lasterhaften rächen zu wollen, kühlte sich in Fausten etwas ab; endlich labte er seinen durch die letzte Geschichte gepeinigten Geist mit dem Gedanken, den ihm der Teufel vorsätzlich hinwarf, der Säugling und die Mutter seien der Hölle entgangen. Auch erlaubten die Sinnlichkeit, das leichte Blut, das Streben nach

Genuß, der Zug nach Veränderung, die Zweifel keiner Empfindung einen dauernden Eindruck in seinem Herzen. Da er alles mit lebhaftem Gefühl umfaßte, so brannten seine Empfindungen wie Lichtkugeln auf, die einen Augenblick die Finsternis erleuchten, und dann zerplatzen.

Er blickte endlich wieder unter seinem Mantel hervor, sah Leviathan auf etwas hören und lächeln. Er frug ihn: »Worüber lächelst du, Würger, mich deucht, du horchst einem Redenden zu, und gleichwohl seh ich keinen.«

Teufel. Du irrst dich nicht. Soeben schwebte ein Geist einher, der sich mit ehebrecherischen Händeln abgibt, und erzählt mir einen Schwank, über den ich lachen muß, so ernsthaft ich auch, in deiner lästigen Gesellschaft, geworden bin.

Faust. Erzähle! ich bedarf des Lustigen.

Teufel. Soll er; oder ich?

Faust. Wer er? Ich seh ihn nicht.

Teufel. Gleichwohl ist er nah bei dir. Soll er dir erscheinen; oder willst du bloß seine Stimme hören? Sie ist so sanft, wie die Stimme des Ehebrechers, der zum ersten Falle lockt.

Faust. So sei's die Stimme; ein Schwank aus der Luft erzählt ist etwas Neues, und ich bedarf des Neuen; aber lustig muß der Schwank sein.

»Lustig und tragisch, Faust, wie's bei euch immer einander auf dem Fuße folgt«; sagte eine feine, hellklingende Stimme, die gleich einer Lock-Pfeife, alle Töne nachahmte.

Die Stimme fuhr fort: »Ich komme soeben von Köln, das, wie Ihr wißt, mehr durch Kirchen und Reliquien berühmt ist, als durch Genies. Doch Hahnreien gibt's dort mehr, als Kirchen.«

Faust. Ein sehr moralischer Teufel! und die Stimme hat viel gereist, denn sie fängt gleich mit Bemerkungen an. Narr von Geiste, von welchem Orte kann man dies nicht sagen?

Stimme. Faust, die Wahrheit steht überall an ihrem rechten Platze. – Ich hatte mich dort in die Rosen-Knospen der weißen runden Brust einer Betschwester einquartiert, ihr Mann war nach Holland gereist. Sie fühlte den schäkernden unruhigen Gast durch alle mit meinem lüsternen Sitze verbundne Nerven, klagte über den besondern Umstand bei ihrem Beichtvater; es kam zu Erklärungen, und die Folge der Erklärungen war, daß er mich zufällig mit seinem Skapulier berührte. Mein Spuk war reif, und ich flog davon. Wie ich durch die Straßen dahin fuhr, sah ich einen Schlingel, ganz in dem scheußlichen Kostume ausstaffiert, womit uns eure Mönche beehren. Roten Mantel, scheußliche Larve, ungeheure Hörner, einen Bocksfuß und langen Schwanz. Ich setzte mich zwischen die Hörner des Verwegenen, und trabte mit ihm fort. Er schlich in das Haus des Junkers von Troßel. Der Kerl war mir von seinem ersten Weibe her bekannt, und verdient es, Euch zu werden. Stellt Euch einen westfälischen Flegel von Edelmann, sechs Fuß hoch, vor; zwischen seinen breiten Schultern, einen runden, feisten Kalbskopf, auf dessen Angesicht die Natur, mit grober Schrift, den eigensinnigen Dummkopf, den Pfaffensklaven, den hartherzigen, rauh, prahlenden Barbaren, den Bürger- und Bauernschinder, und den Hahnrei gezeichnet hat. Seine Erziehung gaben ihm die Buben, Knechte und Knappen des Hochgebornen Vaters, in derer Schule er auch ein so fertiger und origineller Flucher ward, daß es kein Fuhrmann seines Vaterlands mit ihm aufzunehmen wagte. Der Kapellan lehrte ihn ein wenig Lesen, stopfte ihm das Gehirn voller Legenden und Zaubergeschichten, und da er so zum Edelmann qualifiziert war, gab man ihm ein Fähnlein Volks, und schickte ihn dem Kaiser gegen die Türken zu Hülfe. Wacker hieb er in den Feind, doch führte er lieber mit dem Freunde Krieg, raubte, erpreßte, und handelte, wie ein Kerl handelt, der kein ander Recht kennt, als das Recht seiner Faust und seines Adels. Eine übermäßige Ladung ungarischen Weins machte seinem Unwesen ein Ende, und stürzte ihn vom Pferde; er verrenkte sich die Hüfte, ward in der Kur verpfuscht, und setzte sich in Köln zur Ruhe. Hier legte er sich aus Mißmut und Langerweile aufs Studieren, verschlang alle Legenden, alle Zauber- und

Hexengeschichten, erhitzte, verwilderte seine leere Einbildungskraft, und faßte aus Patriotismus (worin ihr Teutschen alle Völker der Erde übertrefft) ganz natürlich eine besondre Vorliebe für die Reliquien und Legenden des Orts seines Aufenthalts. Nichts übertraf nach seinem Sinne, das Wunder der elftausend Jungfrauen (und darin hatte er nicht unrecht). Die Legende der Heiligen Drei Könige aus Morgenland wurde sein Labsal, und schon vor seiner ersten Ehe unternahm er, ihre Geschichte zu schreiben, bisher ist er aber noch nicht mit ihnen nach Bethlehem gekommen. Doch alle diese frommen Beschäftigungen bekehrten den Flucher nicht. Pfaff und Laie machten ihm Vorstellungen darüber; unter neuen, schrecklichern Flüchen, versicherte er, er wolle sich das Fluchen abgewöhnen. Nehmt noch hinzu, daß dieses Tier, vom vielen Sitzen, hypochondrisch geworden ist, daß er sich erschrecklich vor dem Tod, und noch mehr vor unsrer Brüderschaft fürchtet, die er gleichwohl ohne Unterlaß zitiert, und um den Kerl mit dem letzten Zug zu malen, daß er eifersüchtig wie ein Tiger ist, daß er sein Weib nicht aus den Augen läßt, daß sie neben seinem gepolsterten Sessel hucken, und ihm zuhören muß, wenn er die Legende kommentiert, oder von seinen Feldzügen lügt. Vor kurzem verheuratete er sich mit einer derben, fleischigten Brünette – ein lüsterner Schalk, ganz auf dem schwankenden Stengel der Unschuld gewachsen, und nur vom weiblichen Sinne gepflegt. Ich hatte schon ein Netz für sie gewirkt; aber der Schalk kam mir, wie Ihr sehen werdet, zuvor. Der Mönchsteufel polterte die Treppe hinauf – ich, der ihm ablauerte, worauf es angesehen war, umzog schnell seine Hörner mit loderndem, knitterndem Feuer, und setzte mich in Gestalt einer ungeheuern Fledermaus mit glühenden Augen dazwischen – Der Mönchs-Teufel trat vor das Bett und schrie:

»Troßel! Troßel! Herr von Troßel! Mich sendet Satan, mein Herr. Mit freundlichem Gruße läßt er dir sagen, daß, wenn du dein schreckliches Fluchen nicht lässest, womit du ihn jeden Augenblick zu Hülfe rufest, er bald genötigt sein würde, dir in hoher Person den Hals zu brechen. Schon lange hätte er's gern getan; aber du stehest unter dem Schutze der elftausend Jungfrauen, der drei Mohren-Könige, und diese verteidigen dich gegen ihn. Doch sollen sie ihn nicht hindern, dir für jeden Fluch, den du in Zukunft, herausdonnern wirst, einen Liebhaber zu deinem jungen Weibe Lene zu legen. Weh dir, wenn du alsdann dein unschuldiges Weib und den unschuldigen Kavalier beleidigst.« –

Der Mönchs-Teufel polterte die Treppe hinunter. Troßel zitterte und bebte – Lene war bei der Erscheinung unter die Bettdecke gekrochen, und streckte nicht eher den Kopf hervor, als bis er ihr in Verzweiflung zurief. Dann fing sie erbärmlich an zu klagen und zu jammern über das Unglück, das ihr bevorstünde, und beschwur den Todbleichen bei allen Heiligen, sich ja vor dem Fluchen in acht zu nehmen. Er gelobte sich's und ihr, unter Stöhnen und Gebet. Ich eilte dem Kerl nach, der uns so schändlich prostituiert hatte, und begleitete ihn nach der Rheinseite. Ein junger Edelmann, dem der Schalk von Weibe dieses saubere Spiel, in der Kirche, angegeben hatte, wartete dort auf ihn – der Kerl kroch aus der Maske hervor – es war ein Mönch, Faust!

Troßel saß den ganzen Tag stumm und tot da; denn reden und fluchen war bei ihm eins. Der Schalk von Brünette blickte aus halbgeöffneten Augen nach dem Unglücklichen, und schien nach einem Fluche zu lechzen, wie, nach Eurer Vorstellung, eine Seele im Fegfeuer nach Erlösung. Gleichwohl schärfte sie ihm ohne Unterlaß ein, sich ja vor dem Fluchen in acht zu nehmen; malte ihm den Teufel und die Gefahr immer schrecklicher, und sagte weinend, sie würde nie den fürchterlichen Augenblick überleben. Troßel seufzte zum erstenmal herzlich in seinem Leben; er war nun ein lebloses Ding, ein Schatten, ein Nichts. Man bestahl ihn, warf seine Legenden untereinander, trat seinen Lieblings-Hund auf die Pfoten, war mürrisch, zänkisch, unverschämt gegen ihn, er verlor durch ungerechten Spruch einen Prozeß – er biß die Zähne zusammen, schluckte die bis in die Gurgel gedrungenen Flüche zurück, erduldete alles, und schwieg. Er war dem Stummwerden nahe, und schon verzweifelte Lene, als ihm mein Mönch, unter der Maske eines reisenden Edelmanns, von Troßels Kriegsbruder empfohlen, eines Abends einen Besuch machte, und der lechzenden Brünette Gelegenheit verschaffte, den gefesselten Flüchen Luft zu machen. Das Mönchlein ließ sich, glattzüngig, mit Troßel in eine Unterredung über die drei Mohren-Könige ein. Die Beredsamkeit des Stummen ward lebendig, er floß in ihrem Lobe über, las ihm aus seinem Werke vor, und die Brünette horchte andächtig zu. Als ihn der Mönch recht im Feuer sah, sagte er spöttisch lachend: »Drei Könige? Drei Könige auf einmal? Hat man doch oft an einem zu viel! Und was wollten denn die Kerle in Köln? Was hatten sie am Rheine zu tun? Hatten sie denn zu Hause keine Geschäfte, daß sie herumzogen wie Meistersänger? Was mögen indessen ihre Untertanen gemacht haben? Nehmt mir nicht übel, soviel ich von Königen weiß, so laufen sie nicht so von Haus und Hof, es müßte denn sein, daß man sie davonjagte. Das ist alles Fabel und albernes Zeug!«

Troßel wurde blau und rot. Die Koller-Ader schwoll auf seiner Stirne. Der Geifer des Zorns schäumte um seine blauroten Lippen. Er zog krampfhaft die Daumen in die Fäuste, schnitt fürchterliche Grimassen, blies aus Mund und Nase, wollte eben, um die Flüche zurückzupressen, nach seiner Krücke greifen, um dem Lästerer eins zu versetzen; aber das freundliche Lenchen sprang erschrocken auf, liebkoste ihn, streichelte ihn, gab ihm süße Worte und Küsse, drückte sich an ihn, setzte unter Liebkosungen ihr Füßchen auf das Hühneraug' des Grimmigen, und trat aus allen ihren Kräften darauf. Da brach der eingeschloßne Donner los. Die schrecklichsten Flüche strömten aus seinem Munde, wie eine losgelaßne Flut – stürzten wie der Hagel herunter – der Gast entfloh – die Brünette sank zu seinen Füßen, schrie: »Du hast mich unglücklich gemacht, meine Ehre weggeflucht!« und fiel in Ohnmacht. Starr, bebend und bleich stund der Flucher da. Mit noch gräßlichern Flüchen rief er endlich: »Warum hast du mir auf das Hühneraug' getreten? Hab ich meine verdammte Zunge nicht, bis auf diesen Augenblick, gehalten?« – »Warum hast du geflucht«, erwiderte Lene. »Dir ist alles gleichgültig, wenn nur dich der Bocksfüßler nicht holt, mag meine Ehre immer dabei leiden!« Ich konnte dem Kitzel des Lachens nicht mehr widerstehen. »Wer lacht dahier?« klapperte Troßel. »Der Teufel«, schrie die Brünette. Das edle Paar entfloh, kroch ins Bette, und kaum hatte sich Troßel von seinem Schrecken erholt, kaum fing er an zu schnarchen, als ihn eine gellende Stimme, aufweckte: »Heraus, aus dem Bette, Flucher! Wider Willen muß ich dich heute zum Hahnrei machen. Doch fürchte nichts, ich bin, wie du, von christlichen Eltern geboren, werde dir nichts zu leide tun. Alles geschieht zum Heil deiner Seele, aber wenn du dich rührst, so kommt der Schwarze!«

Troßel sprang aus dem Bette, kroch in einen Winkel, zog die Nachtmütze über das Gesicht, und klapperte vor Furcht und Angst. Nach einigen Stunden rief die Stimme: »Lege dich wieder zu Bette, und vergiß nicht, daß mein Schicksal ist, für jeden deiner Flüche deinen Platz einzunehmen, und das deine, es zu leiden!«

Die Stimme stieg zum Fenster hinaus. Lenchen spielte noch toller die Verzweifelte, und ihr Haus-Tyrann, der so streng auf sein Männer-Recht hielt, der nicht den geringsten Widerspruch vertragen konnte, mußte nun bitten und flehen, sie möchte ihm nur diesmal verzeihen.

Man stellte dem Flucher neue Fallen, lange vermied er sie; da aber einmal die Brünette das Mittel entdeckt hatte, seine Zunge zu lösen, so spielte sie so lange auf dieser Saite, bis sie etwas erschlaffte. Ein Streich gelang ihr, über alle Hoffnung. Der Arme hatte den ganzen Tag an einem Kapitel seines Werks gearbeitet, darinnen bewiesen, daß seine Schutzherrn aus dem Morgenlande nicht zu Fuße, sondern auf Kamelen von Hause aus geritten wären, und daß ein geflügelter Bote von oben ihnen bei Nacht eine Laterne vorgetragen hätte.

Lene, die seine Anstrengung während der Arbeit, und seine endliche Zufriedenheit darüber bemerkte, zerriß die Blätter, sobald er sich einen Augenblick entfernte, wickelte Garn in die Fetzen – legte in ein Blatt einen Kreuzer, zündete es an, und warf es einem singenden Bettler aus dem Fenster zu. Troßel kam zurück, wollte ihr nun seine Tagesarbeit vorlesen; fand sie nicht, frug zitternd darnach; Lene ließ sich dreimal erklären, was er wollte, und sagte endlich mit kalter Verachtung: »Hier sind deine Wische! ich hielt es für eine Schmiererei, dergleichen du hunderte des Tags machst, und wieder zerreißest!« Knirschend für Wut öffnete er die Knäuel Garn, warf sie ihr brummend in Schoß, legte seine Fetzen zusammen und rief mit donnernder Stimme: »Wo ist das übrige?« »Zum Fenster hinaus!« – »Zum Fenster hinaus!« – Die Flüche donnerten heraus, daß die Fenster zitterten, das Glas auf dem Tisch erklang. Lene stopfte sich die Ohren zu, spielte die vorige Komödie; der Gast kam, Troßel mußte das Bett verlassen, und murmelte dabei zwischen den Zähnen: »Ich wollte, daß die drei Mohren-Könige die Beine gebrochen hätten! schon zum zweitenmal machen sie mich zum Hahnrei.«

»Und sie sollen's zum dritten-, vierten- und fünftenmal, verwegener Sünder! Ein Fluch gegen die Heiligen ist Todes-Sünde!« rief die Stimme hinter den Bettvorhängen hervor.

Der Gast hielt Wort. Da nun Troßeln die Besuche zu oft kamen, so sagte er diesen Morgen zu Lenchen: »Ich kann es nicht mehr ertragen! Ich mag machen, was ich will – mag ersticken, bersten – fluchen muß ich! Ich will den Nachmittag nach dem Pater Orbelius schicken, daß er mich morgen früh besuche, ihm dann alles erzählen, und ihn bitten, daß er mir und dir helfe.«

Lene lobte seinen Entschluß, schlich aber bald darauf in ihr Kämmerlein, setzte sich hin, ihrem Galan den Vorfall zu melden, und ihm zu schreiben, er solle abends den Teufel mit dem Auftrag schicken, Troßeln mit dem Tode zu drohen, wenn er die Erscheinung entdeckte.

Ich, schon zufrieden mit dem, was geschehen war, schlich ihr nach. Warf ein hellrotes Mäntelchen um die Schultern, steckte mich in einen Wams von rauhen Fellen des Alps, legte ein Krägelchen um den Hals, aus roten, blauen, gelb und grünen Flammen gewebt, stellte mich auf zwei hohe Hahnen-Füße mit langen Spornen, nahm eine scheußliche Kröten-Maske vor, und bedeckte den feuchten, kahlen Schädel mit einem Federhut. Statt des Schwanzes wickelte sich eine ungeheure Schlange um meinen Leib, ihr Rachen ragte aus dem geöffneten Schlunde der Kröten-Maske weit hervor, und so geschmückt stellte ich mich hinter den Stuhl der Schreibenden, und zischelte ihr mit ausgestreckter Schlangen-Zunge in einem süßen, gefälligen Tone zu: »Bemüht Euch nicht, gnädige Frau, wenn Ihr einen Teufel braucht, da habt Ihr gleich den rechten. Befehlt nur!«

Die Folgen meines Grußes, Faust, nebst der Moral, wenn wir uns wieder begegnen.

Die Stimme schwieg, und Faust fühlte den Geist an sich vorüber sausen. Er schrie: »Wo ist er hin? Die Moral will ich hören.«

Teufel. Ho! ho! soll diese der Teufel auch machen? und seinen Schwank verderben, wie's eure Dichter machen? Er ist schon weit weg; vermutlich hat er einen neuen Spuk gewittert! Hm, Faust, es fehlt den teutschen Weibern, wie ich sehe, nicht an Genie, und wenn sie nichts aus Euch machen, so geb ich alle Hoffnung auf.

Unter Glossen und Lachen über den Schwank ritten sie in das Tor der vor ihnen liegenden Stadt, und die gute Mahlzeit, die herrlichen Weine, die sie dort fanden, schlugen bald Fausts trübe Geister völlig nieder. Da eben in der Stadt Jahrmarkt war, so ging Faust, mit dem Teufel, nach Tische auf den Platz, um das Gewimmel zu sehen.

Es war ein sonderbares Land, worin sie sich nun befanden. In einem Kloster der Stadt lebte ein junger Mönch, dem es ohne viele Mühe gelungen war, einige wenige Funken von Verstand durch das Feuer seiner Einbildungskraft gänzlich aufzubrennen, und sich so mächtig von der Kraft des religiösen Glaubens zu überzeugen, daß er hoffte, wenn einst seine Seele den wahren Schwung erhielte, und der Geist Gottes ihn völlig durchsauste, es ihm ein leichtes sein würde, Berge zu versetzen, und sich als ein neuer Apostel in Wundern und Taten zu zeigen. Überdem sog er, gleich einem trocknen Schwamme, die Torheiten und Scharlatanerien ein, die andere ausheckten, ein Umstand, wodurch sich die Schwärmer von den Philosophen gänzlich unterscheiden, denn diese hassen und verachten die Hypothesen eines andern, da jene allen Unrat des menschlichen Geistes annehmen, und sich zu eigen machen. Da dieser junge Mönch, wie jeder Schwärmer, der von seinem Gegenstand durchdrungen ist, ein feuriger Redner war, so zog er bald die Seelen der Männlein, und vorzüglich der Weiber (die alles Leidenschaftliche so gern aufnehmen) an sich. Seine Einbildungskraft verschaffte ihm bald einen neuen Zauberstab; denn da er, vermöge seiner innigen Verbindung mit dem höchsten Wesen, eine hohe Meinung von den Menschen hatte, so faßte er in einer seiner glühenden Stunden den Entschluß, dieses Meisterwerk der Vorsehung, diesen Liebling des Himmels, für den alles übrige gemacht ist, physiognomisch zu zergliedern, und sein Inneres durch sein Äußeres zu bestimmen. Leute von seinem Schlage betrügen sich so oft selbst, daß man nicht mit Gewißheit sagen kann, ob ihm etwa ein verborgner Funken des Verstandes zugelispelt hat, diese Schwärmerei würde der alten einen neuen Firnis geben, und die frommen Seelen, über deren Gesicht sich so viel herrliche Dinge sagen ließen, noch mehr an ihn ziehen. Da er nur die vier Wände seiner Zelle, und Leute seiner Art gesehen hatte, übrigens, in Ansehung der Menschen, der Welt und wahrer Wissenschaften so unwissend war, als es Leute von heißer Einbildungskraft gewöhnlich sind, die obendrein alle aufstoßende Zweifel mit dem zerschmetternden Hammer des Glaubens zerschlagen, so läßt sich leicht schließen, daß auch nur die Phantasie allein bei seinem Werke die Feder führte. Aber eben darum tat es eine erstaunende Wirkung auf die Geister aller derer, die lieber verworren fühlen, als klar denken. Dies ist der Fall des größten Teils der Menschen, und da die Tage des Lebens unter dem angenehmen Kitzel des geliebten Selbsts so sanft dahinfließen, so konnte es ihm nicht an Anbetern fehlen. Es tut so wohl, sich als ein vielgeliebtes, vorzüglich besorgtes Schoßkind der Gottheit anzusehen, und über die übrigen rohen Söhne der Natur mit Verachtung und Mitleiden hinzusehen! Unser Mönch blieb aber nicht bei dem Menschen allein stehen, er stieg auch zu den andern unedlen Tieren der Erde herunter, bestimmte ihre Eigenschaften aus ihren Gesichtern, ihrem Baue, und glaubte große Entdeckungen gemacht zu haben, wenn er aus den Klauen, den Zähnen, dem Blicke des Löwen, und dem schwächlichen, leichten Baue des Hasens bewies, warum der Löwe kein Hase, und der Hase kein Löwe sei. Es wunderte ihn gewaltig, daß es ihm gelungen, die bestimmten und unveränderlichen Merkzeichen der tierischen Natur so klar beweisen, und auf den Menschen anwenden zu können, obgleich die Gesellschaft das Gesicht des letztern zur Maske geschliffen hat, und er nie einen in seinem ursprünglichen Zustande sah. Hierauf drang er selbst in das Reich der Toten, zog die Schädel aus den Gräbern, die Gebeine der Tiere aus den Gruben, und zeigte den Lebenden, wie und warum die Toten so waren, und wie sie, vermöge dieser Knochen, so und nicht anders sein konnten. Zu was für gefährlichen Schlüssen könnten diese Voraussetzungen einen Sophisten, oder einen Menschen, der gern seine Schlechtigkeit von sich wälzen möchte, verleiten? Soll, kann der Mensch durch Kunst ersetzen, was durch natürliche Anlagen in ihm verhunzt ist?

Dem Teufel war dieser Spuk bekannt, und er merkte wohl, da sie im Wirtshause bei Tische saßen, daß einige Anwesende und selbst der Wirt ihn und Fausten mit besondrer Aufmerksamkeit betrachteten, und sich leise ihre Beobachtungen mitteilten, während sie verstohlen ihre Profile zeichneten. Auch zu Faust war der Ruf dieses Wundermanns gedrungen, hatte ihn aber bisher so wenig interessiert, daß er auf dieses Geflüster nicht aufmerksam wurde. Da sie nun auf den Platz kamen, überraschte sie ein ganz neues Schauspiel. Dieses Gewimmel von Menschen war die echte Schule der Gesichtsspäher. Jeder konnte da seinen Mann fassen, und sein Gesicht auf die Waage legen, die Kräfte seiner Seele abzuwägen. Einige stunden vor Müllereseln, Pferden, Ziegen, Schweinen, Hunden und Schafen, andre hielten Spinnen, Käfer, Ameisen und andre Insekten zwischen den Fingern, forschten mit scharfem Blicke nach ihrem innern Charakter, und suchten zu entwickeln, wie sich ihr Instinkt aus dem Äußern bestimmen ließe. Einige maßen Schädel von Menschen und Tieren aus, beurteilten das Gewicht und die Schärfe ihrer Kinnladen und Zähne, und rieten, welchem Tiere sie zugehörten. Da aber Faust und der Teufel unter sie traten, hörte man sie ausrufen: »Welch eine Nase! Welche Augen! Welch ein forschender Blick! Welch eine liebliche sanfte Rundung des Kinns! Welche Kraft ohne Schwäche! Welche Intuition! Welche Durchdringlichkeit! Welche Helle und Bestimmtheit im Umrisse! Welch ein kraftvoller, bedeutender Gang! Welches Rollen der Augen! Welch ein Wurf der Glieder! Wie einverstanden und harmonisch! Ich gäbe, ich weiß nicht was darum, wenn ich die Handschrift der Herren hätte«, *sagte ein Weber*, »um den schnellen und leichten Gang ihrer Denkkraft aus ihren Federzügen zu sehen.« Sie zogen alle ihr Reißblei aus den Taschen, und nahmen ihre Profile. Der Teufel verzerrte bei Anhörung dieser Fratzen das Gesicht, und einer der Späher schrie: »Der innre Löwe K r a f t hat sich gegen eine äußre Versuchung oder einen schwächlichen Gedanken geschüttelt!«

Faust belächelte die Narrheit, als auf einmal ein englisches Gesicht aus einem nahen Fenster auf ihn blickte, und in süßer Verwundrung rief: »Heilige Katherine! welch ein herrlicher Kopf! welch eine himmlische, liebevolle, sanfte Schwärmerei! Welche Gefühl und Anhänglichkeit atmende Physiognomie!«

Diese Töne erklangen melodisch in dem Herzen Fausts. Er starrte nach dem Fenster, sie sah noch einen Augenblick auf ihn, zog sich zurück, und Faust sagte zu dem Teufel:

»Ich verlasse diesen Ort nicht, bis ich mit dieser Dirne gelegen habe. Die Wollust schimmert unter einem so frommen Glanze aus ihren Augen, als sollte er der Sinnlichkeit die wahre Würze mitteilen.«

Sie wandten sich kaum nach einer Seitenstraße, als einer der Späher zu ihnen trat, und sie keck um die Physiognomie ihrer Handschrift bat, um, wie er sie versicherte: »die Trägheit oder Fertigkeit ihrer hervorbringenden Kraft, die Gradheit, Standhaftigkeit, Reinheit oder Schiefheit ihres Charakters daraus zu entziffern«. Er setzte hinzu: »Es habe ihm bisher kein Fremder diese Gefälligkeit abgeschlagen, und er hoffte von ihnen ein Gleiches.«

Hierauf zog er ein Taschenbuch, Feder und Dinte hervor, und spitzte die Ohren voller Erwartung.

Faust. Nicht so rasch, guter Freund, Dienst um Dienst: sagt mir vorerst, wer ist die Jungfrau in jenem Hause, die ich eben am Fenster sah, und deren Äußeres so englisch schön ist?

Späher. O sie ist ein Engel in allem Verstande. Unser großer Seher versichert von ihr, ihre Augen seien Spiegel der Reinheit und Keuschheit. Ihr holder Mund sei nur geschaffen, die hohe Begeistrung eines von himmlischen Dingen erfüllten Herzens auszudrücken. Ihre Stirne sei ein glänzender Schild der Tugend, an dem sich alle Versuchungen, alle irdische und sinnliche Gefühle zerschlügen. Ihre Nase wittere die Gefilde der Unsterblichen. Sie sei das Ideal der Schönheit, und aller der Tugenden, die diese begleiten, wenn die Gottheit eine vollkommen schöne Seele dem Auge des Fleisches sichtbar machen wollte.

Faust. Ihr malt wahrlich nicht mit Farben der Erde; aber sagt mir nun auch etwas von ihren irdischen Verhältnissen.

SPÄHER. Diese sind freilich nicht so glänzend wie die erstern, aber doch hinreichend, ihre Ausübung nicht zu stören.

FAUST. Und sie heißt?

SPÄHER. Angelika.

Sie schrieben Worte ohne Sinn auf ein Blatt, und der Späher verschwand vergnügt mit seinem Schatze.

FAUST. Teufel, wie meinst du, daß dem frommen Kinde beizukommen sei? Ich bin nun recht in der Laune, das Ideal dieses Sehers zu verpfuschen.

TEUFEL. Auf der graden Heerstraße zu dem menschlichen Herzen, Faust, darauf wird sie dir gewiß begegnen; denn früh oder spät muß jeder dahin einlenken, seine Phantasie mag ihn noch so weit davon entfernt haben.

FAUST. Es muß ein reizender Genuß sein, eine solche zugespitzte Einbildungskraft mit Bildern der Wollust zu füllen.

TEUFEL. Der Mönch hat dir schon vorgearbeitet, und ihre Sinnlichkeit so geschärft, ihr Seelchen mit so viel Eitelkeit und Selbstvertrauen angefüllt, ihre Frömmigkeit so sinnlich gemacht, daß es weiter nichts erfordert, als gehörig an dem Herzen anzuklopfen, um sich als würklichern Gegenstand der Schwärmerei hineinzunisten. Laß mich eine Probe machen, zu was die Schwärmerei die Weiber endlich führt.

FAUST. Und schnell! Ich habe bei Nonnen gelegen, und sie wie andre Weiber gefunden, laß mich nun sehen, wie sich eine Schwärmerin dabei gebärdet.

10

Dem Teufel war darum zu tun, eine solche Seele dem Himmel zu stehlen, Fausts Sündenmaß schneller zu füllen, und stund in einem Augenblick unter der Gestalt eines alten Mannes mit einem Guckkasten vor Faust, gab ihm einen Wink und schlich nach dem Markte. Hier schlug er seine Bude auf, und rief den Pöbel zusammen, seine schöne Raritäten zu schauen. Das Volk drang hinzu, Mägde und Knechte, Jungfrauen und Witwen, Kinder und Greise. Der Teufel gaukelte ihnen allerlei Histörchen vor, die er mit frommen Erläuterungen und moralischen Sprüchen begleitete. Jedermann trat vergnügt von dem Guckkasten zurück, und reizte die Zuschauer mit Erzählung der gesehenen Wunder. Die englische Angelika sah aus dem Fenster, und da sie den Teufel mit einem so frommen Tone die Vorspieglung seiner Histörchen ableiern hörte, fühlte sie eine unwiderstehliche Versuchung, die Wunder des Kastens zu sehen, und dem frommen Greise ein Almosen zufließen zu lassen. Der Teufel ward gerufen. Er fühlte sich selbst betroffen von ihrer wunderbaren Schönheit, ihrer Sanftmut und Güte, und ward um so begieriger, ihre Sinne zu verwirren. Nun legte sie ihr schwärmerisches Auge an die Öffnung des Kastens, der Teufel leierte seine Alltagssprüche herunter, und gaukelte ihr stufenweis die Szenen der Liebe, bis zu den ausschweifendsten Vorspiegelungen der Wollust und des sinnlichen Genusses, vor. Führte ihre Phantasie so rasch und unmerklich vom Geistigen zum Sinnlichen hinüber, daß sie die Schattierung kaum gewahr werden konnte. Wenn sie das Auge zurückziehen wollte, so verwandelte sich der anstößige Gegenstand in ein erhabenes Bild, das den widrigen Eindruck auslöschte, und das Herz für das folgende zündbarer machte. Ihre Wangen glühten, sie glaubte vor einer bezauberten, unbekannten Welt zu stehen. In allen diesen Szenen ließ der Tausendkünstler Fausts Gestalt erscheinen, und versetzte sie immer in die anziehendsten Lagen. Sie sah ihn einen Schatten verfolgen, der ihr glich, und um ihretwillen die größten Taten unternahm, sich den schrecklichsten Gefahren unterwarf, und nachdem er ihre Aufmerksamkeit gänzlich gefesselt hatte, und wahrnahm, daß die Neugierde, die Verwicklung, worin Fausts Gestalt mit ihr verflochten war, aufzulösen wünschte, so verwandelte er die Szene, und ließ in schnellem Wirrwarr die schlüpfrigsten und üppigsten Erscheinungen der tierischen Liebe, mit den reizendsten Farben bekleidet, vor den Augen der unschuldigen Lauscherin gaukeln. Der Blitz erleuchtet nicht so schnell das Dunkel, der Wunsch nach Ehebruch entsteht nicht so schnell in dem Herzen des Wollüstlings, als diese Erscheinungen vorüberflogen. Eine Sekunde ist Dauer dagegen. Kaum hatte die Unschuldige das Auge an den Kasten gelegt, als das Gift schon in ihr Herz geflossen war. Sie sah, bevor sie fliehen konnte. Nun deckte sie mit beiden Händen ihre Augen, floh nach ihrem Schlafzimmer, und sank Fausten in die Arme. Der Verwegne nutzte den Augenblick der gänzlichen Abwesenheit ihres Bewußtseins, fand in ihrem Sträuben, ihren Tränen, ihrem Seufzen, neuen Reiz zur Sünde, und nie ist eine unschuldigere Seele, nie ein schönrer, unbefleckterer Körper von der frechen Hand der Verführung besudelt worden. Als sie endlich zu sich kam, und ihren Fall wahrnahm, verhüllte sie ihr Haupt, und stieß den Frechen zurück. Er legte kostbare Geschmeide zu ihren Füßen, sie zertrat sie, und rief: »Wehe dir, die Hand des Rächers wird einst schwer auf dir liegen für diese Stunde!«

Der Wahnsinnige freute sich seines Siegs, ging ohne Reue zu dem Teufel, der die Szene belachte, und sich der schaudervollen Folgen der Tat freute.

11

Faust befand sich hier in seinem Elemente; die geistige Schwärmerei hatte den Zunder der Lust so nahe an die Herzen gelegt, daß er nur anzublasen brauchte, um sie in Flammen zu setzen. Er flog von Sieg zu Siege, nutzte hierbei die Macht des Teufels wenig, desto mehr aber sein Gold und seine Juwelen, die auch die Frommen zu brauchen wissen. Angelika ward unsichtbar, und alles Bemühen Fausts war vergebens, ihr noch einmal zu nahen, er vergaß sie auch bald in den neuen Berauschungen. Er las in der Zwischenzeit mit dem Teufel die Handschrift der Physiognomik, die ihm einer der Späher für eine große Summe verkauft hatte, und ärgerte sich grimmig an der Zuverlässigkeit, der Unwissenheit und dem dichterischen Schwulst des Verfassers. Der Teufel glühte

Sie sah, bevor sie fliehen konnte.

vor Zorn, da er sogar sein eignes Portrait in der Handschrift fand, das der junge Mönch, mit der nur ihm eignen Verwegenheit, beurteilt hatte. Es verdroß ihn so heftig, daß er mit seiner hohen Person sein Spiel getrieben, daß er dem Hang sich zu rächen nicht widerstehen konnte, und da Faust in keiner bessern Laune gegen den Mönch war, so machten sie sich auf, ihm einen Streich zu spielen. Sie gingen nach dem Kloster, und da sie beide stattlich gekleidet waren, und Leute von Rang und Bedeutung zu sein schienen, so wurden sie von dem jungen Mönch sehr freundlich empfangen. Aber kaum sah er den Teufel schärfer an, als er von seinem Angesichte so begeistert wurde, daß er alle Worte des Grußes vergaß, ihm stark die Hand schüttelte, sich dann von ihm entfernte, und ihn bald en face, bald en profil anstarrte. Hierauf rief er hochbegeistert:

»Ha! wer bist du, Übergroßer?

Ja, man kann, was man will.

Man will, was man kann! dies sagt mir dein Gesicht, und ich brauche dich nicht zu kennen, und dies zu sagen. Nie hab ich die Gewißheit meiner Wissenschaft mehr gefühlt, als in diesem Augenblick!

Wer kann ein solches menschliches Gesicht ohne Gefühl, ohne Hingerissenheit, ohne Interesse ansehen – da nicht in dieser Nase innre, tiefe, ungelernte Größe, und Urfestigkeit ahnden! Ein Gesicht voll Blick, voll Drang und Kraft.« *Er befühlte Leviathans Stirne, und fuhr fort.* »Erlaube mir, mit meinem Stirnmesser die Wölbung deiner Stirne auszumessen. – Ja eherner Mut ist so gewiß in der Stirne, als in den Lippen wahre Freundschaft, Treue, Liebe zu Gott und den Menschen. In den Lippen, welch eine vorstrebende entgegenschmachtende Empfindung! Welch ein Adel im Ganzen.

Ja dein Gesicht ist die Physiognomie eines außerordentlichen Mannes, der schnell und tief sieht, fest hält, zurückstößt, würkt, fliegt – darstellt, wenig Menschen findet, auf denen er ruhen kann, aber sehr viele, die auf ihm ruhen wollen.

Ach wenn ein gemeiner Mensch so eine Stirne, so eine Nase, so einen Mund, ja nur solch ein Haar haben kann, so steht's schlecht mit der Physiognomik.

Es ist vielleicht kein Mensch, den dein Anblick nicht wechselsweise anziehe und zurückstoße – o der kindlichen Einfalt und der Last von Heldengröße! So gekannt, und mißkannt werden wenige Sterbliche sein können.

Adler! Löwe! Zerbrecher! Reformator der Menschen! Steure zu, und rufe die Sterblichen von ihrer Blindheit zurück, teile ihnen deine Kraft mit, die Natur hat dich zu allen dem gestempelt, was ich dir verkündige.«

Faust biß wild die Zähne zusammen, während der Mönch alle die herrlichen und erhabnen Sachen über das Angesicht des Teufels begeistert herausstieß. Der Teufel wandte sich kalt zu dem Seher:

»Und was hältst du von diesem hier?«

MÖNCH. Groß, kühn, mächtig, kraftvoll, sanft, mild; doch das Größre ist größer, das Kühnre kühner, das Mächtigere mächtiger, das Kraftvollere kraftvoller, das Sanftere sanfter, das Mildere milder! Großer, edler Schüler eines Größern, wenn dein Geist und Herz ihn ganz fassen werden, so wird sein Licht auch durch dich leuchten! – Ich bitte euch, setzt euch, daß ich euren Schatten nehme!

Faust, der noch mehr ergrimmte, daß ihn der Mönch so tief unter den Teufel setzte, brach los:

»Schatten! ja Schatten, die sind es, die du gesehen hast. Wer bist du, der du dich so frech erkühnst, das Menschengeschlecht nach den Zuckungen deiner erhitzten und verworrnen Einbildungskraft zu richten und zu messen? Hast du den Menschen gesehen? Wo, wie und wann? Im Schatten hast du ihn gesehen, und diesen, ausstaffiert mit den Floskeln deiner Phantasie, für seine wirkliche Gestalt gegeben! Sage, was für Menschen hast du gesehen? Sektierer, Fanatiker, Schwärmer, die Schlacken der menschlichen Natur. Eitle Betschwestern, junge Weiber, die kraftlose Männer, Witwen, die schlaflose Nächte haben. Mädchen, die der Kitzel des Bluts quälet, diese hängen sich an Leute deinesgleichen, weil sie an nichts kräftigerm hängen können, und mit dem Geiste buhlen müssen, weil ihre Leiber nicht bepflügt werden. – Autoren hast du gesehen, denen es wohlgefiel, wenn du die flachen Züge ihres Gesichts zu Merkzeichen des Genies stempeltest. Große, deren glänzender Stand und Name ihre Gesichter vor deinen Augen verherrlichten. Du siehst, ich kenne deinen Umgang, und habe dein Buch gelesen.«

Teufel. Bravo, Faust, laß mich nun auch das Wort nehmen, und ihm die Wahrheit lohnen. Bruder Mönch! in deiner einsamen Zelle hast du dir ein schales Ideal von Vollkommenheit zusammengesetzt, es den Köpfen der Menschen einzuprägen gesucht, das nun an den Kräften ihres Geistes zehrt, wie der Krebs am angesteckten Fleische; oder ist es ein Zug neuer Scharlatanerie, den Menschen durch den Köder der Eitelkeit an dich zu ziehen, und deine sonstige Schwärmerei mehr auszubreiten? Es hat einst auch Menschen gegeben, die es wagten, von dem Äußeren des Menschen auf sein Innres zu schließen (das im Vorbeigehen gesagt tiefer liegt, als der Mittelpunkt der Erde), aber es waren andere Kerle wie du. Sie hatten doch wohl einen Teil des Erdbodens durchlaufen, waren unter Erfahrungen grau geworden, hatten mit Menschen gehandelt und gewandelt, mit mehr als einem Weibe geschlafen, die Schlupfwinkel des Lasters und der Üppigkeit durchkrochen. Stiegen aus dem Palast in die Hütte, krochen in die Höhlen der Wilden, und wußten, was ohngefähr zu einem wackren Kerl gehört, was er leisten kann, und was man seiner Natur nach von ihm fordern muß. Du starrst vor deinen Vorurteilen zurück, und zitterst vor der raschen Tätigkeit des Menschen! Hast dir ein Gespenst von Mönchs- und Weibertugenden zusammengesetzt, mit Engelreinheit und Keuschheit behangen, das den Menschen just um das bringt, was ihm noch einigen Wert gibt.

Der Mönch stund zwischen ihnen, wie zwischen zwei feuerspeienden Bergen, hielt demütig die Hände vor die Brust, und schrie: »Erbarmt euch!«

Faust. Höre weiter! Du siehst auf dem Rücken der Nase eines Burschen eine kleine Wölbung, die du einmal zum Zeichen fleischlicher Sinnlichkeit geprägt hast, und er muß dir ein Wollüstling sein, ob er gleich Hoden hat wie Erbsen, und Gesäße, so flach wie deine Backen. Da, wo du es nicht ahndest, wohin du nicht greifen darfst, wovon du keinen Schatten nehmen, und in Holz schneiden kannst, da sitzt es dem Mann und dem Weibe, da ist nur zu oft die Waage ihrer Tugend. Du hältst das Aufsteigen der üppigen, heißhungrigen Gebärmutter für himmlische Begeistrung, siehst selige Gefühle in den Augen der Matrone, während ihre Phantasie mit Bildern der Wollust buhlt. Drang nach edler Tätigkeit auf der Stirne des Jünglings, während der Löwe Temperament in ihm brüllt. Wie willst du die Kraft des Menschen abwägen, da du den gefährlichen, wilden Kampf, den sie im Innern erregt, nie gefühlt hast? wie bestimmen, welcher Versuchung er unterliegen muß, da du dich bloß mit Schatten genährt hast? Was meinst du, wenn einer die Floskeln, womit du deine Unerfahrenheit und Unwissenheit deckst, in schlichten Menschensinn auflöste? Was würde übrig bleiben als Seifenblasen?

Der Teufel *nahm das Wort*: »Und wie, wenn dir alle die Schatten, womit du dein dickes Buch ausgeputzt hast, in ihrer wahren Gestalt erschienen, wie ich dir nun erscheinen will? Ich habe gesehen, daß du auch den Teufel portraitiert und gemustert hast, es ist hohe Zeit, daß er dir erscheine. Sieh mich an! ich will nun mein Inneres auf mein Äußeres ziehen, und du sollst in Staub vor dem Ideal hinsinken, das deine Phantasie in mir gesehen hat. Davon sahst du nichts, daß dieser hier in deinen Schafstall gebrochen ist, und deine geistige Lämmer erwürgt hat. Sieh, er dampft vom Genuß der Wollust – und nun blick auf, und sage dann, du habest einmal ein Ding in seiner wahren Gestalt gesehen.«

Hier zog der Teufel sein Inneres in der fürchterlichsten Maske der Hölle hervor, stellte sich vor Fausten, daß er ihn nicht beobachten konnte. Der Mönch sank zusammen. Der

Teufel wandte sich zu Faust in seiner vorigen Gestalt, dann wieder zu dem bebenden Mönch.

TEUFEL. Nun sage, du hättest den Teufel gesehen, und male ihn, wenn du die Kraft dazu hast. Oft würdest du so zusammensinken, wenn du das wahre Innere derer sähest, die du als Engel gemalt hast.

FAUST. Sei ein Tor, und zeuge Toren; mache dich und die Religion durch deine Schwärmerei den Verständigen zum Ekel, du kannst nicht kräftiger für die Hölle arbeiten. Auf der einen Seite erweckst du Verachtung, auf der andern Verzerrung. Gehab dich wohl.

Der Mönch ward vor Schrecken wahnsinnig, schrieb aber in seinem Wahnsinne immer fort, und die Leser merkten die Veränderung seines Zustandes nicht einmal, so sehr glichen seine neuen Bücher den alten.

Faust freute sich der Szene herzlich, und da er des Orts müde war, so machte er sich mit dem Teufel auf den Weg nach dem lachenden Frankreich.

Viertes Buch

1

Frankreich war nun freilich in diesem Augenblick so lachend nicht, als es später geworden ist; noch hatte die Gewohnheit, sich von Tyrannen beherrschen zu lassen, nicht so tief in den Herzen der Franzosen Wurzel gefaßt, daß sie die Grausamkeiten ihrer Regenten und deren Viziers, wie ihre Torheiten, in Gassenliedern besangen, und dieses für gnügende Rache hielten. Als Faust und der Teufel den reichen Boden dieses Landes betraten, seufzte es unter dem Druck des feigsten und grausamsten Wüterichs, Ludwigs des Elften, der sich zum erstenmal den Allerchristlichsten König nannte. Der Teufel hütete sich sehr, Fausten etwas von ihm vorher zu sagen; ihm war darum zu tun, sein Herz durch scheußliche Erfahrung, Schlag auf Schlag zu zerknirschen, ihm den Himmel, bei jedem Schritt im Leben, immer verdächtiger zu machen, um ihm alsdann den fürchterlichsten Streich beizubringen, der je einen Menschen getroffen, der übermütig gegen die Grenzen seiner Natur angestoßen, die eine mächtige Hand vor unsern Horizont gestellt hat. Leider fand er in den Taten der Menschen Stoff genug dazu, und weisere Leute als Faust haben, ohne Gesellschaft des Teufels, an dieser gefährlichen Klippe gestrandet, wenn sie einmal vergaßen, daß Ergebung in sein Schicksal die erste Forderung der Natur an den Menschen sei; oder wenn Güte und Nachsicht nicht den Grundstoff ihres Wesens ausmachten, deren milder Schimmer allein die schwarzen Gemälde der Welterfahrung aufheitern kann. Es gibt einen gewissen düstern, giftigen Atheismus des Gefühls, der beinahe unheilbar ist, weil es ihm nie an reell scheinenden Ursachen mangelt, weil er aus dem Herzen, und zwar aus einem Herzen entspringt, das sich durch seine Stimmung und Fühlart zu leicht von den widersprechenden Erscheinungen der moralischen und physischen Welt zerreißen läßt. Ein solches Herz zehrt, durch seine

Glut, den Verstand ebenso auf, wie das Fieber in einem durch eine starke Wunde Verletzten. Gegen diesen Atheismus ist der der Vernunft eine Chimäre; denn der Mann, der denkt, sucht Ursachen zu Wirkungen auf, und diese Beschäftigung, da sie ihn endlich zu den Grenzen des menschlichen Geists leiten muß, legt dem Kühnsten eine Fessel an, die ihn wenigstens so weit bändiget, daß er nie gänzlich in das dunkle, große Nichts verschleudert werden kann. Vergebens ist die Warnung: die moralische Welt hat ihre Aufrührer wie die politische, und muß sie haben. Wenn jene von der aus Schatten gebauten Brücke, die sie aus der Sinnenwelt in die intellektuelle zu ziehen streben, uns zur Lehre herunterstürzen, so ruft uns das Opfer dieser zu, unsern Menschen-Wert nicht in allzuträger Sicherheit zu verschlummern. Man verzeihe mir die Ausschweifung. – Faust wußte von Frankreichs Könige nichts, als daß er sich den Allerchristlichsten nennen ließ; daß er der erste sei, der die Vasallen seines Reichs gedemütigt, und die Rechte der Krone gegen sie behauptet hätte, übrigens von allen andern Höfen gefürchtet würde, weil ihm jedes Mittel zu seinem Zwecke gleich sei, und man kein Beispiel habe, daß er sein Wort gehalten hätte, wenn nichts dabei zu gewinnen war. Er sollte nun Zeuge der Mittel werden, die er zu seinen Zwecken anwendete.

Der Teufel hatte durch seine ausgesandten Kundschafter erfahren, daß der Allerchristlichste König soeben einen Staatsstreich auszuführen gedächte, sich seines Bruders, des Herzogs von Berry zu entledigen, um die ihm abgetretne Provinz der Krone wieder einzuverleiben. Er versäumte nicht, Fausten zum Zuschauer dieser Szene zu machen. Sie ritten an einem Lustwalde vorüber, der an ein Schloß stieß, und sahen in demselben einen Benediktinermönch, der sein Brevier zu beten schien. Der Teufel freute sich innig des Anblicks, denn er las auf der Stirne des Mönchs, daß er soeben die Mutter Gottes anflehte, ihm bei dem großen Unternehmen, das ihm sein Abt aufgetragen, beizustehen, und ihn nach glücklichem Erfolge aus der Gefahr zu erretten. Dieser

Mönch war der Bruder Faver Vesois, Beichtvater des Bruders des Königs. Der Teufel überließ ihn seinen frommen Betrachtungen, und ritt mit Fausten nach dem Schlosse, wo sie als Fremde von Stand, die gekommen waren, dem Prinzen ihre Achtung zu bezeugen, gütig aufgenommen wurden. Der Prinz lebte auf diesem Schlosse, mit seiner geliebten Montserau, in Ruhe und Vergnügen, dachte kein Arges, und erwartete kein Arges. Faust wurde von seinem angenehmen Betragen sehr eingenommen, und freute sich, einen königlichen Prinzen zu sehen, der als Mensch tat, und redete, da er bei den teutschen Fürsten gewohnt war, nichts zu sehen, als steifen Stolz und hölzernes Zeremoniell, das um so unerträglicher ist, da es jedem Verständigen ihre Kleinheit und Schwäche nur merklicher macht. Einige Tage verstrichen unter Jagd- und andern Ergötzlichkeiten, und der freundliche Prinz zog Fausten immer mehr an sich. Das einzige, was ihm mißfiel, war die Neigung des Prinzen zu seinem Beichtvater, dem Benediktiner. Er überhäufte diesen mit so vieler Zärtlichkeit und Freundschaft, ließ seinen Willen so gefällig von ihm lenken, und der Mönch beantwortete alles mit einer so frömmelnden Miene, daß Faust nicht begreifen konnte, wie ein Mann von so offnem Betragen eine solche heuchlerische Maske liebkosen könnte. Der Teufel enthüllte ihm durch das Verhältnis des Prinzen mit der Dame Montserau bald dieses Rätsel. Der Prinz hatte ebenso viel Liebe für sie, als Furcht vor der Hölle, und weil ihr Gemahl noch lebte, so machte es seine Lage mit ihr bedenklich. Da er ihr also nicht entsagen, und doch der Hölle gern entgehen wollte, so bediente er sich des bekannten Seitenwegs, den die Mönche neben der Religion her gegraben haben, um ihre Macht auf das Gewissen der Menschen zu gründen, und ließ sich durch Absolution seiner Sünden die Zukunft zusichern, wenn die Furcht vor der Hölle ihn zu stark überfiel. Mußte er sich nicht dankbar gegen einen Menschen bezeigen, der ihn des Gegenwärtigen genießen ließ, und ihn über die Zukunft beruhigte? »Du siehst, Faust«, sagte der Teufel, »was die Menschen aus der

Religion gemacht haben, und merke nur, daß sie bei jedem großen Verbrechen, bei jedem scheußlichen Greuel entweder die Hauptrolle spielen, oder doch die Spielenden über ihre Taten trösten und beruhigen muß.«

Dieser Umstand empfahl nun freilich den Verstand des Prinzen bei Fausten nicht, der mit seinem Gewissen so rasch geendigt hatte; die letzte Bemerkung des Teufels fiel tiefer in seine Seele; indessen ließ er noch alles gehen, und genoß, was er der flüchtigen Zeit nur entreißen konnte.

Man saß eines Abends sehr munter bei Tische; der Teufel ergötzte die Gesellschaft mit lustigen Schwänken, Faust warf sein Netz auf die künftige Nacht nach einer muntern Französin, sie beantwortete sein Spiel nach seinem Wunsche, alles war heiter, als auf einmal der fürchterliche Tod der Freude ein Ende machte. Der Benediktiner hatte eine Schüssel der schönsten und größten Pfirsichen zum Geschenk erhalten, die er zum Nachtisch auftragen ließ, und dem Prinzen die köstlichste, mit einer lächelnden und frommen Miene, hinreichte. Der Prinz teilte sie mit seiner Geliebten, und sie aßen beide die Pfirsiche ohne Verdacht. Man stund auf. Der Mönch sprach das gratias tibi mit Salbung und verschwand. Der Teufel wollte eben anfangen, eine neue Fratze zu erzählen, als die Dame Montserau einen Schrei des heftigsten Schmerzes ausstieß. Ihr schönes Gesicht verzerrte sich plötzlich. Ihre Lippen wurden blau, und die Blässe des Todes deckte ihre blühenden Wangen. Der Prinz wollte ihr zu Hülfe eilen, das fürchterliche Gift würkte in demselben Augenblick in seinen Eingeweiden, er sank bei ihr nieder, und rief zum Himmel: »Höre es! es ist die Hand meines Bruders, die mich durch diesen Verfluchten tötet! Er, der unsern Vater zwang, den Hungertod zu sterben, um nicht von ihm vergiftet zu werden, er hat diesen Mönch erkauft!«

Faust stürzte hinaus, um sich des Beichtvaters zu bemächtigen, er war entflohen; einige Reiter hatten ihn am Lustwald empfangen, und ihn auf seiner Flucht begleitet. Faust kehrte zurück. Schon hatte der Tod seine Opfer verschlungen, und lag auf ihnen in schaudervoller Gestalt. Faust und der Teufel überließen ihm seine Beute, und zogen weiter.

TEUFEL. Nun, Faust, braucht ihr des schwarzen Teufels, wie ihr ihn nennt, da er in Mönchskutten auf der Erde herum spukt? Wie gefällt dir der Streich dieses Benediktiners, den er im Namen des Allerchristlichsten Königs hier ausgeführt hat?

FAUST. Ha, bald sollt ich glauben, unsre Leiber werden von den gefallnen Geistern der Hölle beseelt, und wir sind nur ihre Werkzeuge.

TEUFEL. Pfui des ekelhaften Loses für einen unsterblichen Geist, ein so zweideutiges, mißgeschaffnes Ding zu beseelen! Glaube mir, ob ich gleich ein stolzer Teufel bin, so würde ich doch lieber in ein Schwein fahren, das sich im Kote besudelt, als in einen von euch, die ihr euch in Lastern herumwälzet, und stolz das Ebenbild des Höchsten nennet.

FAUST. Verfluchter! der du den Menschen so tief herabwürdigest –

TEUFEL. He, werde nicht zornig, Mensch! sage, würden wir nicht an eurem moralischen Wert ersticken? Kann der Teufel das Licht eurer Tugend vertragen? Ist dieser Mönch nicht ein frommer Mann? Sein Abt nicht ein frommer Mann, der ihm diese Tat aufgetragen hat? Ist der König nicht der Allerchristlichste Monarch, und ein sehr guter Bruder, der dem Abt den Wink dazu gegeben hat? Wie sollte der Teufel in solchen frommen Leuten seine Herberge wohl aufschlagen können?

FAUST. Was konnte den Elenden reizen, den Spruch der Verdammnis auf sich zu ziehen?

TEUFEL. Die Verdammnis ist weit entfernt, die Absolution nahe, und noch näher die großen Güter, der Lohn der Tat, die das Kloster des Abts zum mächtigsten und reichsten in der Provinz machen. Haben Mönche diesem Reiz je widerstanden, seitdem sie die uns furchtbare Religion so verpfuscht haben, daß die Hölle nun siegt, die einmal vor dem Ende ihrer Herrschaft bebte?

Dieser Gedanke fuhr gleich einer Viper in den Busen Fausts. Er schwieg, und verlor sich immer tiefer in seinen finstern Betrachtungen über den Menschen, seine Bestimmung, den moralischen Gang der Welt, dessen Widersprüche er nicht ausgleichen konnte. Die ihm täglich aufstoßenden Begebenheiten reizten seine Galle, legten den Keim zu noch peinlichern Zweifeln, zu Menschenhaß und Menschenverachtung an sein Herz, die gleich dem Polypen nur langsam wachsen, und dann nur töten, wenn sie das Herz so umsponnen haben, daß ihm der Raum, sich auszudehnen, fehlt. Sie zogen im Lande weit und breit herum, hatten der Abenteuer viel, und Faust ließ sich noch nicht von seinen finstern Betrachtungen im Genusse des Lebens stören. Überall fanden sie Merkmale der Klaue des feigen Tyrannen, und Faust nutzte oft die Schätze des Teufels, die blutenden Wunden zu stillen.

2

So kamen sie von Abenteuer zu Abenteuer nach Paris. Bei ihrem Eintritt war die ganze Stadt in Bewegung. Das Volk stürzte nur einen Weg, sie folgten dem Zuge und kamen zu den Hallen, wo sie ein schwarzbedecktes Gerüste aufgeschlagen fanden, das durch eine Türe mit einem nahen Gebäude verbunden war. Faust fragte, was dieses bedeutete? und man antwortete ihm, daß soeben der reiche Herzog von Nemours hingerichtet würde. »Und die Ursache?« – »Der König hat es befohlen. Man sagt, er habe aus feindlichen Gesinnungen gegen das königliche Haus den Dauphin umbringen wollen. Da ihn aber vom Königе beorderte Richter geheim in seinem Kefícht verhört haben, so weiß man nichts als das Gerücht.«

Einer der Anwesenden rief:

»Sagt vielmehr, es seien seine Güter, die ihm den Hals kosten; denn um ein mächtiger König zu werden, und uns zu einer großen und berühmten Nation zu machen, ermordet er unsre Großen, und uns obendrein, wenn wir es nicht für gut halten.«

Der Teufel ließ die Pferde nach einem nahen Wirtshause führen, und leitete Fausten durch den Haufen. Sie sahen den edlen Herzog, von seinen unmündigen Kindern begleitet, nach einem schwarz ausgeschlagenen Zimmer führen. Hier erwartete ihn ein Mönch, der seine letzte Beichte hören sollte. Der Blick des Vaters hing an seinen Söhnen, und konnte sich nicht von ihnen zu dem Himmel wenden. Nach der Beichte drückte er sie wider seine Brust, sah dann gen Himmel, legte seine bebenden Hände auf die Häupter der Schluchzenden, und sagte: »Laß den Segen eines unglücklichen Vaters, den Habsucht und Tyrannei ermorden, diesen Unschuldigen gedeihen! doch« – *hier hielt er seufzend inne* – »sie sind die Erben eines Unglücklichen, ihre Ansprüche verdammen sie zu langsamer Marter, sie sind dem Weh geboren, und in diesem Gefühl muß ich sterben.« Er wollte weiter reden, man zwang ihn zu schweigen, und führte ihn durch die Türe auf das Blutgerüste.

Nach dem Befehl des Königs, der diese Hinrichtung mit der kalten Bedachtsamkeit eingerichtet hatte, wie man ein Schauspiel zum Vergnügen anordnet, wurden die Söhne von ihm gerissen, unter das Gerüst geführt, daß das Blut ihres hingerichteten Vaters auf ihre weiße Gewänder träufle. Der Schrei, den der Vater in diesem Augenblick ausstieß, schauderte durch die Herzen aller Anwesenden; nur Tristan, der Henker und Busenfreund des Königs, der schon so viele Tausende seiner Wut geopfert, befühlte dabei lächelnd die Schärfe des Schwerts. Faust glaubte, dieser Ton müsse die Feste des Himmels durchdringen und ihn zum Rächer der verletzten Menschheit machen. Er sah grimmig aufwärts, und sein vermeßner Blick machte den Höchsten zum Mitschuldigen der schaudervollen Tat. Er war einen Augenblick in Versuchung, ihn mit seinen Kindern durch den Teufel den Händen des Henkers entführen zu lassen, aber sein nun finstres Herz höhnte des Entschlusses, er sah nochmals gen Himmel, und sagte in seinem Inneren: »Ist mir doch die Sorge für ihn nicht anvertraut; vermutlich gehört es zu deiner Ordnung auf

Erden, daß dieser blute, damit der König mutiger in Verbrechen werde!« Der Herzog kniete nieder, er hörte das Winseln und Klagen der Söhne unter dem Gerüste hervor, das ihn in das andre Leben begleiten sollte, sein eigner schmählicher Tod verschwand vor seinen Augen, er fühlte zum letztenmal, und fühlte nur für die Unglücklichen – starre Tränen hingen an seinen Augen – seine Lippen zitterten – Der Henker führte den Streich, und das warme Blut des Vaters rann über die bebenden Söhne hin. So befleckt, führte man sie auf die Bühne zurück, zeigte ihnen den Leichnam, das davon getrennte Haupt des Vaters, trieb sie in das Gefängnis zurück, wo sie in Körbe gefesselt wurden, die oben weit und unten enge waren, um sie in dieser peinlichen Lage langsam hinsterben zu lassen. Ihre Marter zu vermehren, riß man ihnen zu Zeiten die Zähne aus.

Faust wankte betäubt von dieser schrecklichen Szene nach dem Wirtshaus, und forderte den Teufel zur Rache an dem auf, den der Himmel unbestraft solche Greuel begehen ließ.

Teufel. Faust, ich erwürge ihn nicht, es ist gegen die Polizei der Hölle, und warum soll der Teufel diesen Grausamkeiten ein Ende machen, da sie der geduldig ansieht, den die Menschen ihren Vater und Erhalter nennen? Vermutlich gehört dies zu der Ordnung der moralischen Welt, daß die Könige, die sich die Gesalbten des Himmels nennen, und von ihm ihre Einsetzung erhalten zu haben vorgeben, so mit den Menschen, denen er sie vorgesetzt, umspringen müssen. Folgte ich deinem blinden Zorn, wer von denen, die wir noch sehen werden, würde deiner Rache entgehen?

Faust. Und wäre es nicht ein verdienstliches Werk, wenn ich gleich einem zweiten Herkules herumzöge, und Europas stolze Throne von diesen Ungeheuern reinigte?

Teufel. Kurzsichtiger, beweist nicht eure verdorbene Natur, daß ihr sie braucht, und würden nicht neue Ungeheuer aus ihrer Asche aufleben? Des Mordens würde kein Ende werden, die Völker sich trennen, und sich durch bürgerliche Kriege aufreiben. Du siehst Millionen hier, die diesen Wüterich, wie sie ihn nennen, in Geduld ertragen, sich schinden lassen, ohne von Rache entflammt zu werden. Sahen sie nicht diesen edlen Herzog hinrichten, wie ein Schaf, und genossen mit ängstlichem und peinvollen Vergnügen des tragischen Schauspiels? Beweist dieses nicht, daß sie ihr Schicksal verdienen, und keines bessern wert sind; daß sie als Sklaven des Himmels und ihrer Natur das Joch ertragen müssen, wie man es ihnen auflegt? Wenn dein Sinn durch die Wollust noch nicht ganz verraucht ist, so reime dieses mit den Schulbegriffen deiner Moral zusammen, ich bin kein Lehrer des Lichts in der Finsternis, die euch umgibt. Ich kann meine Hand nicht an den Gesalbten legen, der so wacker für die Hölle arbeitet, kann den Faden nicht zerreißen, an welchem ein Mächtigerer wie ich durch ihn dieses Volk leitet.

FAUST. Wie gewissenhaft auf einmal mein Teufel geworden ist! Wie schnell warst du fertig, da ich dir auftrug, den teutschen Fürsten zu erwürgen, ist dir der Franzose mehr wert?

TEUFEL. Er war zu Verbrechen nicht gesalbt wie dieser hier, und wenn ich deinen Wink erfüllte, so sah ich aus der Tat Nutzen für die Hölle; einst wird es dir klar werden! Warum willst du, daß ich gegen meine eigne Eingeweide wüten soll? Ist er es nicht, der den Grundstein zu dem Despotismus legt, der durch Jahrhunderte wachsen, bisher unerhörte Greuel veranlassen, und unzählige Opfer der Verzweiflung zur Hölle schicken wird? Werden nicht alle die tyrannischen Könige, ihre Minister und die übrigen Blutsauger des Volks in den Pfuhl der Verdammnis fahren? Und ich sollte den zerstören, der ein solches Werk gründet? Faust, wenn der mächtige Satan in Frankreich König wäre, so könnte er nicht mit fruchtbarerer Hand den Samen zu dem künftigen Bösen aussäen, wie dieser es tut. Gedulde dich, du sollst diesen König sehen, dich an seinen Martern ergötzen, und dann wirst du ihm langes Leben wünschen, sie zu verlängern.

3

Faust machte einige Zeit hierauf mit einem sehr verständigen und rechtschaffnen Edelmanne Bekanntschaft, und er nebst dem Teufel gefielen ihm so wohl, daß er sie auf sein Landgut, nahe bei der Stadt, einlud, wo er mit seiner Familie lebte, die aus seiner Gemahlin, und seiner sehr schönen sechzehnjährigen Tochter bestund. Faust wurde von dem ersten Blicke des reizenden, unschuldigen Mädchens bezaubert, und fühlte zum erstenmal etwas von den süßen Qualen einer feinern Liebe. Er vertraute dem Teufel seine Pein, und dieser, der das Böse so gern beförderte, als Faust es tat, bot ihm seine Hülfe an, und spottete seiner Ziererei. Faust aber, der auf einmal edel zu fühlen glaubte, gestund ihm, es ginge ihm nah, dem Edelmann seine Gastfreundschaft so schlecht zu vergelten. Der Teufel spottete seiner Bedenklichkeit noch mehr, und antwortete: »Nun Faust, wenn du die Einwilligung des Edelmanns zu dem Spaße brauchst, so ist mir's um so lieber, denn ich fange auf einen Zug zwei Vögel, und stehe dir für die Einwilligung. Für was hältst du ihn?«

FAUST. Für einen Biedermann.

TEUFEL. Es ist doch schade, Faust, daß du bei dem teutschen fanatischen Mönch nicht ein wenig in die Schule gegangen bist. Du hältst also diesen Edelmann für einen biedern Gesellen? Freilich ganz Paris denkt so von ihm, und leider muß ich nun wieder in meiner ganzen schwarzen Teufelei erscheinen – Was glaubst du, daß er vorzüglich liebt?

FAUST. Seine Tochter.

TEUFEL. Ich kenne etwas, das er noch mehr liebt.

FAUST. Das wäre?

TEUFEL. Gold, davon du freilich schon Beweise haben könntest; da dir aber die Schätze der Erde durch mich offen stehen, so gleichst du einem Strome, der sich ergießt, unbekümmert, woher die Gewässer ihm zufließen, und wohin er sie ausstößt. Wieviel hast du schon an den Edelmann verspielt?

Faust. Das berechne der, der den Quark für mehr hält als ich.

Teufel. Er, der dich betrogen hat, zählt es sorgfältiger als ich.

Faust. Betrogen?

Teufel. Wie anders? Würde er, der nie gespielt hat, sonst mit dir spielen? Er sah, was dir das Geld ist, und machte seinen sichern Plan darauf. Glaubst du, die Tafel würde so gut bestellt sein, die Weine so wacker fließen, und die Gäste, seine Gehülfen, dich zu rupfen, so zahlreich um den Tisch dieses Geizigen sitzen, wenn dein Gold nicht diese Wunder würkte? Faust, in diesem Hause aß man sich vor unserm Hiersein nie satt. – Ich sehe an deiner Verwunderung, daß du dein Lebenlang ein Verschwender warst, und von diesem Durst nach Gold, der alle Wünsche des Herzens, selbst die nötigen Bedürfnisse der Natur besiegt, keine Ahndung hast. Folge mir leise!

Sie gingen die Treppe hinunter, durchschlichen einige unterirdische Gänge, und kamen endlich an eine eiserne Türe, wo der Teufel zu Fausten sagte: »Sieh durch das Schlüsselloch!« In diesem Gewölbe, das der schwache Schein einer Lampe erleuchtete, entdeckte Faust den Edelmann vor einem eisernen Kasten, in welchem viele Säcke mit Geld lagen, die dieser mit zärtlichen Augen ansah, und hierauf in einen leeren das Gold Stück für Stück zählte, das er Fausten abgewonnen hatte. Vorher aber besah er jedes Stück, wog es in der Hand, küßte es, rechnete zusammen, überzählte mit vielem Genuß den ganzen Schatz, seufzte am Ende beklommen über das, was ihm noch mangelte, die Zahl rund zu machen. Der Teufel lispelte Fausten ins Ohr:

»Um das Fehlende verkauft er dir die Tochter.«

Faust wollte es nicht glauben; dieses verdroß den Teufel, und er sagte ungeduldig:

»Nun, wenn ich dir zeigte, daß das Gold eine so unwiderstehliche Macht über das Herz des Menschen hat, daß in diesem Augenblick einige Väter und Mütter aus der Stadt, in dem ganz nahen Gehölze, mit einigen Abgesandten des Königs in Unterhandlung sind, ihnen ihre Säuglinge zu verkaufen, ob sie gleich wissen, daß sie ermordet werden, und der kränkelnde König ihr Blut trinkt, in dem Wahne, sein scharfes und veraltetes Geblüt durch ihr süßes und gesundes zu verjüngen.«

Faust, *schaudernd.* So ist die Welt die Hölle, und ich will ihr mit Freuden entfliehen. Und der König trinkt wissend diesen schaudervollen Trank?

Teufel. Der Arzt, der sein Tyrann ist, und sich bereichert, hat ihn verordnet, und der Beichtvater es unsträflich gefunden, wenn es dazu dienen kann, Seiner Majestät kostbare Tage zu verlängern.

Sie eilten nach dem Gehölze, verbargen sich hinter dickes Gesträuch, und sahen die Abgeordneten des Königs mit einigen Bürgern und dem Priester des Kirchspiels in Unterhandlung. Vier kleine Kinder lagen vor ihnen im Grase, eins derselben schrie erbärmlich, die Mutter koste es, und legte es an die Brust, um es zu stillen. Die andern krochen auf den Bäuchen, und spielten mit den Blumen. Die Abgeordneten zählten den Männern das Gold auf die Hand, der Pfarrer empfing seinen Teil, und man lieferte die Kinder aus. Noch lange hörte man die armen Kinder durch den Wald schreien, die Mütter heulten, aber die Männer sagten ihnen: »Hier ist Gold, laßt uns in die Schenke gehen, und uns Mut trinken, andre zu machen. Man sagt, der König fresse die Kinder; besser er frißt sie jung, als daß er sie alt schindet, oder sie in einen Sack genäht in die Seine werfen läßt, wie er tausenden getan hat. Laßt früh sterben, was zum leiden geboren ist; wahrlich es wäre besser für uns gewesen, wenn sein Vater uns jung gefressen hätte.«

Der Pfarrer tröstete sie, und sagte:

»Es sei ein verdienstliches Werk, und der Mutter Gottes, welcher der König so sehr zugetan sei, gefällig. Auch seien die Untertanen für den König geboren; und da er an Gottes Statt über sie auf Erden herrschte etc.« – Wer mag den Unsinn ausführen? So gingen sie nach der Schenke, versoffen einen Teil des Blutgelds, und sparten den andern auf, dem Könige die Termine zu bezahlen.

Der Teufel sah Fausten höhnisch an: »Zweifelst du noch, ob dir der Edelmann die Tochter verkaufen wird, die du doch wenigstens nicht fressen wirst?«

Faust. Bei der schwarzen Hölle, die mir in diesem Augenblick ein Paradies gegen die Erde zu sein scheint, ich will von nun an allen meinen Begierden den Zügel schießen lassen, und bei Zerstörung und Verwüstung glauben, ich arbeitete in dem Sinne dessen, der die Menschen so ungeheuer geschaffen hat. Eile, kaufe ihm die Tochter ab, sie ist der Zerstörung geweiht, wie alles, was Otem hat.

Dieses war die Laune, worin der Teufel Fausten längst zu sehen wünschte, um ihn zum Ziel zu fördern, und der lästigen Bürde los zu werden, der Sklave eines so verächtlichen Dinges zu sein, als der Mensch ihm schien. Noch denselben Abend fing er an, den Edelmann zu stimmen, und sprach vorsätzlich von ihrer nahen Abreise; den folgenden Morgen warf er ihm bei einem Spaziergange die goldne Angel hin, der Gierige schnappte darnach, wollte sie aber noch nicht fassen, und machte die gewöhnlichen Paraden der Tugend – der Teufel stieg bei jeder heuchlerischen Floskel in der Summe, stieg endlich so hoch, daß der Edelmann in seinem Herzen des Toren lachte, der sein Gold so unsinnig verschwendete. Der Vertrag ward gemacht, der Vater ließ Fausten in das Zimmer seiner Tochter ein und dachte ihr Heuratsgut auf eine Art erbeutet zu haben, wovon ihr künftiger Mann nichts merken würde. Das Mädchen war in der ersten Blüte der Jugend, Faust hatte durch den Umgang mit den Weibern erlernt, sie zu betören, und da er ihr beweisen konnte, daß ihr Vater selbst zu ihrem Falle mitwürkte, so tat die Natur das übrige.

Der Vater schlich indessen mit dem Goldsack und einer Lampe heimlich nach seinem, jedermann unbekannten Gewölbe. Das Herz klopfte ihm vor Freude, einen Sack zu füllen, und endlich die Summe seines Schatzes zu runden.

Aus Furcht, belauscht zu werden, und im Taumel der Freude schlug er die Türe hinter sich hastig zu, ohne den Schlüssel abgezogen, und zu sich gesteckt zu haben. Die Lampe verlosch durch den heftigen Schlag, und er sah sich auf einmal mit seinem Golde auf dem Arme in dicker Finsternis. Die Luft im Gewölbe war schwer und dumpfigt, und drückte bald auf seine Brust. Nun ward er erst gewahr, daß er den Schlüssel außen gelassen hatte, und Todesangst schoß kalt durch sein Herz. Noch hatte er Kraft und Instinkt genug, seinen Kasten zu finden, er legte das Gold hinein, kroch tappend zu der Tür zurück, und überlegte, ob er klopfen oder schreien sollte. Es entstund ein peinlicher Kampf in seiner Seele, er war in Gefahr, sein Geheimnis zu verraten, oder aus dieser Gruft sein Grab zu machen. Lange hätte er rufen mögen; dieses Gewölbe war mit dem bewohnten Teil des Hauses außer aller Verbindung, und er wußte die Zeit so gut zu wählen, daß ihn bisher noch niemand bemerkt hatte, wenn er zu seinem Gott schlich. Nachdem er lange gekämpft hatte, ohne sich entschließen zu können, nahm das Bangen seines Herzens durch die schrecklichen Vorstellungen, und die schwere, verschloßne Luft so zu, daß es sein Gehirn verwirrte. Er sank nieder, kroch zu seinem Kasten zurück, umfaßte ihn, und fing bald an zu wüten. Hier kämpfte er mit der Verzweiflung, und dem scheußlichsten Tod, während seine Tochter, deren Unschuld er für das Gold, auf welchem er nun winselte, verkauft hatte, Faust den Lohn seiner Sünde abtrug. Nach einigen Tagen, da man schon alle Winkel vergebens durchsucht hatte, führte der Zufall einen Diener nach dem Gewölbe. Man öffnete es, und fand den Verzweifelten blau und schwarz, in der scheußlichsten Verzerrung auf seinem Schatze. Er hatte in der Wut das Fleisch von seinen Armen gefressen, um den wilden Hunger zu stillen. Der Teufel erzählte Fausten, auf ihrem Rückweg nach Paris, den Ausgang der Geschichte, und dieser glaubte, daß sich doch einmal die Vorsehung gerechtfertigt hätte.

4

Der Teufel hatte ausgespäht, daß das Parlament über einen Fall richten würde, der so unerhört war, und die Menschheit so sehr beschämte, daß er es schicklich für seinen Plan hielt, Fausten zum Zuhörer davon zu machen. Die Sache war diese: Ein Wundarzt befand sich in der Nacht mit seinem treuen Diener unweit Paris auf der Landstraße. Er hörte in der Nähe das Winseln und Ächzen eines Menschen. Sein Herz zog ihn nach dem Orte hin, wo er einen lebendig geräderten Mörder antraf, der ihn um Gottes Willen bat, ihn zu töten. Der Wundarzt schauderte zurück, und als er sich von seinem Schrecken erholt hatte, fuhr der Gedanke durch seinen Sinn: ob es nicht möglich sei, diesen Unglücklichen, durch seine Kunst, wieder herzustellen. Er sprach mit seinem Diener, nahm den Mörder von dem Rade herunter, legte ihn sanft auf seinen Wagen, führte ihn nach seiner Wohnung, und unternahm seine Heilung, die glücklich vonstatten ging. Er hatte erfahren, daß das Parlament hundert Pfund dem zur Belohnung ausgesetzt hätte, der es anzeigen würde, wer diesen Mörder vom Rade genommen. Beim Abschied entdeckte er dem Mörder dieses, gab ihm Geld zur Reise, und riet ihm, sich ja nicht in Paris aufzuhalten. Das erste, was dieser Elende tat, war hinzugehen, seinen Wohltäter bei dem Parlament anzugeben, um die hundert Pfund zu erhalten. Die Wangen der Richter, die so selten erblassen, wurden bleich bei dieser Anzeige, denn er gestund grade zu, er selbst sei jener Mörder, den das Parlament auf der Stelle, wo er das Verbrechen begangen, hätte rädern lassen. Der Wundarzt wurde vorgefordert, und der Teufel führte Fausten in diesem Augenblick in die Galerie, da dieser erschien, ohne ihm vorher etwas von dem Vorfall zu sagen. Das Gericht meldete dem Wundarzt die gegen ihn vorhandene Anklage. Er, der seines Dieners gewiß war, leugnete sie standhaft. Man bedeutete ihm, sich zu bedenken, weil man Zeugen vorführen könnte, die ihn überführen würden. Er forderte die Richter dazu auf. Man öffnete eine Seitentüre, der Mörder trat kalt und frech herein, stellte sich vor ihn, und wiederholte seine Anzeige mit allen Umständen. Der Wundarzt schrie: »Was hat dich, Ungeheuer, zu diesem scheußlichen Undank gereizt?«

MÖRDER. Die hundert Pfund, wovon Ihr mir sagtet, da Ihr mich entließet. Glaubt Ihr, daß mir mit meinen gesunden Gliedern allein gedient sei? Ich ward für einen Mord gerädert, den ich um dreißig Pfund beging, soll ich nicht hundert durch eine Anzeige zu verdienen suchen, wobei ich selbst nichts wage?

WUNDARZT. Undankbarer! Dein Winseln und Ächzen rührte mein Herz. Ich nahm dich schaudernd vom Rade, besorgte, verband und heilte deine Wunden, nährte dich mit eigner Hand, solange du deine zerschlagne Glieder nicht brauchen konntest, gab dir Geld, das du noch nicht verzehrt haben kannst, um heim zu reisen, offenbarte dir, um deinetwillen, die Bekanntmachung des Gerichts, und ich schwöre bei dem lebendigen Gott! hättest du mir dein teuflisches Vorhaben vertraut, ich wollte eher alles bis auf mein Hemde verkauft haben, dir die hundert Pfund auszuzahlen, damit der Menschheit dieses abscheuliche Beispiel von Undank ewig ein Geheimnis geblieben wäre. – Ihr Herren, richtet zwischen ihm und mir, ich erkenne mich der Anklage schuldig.

PRÄSIDENT. Ihr habt die Justiz gröblich beleidigt, da Ihr den zu erhalten suchtet, den das Gesetz um der Sicherheit der Bürger willen verdammt hat; doch diesmal soll die strenge Gerechtigkeit schweigen, und die Menschheit allein zu Gerichte sitzen. Euch werden die hundert Pfund, und der Mörder werde noch einmal gerädert.

Faust, der während des Verhörs schnaubte und glühte, brach in ein schallendes Bravo aus, das die Galerie wiederholte. Der Teufel, welcher merkte, daß der letzte Eindruck den ersten verwischen wollte, führte ihn schnell zu einer andern Szene.

5

Einige Wundärzte, Doktoren der Medizin, Philosophen und Naturkundiger hatten eine geheime Gesellschaft geschlossen, Untersuchungen über den Nervensaft, den Mechanismus des Körpers, und der Würkung der Seele auf die Materie anzustellen. Um ihrer Neugierde und ihrem Forschungsgeist Gnüge zu leisten, lockten sie unter allerlei Vorwand arme, unbedeutende Leute nach einem, von der Stadt abgelegnen, Hause, dessen obern Teil sie so eingerichtet hatten, daß man weder von außen noch von innen wahrnehmen konnte, was darinnen vorging. Hier banden sie diese Unglücklichen mit Stricken auf einen langen Tisch, legten ihnen ein Querholz in den Mund, lösten ihnen eine Haut nach der andern ab, entblößten ihre Muskeln, Nerven, ihr Herz, Gehirn, und zerlegten sie bei lebendigem Leibe, mit eben der Kälte und Aufmerksamkeit, als man einen unempfindlichen Leichnam anatomiert. Um recht hinter das, was sie suchten, zu kommen, nährten sie diese Elenden gewaltsam mit stärkenden Brühen, und ließen sie viele Tage lang unter Messerschnitten und langsamen Zerreißen der Bande des Lebens des peinlichsten Tods hinsterben. Der Teufel wußte, daß sie eben versammelt waren, und sagte zu Faust: »Du hast einen Wundarzt gesehen, der aus Menschenliebe oder Neigung für seine Wissenschaft den geräderten Mörder heilet; ich will dir nun Naturkündiger zeigen, die, um Geheimnisse zu erforschen, die ihr nie ergründen werdet, ihre Brüder lebendig schinden. Du scheinst zu zweifeln? Komm und überzeuge dich. Wir wollen zwei Doktoren vorstellen.«

Er führte ihn in das entlegne Haus, sie traten in das gewölbte Arbeitszimmer, das kein Tageslicht erleuchtete. Hier sahen sie die Naturkündiger einen dieser Unglücklichen, dessen Fleisch unter ihren Händen zitterte, und dessen aufgerißne Brust unter dem peinlichsten Schmerz sich hub, zerschneiden, und hörten sie über ihre Entdeckungen reden und streiten, als wenn sie eine Blume zergliederten. Sie waren mit ihrem Gegenstand so beschäftigt, daß sie den Teufel und Fausten nicht einmal wahrnahmen. Faust fühlte Zuckungen in all seinen Nerven, er stürzte hinaus, schlug sich vor die Stirne, und gebot dem Teufel, das Haus über die Köpfe dieser Ungeheuer zusammenzuwerfen, daß ihre Spur von der Erde vertilgt würde.

TEUFEL. Faust, warum rasest du? Fühlst du denn nicht, daß du eben auf die Weise in der moralischen Welt verfährst, wie diese in der physischen? Sie schneiden in das Fleisch der Lebenden, und du wütest durch meine zerstörende Hand in der ganzen Schöpfung –

FAUST. Verworfner! denkst du, mein Herz sei schon Stein geworden? Gefällt dir das Metzeln dieser Unglücklichen? Auf! ich kann die Raserei, die in meiner Brust und in meinem Gehirne glüht, nur durch Rache kühlen. Mein ganzes Wesen löset sich vor der Vorstellung des Leidens dieser Unglücklichen auf. Die Qualen des ganzen Menschengeschlechts überfallen mich in diesem Augenblick. O ich fühle, daß es Unsinn ist, da ich ihre Tränen nicht trocknen, ihre Wunden nicht heilen kann; aber rächen will ich sie an diesen Ungeheuern. Auf, zerstöre, und schnell! daß nicht einer überbleibe! Eile, oder ich wüte meinen Zorn an dir aus.

Der Teufel, der ihm mit Vergnügen gehorchte, erschütterte den Grund des Gebäudes, es stürzte krachend zusammen, und zerschmetterte die Ungeheuer. Der empörte Faust eilte nach Paris zurück, ohne auf den Wink zu merken, den ihm der Teufel gegeben hatte.

6

Faust hatte so viel von den Kefichen gehört, die der Allerchristlichste König hatte verfertigen lassen, die ihm verdächtigen und gefährlichen Personen einzusperren, daß er dem Teufel befahl, Anstalt zu machen, damit er sie in Augenschein nehmen könnte. Dieses war ein Schauspiel, das ihm der Teufel gern verschaffte, und ob es gleich bei Todesstrafe verboten war, keinen hinzu zu lassen, so öffnete doch die Beredsamkeit des Teufels, die so mächtig von seinen Fingern floß, das Kastell. Sie fanden dort Kefiche von Eisen, die rundum mit dergleichen Stangen versehen waren, und worinnen ein Mensch grade aufrecht stehen konnte. An die Füße der Elenden, denen diese traurige Wohnung angewiesen war, hatte man schwere Ketten geschmiedet, an die eine große Kugel befestigt war. Der Aufseher vertraute ihnen, daß der König oft in gesunden Tagen in dieser Galerie herumspaziert sei, um sich an dem Gesang seiner Nachtigallen, wie er sie nannte, zu ergötzen. Faust fragte einige der Unglücklichen um die Ursache ihrer schmählichen Gefangenschaft, und hörte Geschichten, die das Herz zerreißen. Unter andern tat er an einen ehrwürdigen Greis dieselbe Frage, und dieser antwortete in einem kläglichen Tone:

»Ach, wer Ihr auch seid, so laßt Euch mein grausames Schicksal zur Warnung dienen, nie Eure Hände einem Tyrannen zu Grausamkeiten zu leihen. Ihr seht in mir den Bischof von Verdun, jenen Unglücklichen, welcher zuerst dem grausamen Könige den Gedanken von diesen scheußlichen Kefichen beigebracht hat, und der den ersten verfertigen ließ, damit einer seiner Feinde hineingesperrt würde. Der König ließ sogleich, nach dem von mir gegebenen Muster, zwei machen, und wies mir, dem Erfinder, den ersten zur Wohnung an. Hier büße ich nun schon vierzehen Jahre für meine Sünde, und flehe täglich den Tod, meiner Marter ein Ende zu machen.«

FAUST. Ha! ha! Ew. Ehrwürden hat also, gleich einem zweiten Perillus, auch seinen Phalaris gefunden. Ihr wißt doch die Geschichte? – Ihr schüttelt den Kopf – nun zum Zeitvertreib will ich sie Euch erzählen.

Dieser Perillus (der nebenher weder ein Bischof noch ein Christ war) goß einen ehernen Ochsen, den er dem Tyrannen Phalaris als ein Meisterstück zeigte, und ihn versicherte, er habe ihn so zugerichtet, daß wenn seine Majestät einen Menschen hineinstecken, und ihn durch untergelegtes Feuer glühend machen ließe, das Geschrei des geplagten Menschen das Brüllen eines Ochsen ganz genau nachahmen würde, welches Seiner Majestät viel Vergnügen machen könnte. Phalaris antwortete: »Wackrer Perillus, es ist billig, daß der Künstler sein Werk selber probe!« Hierauf mußte der Künstler in den Ochsen kriechen, es ward Feuer darunter gelegt, er brüllte wie ein Ochs, und so spielte vor tausend Jahren Phalaris die Geschichte, die der Allerchristlichste König mit Euch, Ehrwürdiger Bischof von Verdun, nur wiederholt hat.

Bischof. O hätt ich doch dieses Beispiel früher gewußt, es sollte mir zur Warnung gedient haben.

Faust. Da seht Ihr, Ehrwürdén, daß zu Zeiten die Geschichte auch einem Bischofe nutzen kann. Laßt Euch die Zeit nicht lang werden; über das Schicksal dieser Unglücklichen weint man, und über das Eure lacht man.

7

Faust wollte nun diesen König sehen, dessen scheußliche Taten seine Einbildungskraft so erhitzt hatten, daß er sich ihn kaum unter einer menschlichen Gestalt vorstellen konnte. Der Teufel stellte ihm die Unmöglichkeit vor, in das Schloß Plessis du Parc, worin Feigheit und Furcht den Tyrannen gefangen hielten, in ihrer wahren Gestalt zu dringen, und setzte hinzu, daß außer den nötigen Dienern, seinem Quäler dem Arzt, seinem Beichtvater, und seinem Freund dem Henker, nebst einigen Astrologen, kein Mensch ohne besondere Erlaubnis eingelassen würde.

Faust. So laß uns andre Gestalten annehmen.

Teufel. Gut, ich will zwei seiner Trabanten entfernen, und wir wollen ihren Dienst unter ihrer Gestalt verrichten, um diesen König und sein Glück in der Nähe zu beobachten. Der Augenblick, den Elenden zu sehen, ist trefflich. Die Furcht vor dem Tode rächt schon vor der Hölle seine Taten an seinem feigen Herzen, und in dieser Marter sinnt er Tag und Nacht, wie er ihn entfernen mögte, zieht ihn dadurch

Ueber das Schicksal dieser Unglücklichen weint man, und über das Eure lacht man

immer näher, und sieht ihn jede Sekunde scheußlicher. Komm, ich will dich zum Zeugen seines Jammers machen.

Der Teufel führte seinen Vorschlag aus, und sie stunden beide als Trabanten im Inneren des Schlosses, wo die Stille des Grabes wohnte, und die schaudervollen Schrecken des Todes herumschwebten. Hierher hatte sich der verbannt, vor dem Millionen bebten, um der Rache der Verwandten der Ermordeten, der Furcht vor seinem Sohne, in dem er den Rächer seines Vaters zu sehen glaubte, auszuweichen. Dem Auge seiner Untertanen konnte er in dieser peinlichen Gefangenschaft entfliehen; aber ihm folgten die Qual seines Herzens, das Leiden seines Körpers; umsonst ermüdete er den Himmel mit Flehen um Gesundheit und Ruhe, vergebens suchte er ihn mit Geschenken an Heilige, Priester und Kirchen zu bestechen, umsonst behing er seinen siechen, kraftlosen Körper mit Reliquien aus allen Teilen der Erde; der Gedanke: du mußt sterben! nagte gleich einer giftigen Schlange in seinem geängsteten Busen. Kaum wagt er aus seinem Zimmer zu gehen, weil er fürchtet, in jedem, auf den er stößt, einen Mörder zu finden. Treibt ihn die Angst in die freie Luft, so bewaffnet er sich mit Dolch und Speer, und hüllt sein zusammengeschrumpftes Gerippe in prächtige Kleider, um ihm einen gelognen Glanz zu geben, zeigt sich nur von weitem, damit das Auge der ferne Stehenden nicht die Maskerade wahrnehme. Tag und Nacht blickt er angstvoll durch die Schießlöcher des Turms, ob keine Feinde nahen, seinem traurigen Leben ein Ende zu machen. Vierhundert Trabanten wachen unaufhörlich um die düstre Höhle des abgelebten Wüterichs, der sein Dasein nur noch durch Grausamkeiten zu erkennen gibt. Ihr dumpfer Zuruf erschallt jede Stunde dreimal, von Posten zu Posten, durch die einsame Stille, und jeder Schrei erinnert den Tyrannen an seine schreckliche Lage. Das Feld um das Schloß ist mit Fußangeln bestreut, damit keine Reuterei nahen kann, es zu überfallen. An den innern Mauern hängen Ketten, an welche große und schwere Kugeln geschmiedet sind, um seine gepeinigte Diener zu fesseln, wenn sie etwas verabsäumen. Rund um das Schloß sind Galgen aufgerichtet, und sein einziger wahrer Freund, der Henker Tristan, geht forschend umher, Opfer auszuspähen, um die Angst des Tyrannen durch ihre Hinrichtung zu mindern, denn in jedem Verurteilten sieht er einen Feind seines Lebens weniger. Zu Zeiten schleicht er hinter die Scheidewand neben der Folterkammer, um die Bekenntnisse der Verdächtigen zu belauschen, ergötzt sich an ihren Qualen, und findet Trost für die seinigen darinnen. Bedeckt mit Reliquien, an seinem Hut ein bleiernes Bild der Mutter Gottes, seiner vermeinten Beschützerin, trinkt er das Blut der ermordeten Säuglinge, läßt sich von seinem Arzt martern, dem er monatlich zehntausend Taler bezahlt, bestürmt den Himmel mit unablässigem Gebet, stirbt jeden Seigerschlag, und vermehrt bei jedem seiner Gedanken die Schrecken des Todes, dessen Namen auszusprechen bei Strafe des Hochverrats verboten ist.

So zeigte der Teufel Fausten den gefürchteten Ludwig, und Fausts Herz ergötzte sich an der Blässe seiner Wangen, an den Furchen, die die Angst auf seine Stirne gegraben. Er weidete sich an seinem Todesschweiß, an seinem beklommnen Atem, und sättigte sich an seiner Qual. Schon wollte er dem ekelhaften Aufenthalt entfliehen, als ihm der Teufel ins Ohr raunte, den kommenden Tag abzuwarten, eine besondre Szene anzusehen. Der König hatte vernommen, daß in Kalabrien ein Eremit Martorillo lebte, den man in ganz Sizilien als einen Heiligen verehrte. Dieser Tor hatte von seinem vierzehenden bis zu seinem vierzigsten Jahr auf einem spitzen Felsen gelebt, seinen Körper durch Fasten gemartert, und seinem Geiste alle Nahrung versagt; aber der Schein des Heiligen bedeckte den Dummkopf, und er sah bald die Fürsten wie den Pöbel zu seinen Füßen. Um diesen außerordentlichen Mann hatte Ludwig den König von Sizilien gebeten, und hoffte seine Genesung von ihm. Er war nun eben auf dem Wege, und da er zugleich dem Könige die Erlaubnis von dem Papst mitbrachte, seinen ganzen Leib mit dem heiligen Öle von Reims schmieren zu dürfen, so glaubte er bald alle Schrecken des Todes zu besiegen. Der glückliche Tag erschien, der kalabrische Bauer nahte dem Schlosse, der König ging ihm bis an das Tor entgegen, fiel ihm zu Füßen, küßte seine Hände, und bat ihn um Leben und Gesundheit. Der Kalabrer spielte seine Rolle so, daß Faust sich nicht enthalten konnte, bei der Farce in ein lautes Gelächter auszubrechen. Schon wollte ihn Tristan mit seinen Helfern ergreifen; es war um sein Leben geschehen, der Teufel entriß ihn ihren Klauen, und flog mit ihm davon. Als sie in Paris angekommen waren, sagte Faust zu dem Teufel:

»Dieses feige, niederträchtige, abergläubische, bebende Ding ist es also, vor dem die kraftvollen Söhne Frankreichs zittern, und von dem sie sich ohne Widerstand erwürgen lassen? Ein Totengerippe in Purpur gehüllt, das kaum noch den Wunsch zu leben aus der Brust hervorkeichen kann? Und sie beben vor ihm, als ob ein gewaltiger Riese, dessen furchtbarer Arm von einem Ende des Reichs zu dem andern reichte, auf ihrem Nacken säße! Treten doch die feigsten Tiere vor die Höhle des Löwen, wenn kraftloses Alter den Räuber fesselt, und spotten des unvermögenden Würgers.«

Teufel. Dadurch eben unterscheidet sich der König der Menschen von dem Könige des Waldes. Dieser ist nur furchtbar, solange er Kräfte hat; aber da jener die Kräfte seiner Sklaven an seinen Willen bindet, so ist er gleich stark, er liege an der Gicht oder stehe in blühender Jugend an der Spitze der Heere. Fühlst du nun bald, daß es Wahn ist, der euch in allem leitet, euch zu Sklaven macht, eure Ketten zerbricht, und euch wiederum neue schmiedet. So treibt ihr euch im ewigen Kreise herum, und ihr seid verdammt, immer den Schatten für das Wesen zu ergreifen. Damit nicht zufrieden, Unterworfne der Natur, eurer Leidenschaften und grenzlosen Begierden, eines unsichtbaren, strengen Herrns zu sein, müßt ihr euch, um bestehen zu können, und euch nicht in eurer Wut zu zerfleischen, einen euch nähern Tyrannen wählen, und damit euch dieser ohne Gefahr für ihn mißbrauchen möge, leitet ihr seine Rechte von dem ersteren ab. Dies war wohl das äußerste Maß eures Unsinns, ein Ding, das euch gleicht, zu vergöttern! Hadere mit dem, von dem sie diese Rechte erhalten haben wollen.

FAUST. Fasse es, wer da kann! *Er schlug wider seine Stirne, und seine Brust.* Dieses hier, und dieses da stehen im Widerspruch mit allem, was ich sehe, vernehme und fühle. Finstre Gedanken, wie plagende Dämonen der Nacht, ziehen in meinem Gehirne herum, und oft dünkt mich, die moralische Welt würde von eben einem solchen Dinge beherrscht, wie dieser Elende eines ist. Er mordet ohne Form und Recht, und so wird der Mensch gleich dem Stier gefällt, ohne zu wissen, warum er bluten muß.

Faust fuhr in dieser Laune fort, und spann seine dunkle Gedanken und Gefühle bis ins Abscheuliche aus. Der Teufel ergötzte sich, da er ihn seinem Zwecke nahen sahe, stimmte ihn zu fernerm Herumstreifen, um ihn durch neue Szenen noch mehr zu verwirren. Als sie aus Paris ritten, sagte der Teufel:

»Schon wittre ich die künftigen ungeheuren Taten, die diese blühende Stadt erschüttern werden.«

Auf dem Wege nach Calais sagte er oft:

»Bald werden diese Felder durch Bürger- und Religionskriege mit Leichen besäet werden. Jahrhunderte wird der Geist der Zwietracht wüten, und wenn der Despot des Mordens sollte müde werden, so wird ihn der Priester auf Befehl des Himmels zu noch schrecklichern Greueln reizen.«

8

Faust und der Teufel flogen über den Kanal, und kamen in dem Augenblick in London an, als sich der häßliche, mißgeschaffne Herzog Gloster zum Protektor des Reichs aufwarf, und mit allen Kräften arbeitete, seines Bruders, des verstorbenen Königs Sohn, der Krone zu berauben. Den Vater hatte er mit Gift aus dem Wege geräumt, und die Königin, die sich bei der Entdeckung seiner Absichten nach der Westmünsterabtei mit ihren Kindern flüchtete, schon dahin gebracht, ihm den Erben des Throns, der damals vierzehen Jahr alt war, mit seinem jüngern Bruder York auszuliefern. Sie übergab sie bebend, und schien das Schicksal ihrer Söhne zu ahnden. Faust war Zuhörer, als der Doktor Shaw, auf Befehl des Protektors, dem erstaunten Volke von der Kanzel bewies: daß seine und des verstorbenen Königs noch lebende Mutter verschiedne Liebhaber in ihr Bette aufgenommen hätte, der verstorbene König im Ehebruch erzeugt sei, und daß sich niemand vom königlichen Hause einer rechtmäßigen Geburt rühmen könnte, außer der Protektor. Er sah die Großen hinrichten, die diesem Plan nicht beitreten wollten, und der Teufel führte ihn in dem Augenblick in den Tower, da Tyronel den rechtmäßigen König von England nebst seinem Bruder York durch Meuchelmörder ermorden, und an der Schwelle ihres Gefängnisses begraben ließ. Er war Zeuge der niederträchtigen Unterwerfung des Parlaments, und der Krönung des scheußlichen Tyrannen. Er war Zeuge davon, wie sich die Königin mit dem Mörder ihrer Söhne in Unterhandlung einließ, seine gewaltsame Thronbesteigung durch die Hand ihrer ältesten Tochter zu unterstützen, um im Glanze des Hofes und der Herrschaft erscheinen zu können, ob sie gleich durch die empörten Großen des Reichs mit ihrem künftigen Rächer, dem Grafen Richmond, in gleiche Verbindung getreten war. Dieses brachte Fausten so auf, daß ihn selbst die Reize der schönen Engländerinnen nicht länger in dieser Insel fesseln konnten, er verließ sie im finstern Groll, denn so kalt und ohne Schleier hatte er noch nicht Verbrechen begehen sehen. Er war noch nicht in Rom gewesen. Als sie im Begriff waren, sich einzuschiffen, sagte der Teufel zu ihm:

»Dieses Volk, Faust, wird eine Zeitlang unter dem Joche des Despotismus seufzen, dann vielleicht einen seiner Könige auf dem Blutgerüste der Freiheit opfern, um sie seinen Nachfolgern für Gold und Titel zu verkaufen. Übrigens ein wackres Volk im Laster, und ein guter Rekrutierungsplatz für die Hölle.«

Hierauf führte er ihn nach Mailand, wo sie den Herzog Galeas Sforza am heiligen Stephanstage in der Domkirche ermorden sahen. Faust hörte die Meuchelmörder mit lauter Stimme den heiligen Stephan und heiligen Ambrosius anrufen, ihnen zu ihrem edlen Vorhaben den gehörigen Mut zu verleihen.

In Florenz, dem Sitz der Musen, sahen sie den Neffen des großen Kosmus, des Vaters des Vaterlands, in der Kirche Santa reparata in dem Augenblick an dem Altar ermorden, da der Priester den Leib des Herrn emporhub; dieses war das Zeichen zum Mord, welches den Mördern der Erzbischof von Florenz, Salviati, gegeben hatte. Der Papst hatte ihn zu dieser Tat durch seinen Neffen anwerben lassen, die Mediceer zu vertilgen, um in Italien zu herrschen; doch dieses gehört zur spätern Geschichte der Kirche.

Im Norden sahen sie wilde Barbaren und Trunkenbolde ebenso morden und verwüsten, wie die übrigen aufgeklärteren Europäer. In Spanien fanden sie den Betrug und die Heuchelei unter der Maske der Religion auf dem Throne, sahen in einem Auto da fé dem milden Gott der Christen Menschen durch die Flamme opfern, und hörten den Großinquisitor Torquemada gegen die heuchlerische Isabella, und den trugvollen Fernando sich rühmen: daß das heilige Gericht bereits achtzigtausend verdächtigen Personen den Prozeß gemacht, und sechstausend Ketzer wirklich lebendig verbrannt hätte. Als Faust das erstemal die Damen und Kavaliere auf dem großen Platz in all ihrem Glanze versammelt sah, schmeichelte er sich einem Freudenfest beizuwohnen; da er aber die Elenden, unter der Prozession der Gott lobenden Priester, heulen und wehklagen hörte, überzeugte er sich bald, daß der Mißbrauch der Religion den Menschen zu dem abscheulichsten Ungeheuer der Erde macht. Er genoß indessen, unter Verwünschung des ganzen menschlichen Geschlechts, noch immer der Freuden des Lebens und der schönen Weiber in

Engelland, Florenz und Spanien, fing endlich an zu glauben, alle diese Greuel gehörten notwendig zu der Natur des Menschen, der ein Tier sei, das entweder selbst zerreißen, oder von seinesgleichen zerrissen werden müßte.

9

Der Teufel, der Fausten durch alle diese Szenen wund und durchglüht sah, und bemerkte, daß sein moralischer Sinn durch das Beschauen dieser Schandtaten immer mehr in Rauch aufging, beschloß ihn nun zum Nachtisch an den päpstlichen Hof zu führen. Diesen sah er als die reiche Quelle der Laster, als die größte Schule der Verbrechen an, woraus sie, von dem Oberhaupte der Religion, und dem Statthalter Gottes, gleichsam geheiligt, zu den andern Völkern Europas flössen. Er sagte zu Faust:

»Du hast nun gesehen, wie alle Höfe Europas sich gleichen, und wie die Menschen regiert werden; laß uns jetzt nach Rom ziehen, um zu sehen, ob es mit der Kirche und der geistlichen Regierung besser steht.«

Der Listige schmeichelte sich, Alexander der Sechste, der damals die dreifache Krone trug, und die Schlüssel zu dem Himmel und der Hölle in seiner Gewalt hatte, sollte seinem finstern Plan gegen Fausten den Schwung geben, und seine eigne Rückkehr in die Hölle befördern. Längst war er des Aufenthalts auf Erden müde, denn da er seit Jahrtausenden schon so vielmal dieselbe durchzogen hatte, so sah er doch, so sehr ihn auch die schwarzen Taten der Menschen ergötzten, nur immer das alte. Das Einerlei ist so ermüdend, daß ein Teufel leicht das Dunkel dem Licht vorziehen kann, ihm zu entfliehen, da die Menschen aus dieser Ursache wenigstens die Hälfte ihrer Torheiten begehen, die sich nur zu oft mit Verbrechen enden.

Auf dem Wege nach Rom stießen sie auf zwei gegen einander gelagerte Heere. Das eine kommandierte Malatesta von Rimini, das andre ein päpstlicher General. Die tückische

Politik Alexanders, die den jungen König aus Frankreich nach Italien gelockt, und dann zurückgetrieben hatte, arbeitete nun durch heimlichen Gift, Meuchelmord und offne Fehde, alle die Großen zu berauben, um aus ihren Herrschaften und Kastellen Fürstentümer für seine Bastarde zusammenzusetzen. Er fing zuerst mit den Schwächsten an, und hatte dies kleine Heer ausgeschickt, dem Malatesta Rimini zu entreißen. Als Faust und der Teufel die Landstraße hinauf ritten, sahen sie auf einer Anhöhe, unweit des päpstlichen Lagers, zwei stattliche Männer in einen sehr hitzigen Zweikampf verwickelt. Die Neugierde trieb Fausten näher, der Teufel folgte ihm, und sie merkten bald, daß sich die zwei erhitzten Kämpfer nicht zu trennen gedächten, bis einer dem Schwerte des andern erläge. Das aber, was Fausten am sonderbarsten vorkam, war eine schneeweiße Ziege, mit bunten Bändern geschmückt, die ein Schildknappe als den Preis des Sieges zu halten schien, und mit welcher er ganz kalt neben den zwei Wütenden stund. Viele Ritter hatten sich auf der Anhöhe versammelt, um Zeugen des Ausgangs zu sein, den sie mit vieler Gleichgültigkeit abwarteten. Faust nahte sich einem von ihnen und fragte mit teutscher Ehrlichkeit: »ob sich die zwei Herren wohl um die schöngeschmückte Ziege schlügen?« Er hatte bemerkt, daß die zwei Champions bei jeder Pause mit vieler Zärtlichkeit nach der Ziege blickten, und sie nach Rittergebrauch um Beistand bei der Gefahr anzuflehen schienen. Der Italiener antwortete ihm kalt: »Allerdings, und ich hoffe, unser General wird ihn dafür zur Hölle schicken, daß er, ein unter seinem Befehl stehender Ritter, es gewagt hat, die schönste Ziege der Welt aus seinem Zelte zu entführen, während er herumritt, das Lager des Feinds zu erkennen.« Faust trat zurück, schüttelte den Kopf, und wußte nicht, ob er wachte oder träumte. Der Teufel ließ ihn einige Augenblicke in dieser Verwirrung, endlich sagte er ihm etwas ins Ohr, wobei Faust errötete, und das das Papier besudeln würde. Der Zweikampf ging mittlerweile immer hitzig fort, bis das Schwert des päpstlichen Generals eine

Öffnung in dem Panzer des Ritters fand, und ihn in seinem Blut auf den Boden streckte. Er blies seine Seele unter Flüchen weg, und nahm mit seinem letzten Blicke zärtlich von der Ziege Abschied. Der General ward von den Anwesenden frohlockend empfangen, der Schildknappe führte ihm die Ziege zu, er nannte sie: mia cara, und streichelte sie unter süßen Liebkosungen.

Faust entfernte sich von dem Kampfplatze, und wankte zwischen dem Kitzel zu lachen, und dem Gefühl des Unwillens, als der Teufel ihm folgendes hinwarf:

»Faust, dieser lustige Zweikampf hat dich nun mit dem päpstlichen General bekannt gemacht; aber der gegen ihm über Stehende ist nicht weniger merkwürdig. Dieser schlug sich auf Gefahr seines Lebens um eine weiße Ziege, und der andre hat schon zwei seiner Weiber, aus den besten Häusern Italiens, vergiftet und mit eigner Hand erdrosselt, um schneller von ihnen zu erben. Er freit wirklich um die dritte, und wenn er auf den Füßen bleibt, so wird sie vermutlich ein gleiches Schicksal haben. Beide sind übrigens sehr religiöse Männer, halten Prozessionen, widmen dem Himmel Gelübde, und flehen ihn um Sieg an; für welchen glaubst du, daß er sich erklären müßte?«

Faust machte dem Teufel ein wildes Gesicht, und ließ die hämische Frage unbeantwortet; der Teufel aber, der sich an seiner Prahlerei über den moralischen Wert des Menschen rächen wollte, unterließ nicht, noch einige bittre Glossen über die Liebhaberei des päpstlichen Generals, und über die Schlechtigkeit des Menschen überhaupt zu machen, worauf Faust, der ihn eben auf der äußersten ertappte, noch weniger zu antworten fand.

10

Der Anblick Roms und seiner großen Ruinen, auf welchen noch der mächtige Geist der alten Römer zu schweben schien, überraschte Fausten, und da er mit ihrer Geschichte ziemlich bekannt war, so erhub sich seine Seele bei der lebhaften Erinnerung und Vorstellung dieses einzigen Volks der Erde; aber die neuen Bewohner der ehemaligen Königin der Welt füllten sie bald mit andern und niedrigern Gegenständen. Auf des Teufels Rat kündigten sie sich als teutsche Edelleute an, die die Herrlichkeit Roms nach Italien gezogen; ihr Staat, Gefolge und Aufwand aber ließ mehr hinter ihnen vermuten. Die Äbte, Mönche, Matronen, Kuppler, Kupplerinnen, Scharlatane und Pantalons drängten sich zu ihnen, und trugen ihnen ihre Dienste in dem Augenblick an, als das Gerücht ihrer Ankunft durch alle die Zünfte derer erscholl, die das bequeme Handwerk ergriffen haben, von den Lastern und Torheiten der Menschen zu leben. Sie trugen ihnen ihre Schwestern, Töchter, ihre Weiber und Verwandten an, malten ihre Reize und Vorzüge mit so feuriger Beredsamkeit, daß der von allen Seiten bestürmte Faust nicht wußte, wo er angreifen sollte. Da diese Kuppelei auf die possierlichste Art mit dem Gewande der zügellosen Üppigkeit und der strengen Religion zugleich bekleidet war, so dünkte es Fausten: dieses Volk brauche die Religion zu nichts anderm, als durch sie den Zuruf der innern empörten menschlichen Natur bei ihren Schandtaten und Greueln zu stillen und zu beruhigen.

Den Tag nach ihrer Ankunft erhielten sie eine Einladung von dem Kardinal Cäsar Borgia, einem der vielen Bastarde des Papsts; er empfing sie auf das prächtigste, und nahm es über sich, sie Seiner Heiligkeit dem Papst vorzustellen. Sie ritten mit ihrem Gefolge, in dem größten Staat, nach dem Vatikan, und der Teufel küßte mit Fausten den Pantoffel Seiner Heiligkeit. Faust verrichtete dieses in dem Glauben eines wahren katholischen Christen, der den Papst für das hält, wofür er sich ausgibt, und der Teufel dachte bei sich, wenn mich Alexander kennte, ich würde ihn vielleicht zu meinen Füßen sehen. Nachdem die äußere Zeremonie vorüber war, ließ sie der Papst in seine innere Zimmer einladen, wo er sich freier mit ihnen besprach. Hier wurden sie mit seinen übrigen

Bastarden, der berühmten Lucrezia, und Francisco Borgia, dem Herzog von Gandia, bekannt etc.

Der Papst fand die Gesellschaft des schönen und gewandten Teufels Leviathans so sehr nach seinem Geschmacke, daß er von dem ersten Augenblick eine besondre Gunst gegen ihn äußerte, die, wie wir sehen werden, bald bis zu der äußersten Vertraulichkeit stieg. Faust hielt sich an den Kardinal Borgia, der ihm von den Genüssen und Freuden Roms ein so lüsternes Gemälde entwarf, daß er nicht wußte, ob er sich im Vatikan, oder in einem Tempel der irdischen Venus befände. Er machte ihn zugleich mit seiner Schwester Lucrezia, der jetzigen Gemahlin Alfonsos von Aragonien, genauer bekannt. Sie stellte die sinnliche Wollust in den gefährlichsten Reizen verkörpert vor, und nahm Fausten auf eine Art auf, daß er wie bezaubert vor ihr stund, und sich bei dem ersten Blicke von dem Wunsche durchglüht fühlte, den Becher der Freude aus der Hand derjenigen zu empfangen, die ihn so schäumend darreichte.

11

Faust und der Teufel waren in wenigen Tagen mit der päpstlichen Familie auf den Fuß der Vertraulichkeit. Eines Abends wurden sie zu einem Schauspiel ins Vatikan eingeladen, welches Fausten mehr in Erstaunen setzte als alles, was er bisher am päpstlichen Hofe gesehen hatte. Man spielte die Mandragola. Der edle Machiavell hatte dieses Schauspiel geschrieben, um durch die Zügellosigkeit desselben dem römischen Hofe ein auffallendes Gemälde von den schlechten Sitten der Klerisei vorzustellen, und ihm zu beweisen, daß sie die Quelle der Verderbnis der Laien sei. Er betrog sich hier in seinem edlen Zwecke, wie er sich später betrog, da er in seinem Fürsten die Greuel der Tyrannei der Welt aufdeckte. Die Tyrannen und ihre Stützen, die Mönche, verschrien den als Lehrer der Tyrannei, der sie ärger als ein Sterblicher haßte, und ihr durch sein Werk einen tödlichen Streich beizubringen suchte. Das verblendete Volk ließ sich von ihren Betrügern so betäuben, daß sie ihren Arzt als einen Vergifter ansahen. So ging es auch hier; die Mandragola wurde beklatscht, ergötzte viele Abende den päpstlichen Hof, und keiner außer dem Teufel und Faust merkte, daß die Satire Machiavells durch den Beifall des Papsts und der ganzen Klerisei um so giftiger wurde. Faust hörte von dem Papst, den Kardinälen, Nonnen und Damen Dinge beklatschen und preisen, die nach seiner Meinung selbst die üppigen römischen Kaiser nicht auf der Bühne würden geduldet haben. Aber dieses Staunen wurde bald von lebhaftern Szenen verdrängt, und er merkte, daß die Taten Alexanders und seiner Bastarde alles übertrafen, was die Geschichte zur Schande der Menschheit aufgezeichnet hat. Lucrezia, welcher ihn seine reiche Geschenke noch mehr als sein kraftvolles Ansehen empfahlen, weihte ihn kurz darauf in die Geheimnisse der Wollust ein, und er fühlte in ihren Armen, daß der päpstliche Hof in dem Besitze von Geheimnissen sei, wovon die übrige blödsinnige christliche Welt nichts ahndete. Durch diese innige Verbindung entdeckte er ihr blutschänderisches Verhältnis mit ihren beiden Brüdern, dem Kardinal und dem Herzog, und da er sie eines Tags mit dem Papst, ihrem Vater, überraschte, zu dem er und der Teufel geheimen Zutritt hatten, so fand er, daß er sie nicht allein mit den Brüdern, sondern auch mit Seiner Heiligkeit teilte. Der einzige Mißhandelte war Alfonso, welcher die Ehre hatte, sich ihren Gemahl zu nennen. Nun sah Faust die Ursache des bittern Hasses des Kardinals gegen seinen Bruder ein, dessen Grund Eifersucht über die Gunstbezeigungen der Schwester war. Er hatte ihn oft schwören hören, daß er sich noch an ihm auf die blutigste Art rächen würde.

Wenn sich Faust den Tag über am Hofe und in der Stadt in allen Lüsten herumgewälzt hatte, so pflegte er gewöhnlich dem Teufel abends die Ohren über die Laster der Menschen zu ermüden. Ihr Anblick empörte ihn, ob er gleich weder Kraft noch Willen hatte, einer seiner Neigungen zu widerstehen. Gewöhnlich endigte er mit dem Ausruf: »Wie ist es möglich, daß ein solches Ungeheuer Papst werden konnte!«

Der Teufel, der genau wußte, wie es bei seiner Wahl zugegangen (denn einer der Fürsten der Hölle war damals im Konklave), erzählte ihm:

»Wie Alexander als Vizekanzler des päpstlichen Stuhls die Stimmen der Kardinäle gekauft, und wie er diese, nachdem er seinen Zweck erhalten, und sie ihn an die Erfüllung seines Versprechens erinnert, teils verjagt, teils unter verschiednem Vorwand auf die grausamste Art habe hinrichten lassen.«

FAUST. Daß sie schlecht genug waren, ihn zum Papst zu machen, begreife ich; aber wie sie ihn ertragen, dies geht über meine Fassung.

TEUFEL. Die Römer sind sehr wohl mit ihm zufrieden. Er sorgt für den Pöbel, mordet, plündert die Großen, und wird durch seine Verbrechen den päpstlichen Stuhl mehr in die Höhe bringen, als alle seine Vorgänger. Können sie wohl einen bessern Papst wünschen, als einen, der ihre Laster durch sein eignes Beispiel heiligt? der ihnen noch über die Indulgenzen durch seine Taten beweist, daß der Mensch vor keiner Sünde erschrecken muß?

12

Der Papst hatte seinen ältesten Bastard, Francisco, in einem Konsistorium zum General des Heiligen Stuhls gemacht, und der Kardinal faßte in demselben Augenblick den Entschluß, seinen Bruder auf die Seite zu schaffen, um seinem Ehrgeiz ein weiteres Feld zu eröffnen. Seine Mutter, Vanosa, hatte ihm vertraut: die Absicht des Papsts sei, dem Herzoge, auf den Ruinen der Fürsten Italiens, einen Thron zu errichten, und durch ihn, als den Erstgebornen, alle die Anschläge zur Vergrößerung seiner Familie auszuführen. Der Kardinal, der die Meuchelmörder zu hunderten in seinem Solde hatte, ließ seinen getreuen Dom Michelotto aufsuchen, und hielt folgende Rede an ihn:

»Wackrer Michelotto, es sind nun schon fünf Jahre, daß mein Vater auf dem päpstlichen Stuhle sitzt, und noch bin ich das nicht, was ich sein könnte, wenn wir unsre Geschäfte etwas klüger betrieben hätten. Er hat mich zum Erzbischof, endlich zum Kardinal gemacht; aber was ist dieses für einen nach Taten und Ruhm strebenden Geist? Kaum reichen meine Einkünfte zu dem Nötigen hin, und ich bin unvermögend, Freunde, die mir wesentliche Dienste tun, nach dem Wunsche meines Herzens zu belohnen. Bist du Michelotto, nicht selbst ein Beweis davon? Sage, hab ich etwas von der großen Schuld abtragen können, die deine Dienste an mich einfordern können? Sollen wir denn immer nur stille sitzen, und abwarten, bis Glück oder Zufall etwas für die tun wollen, die es nicht wagen, sich zu ihrem Herrn und Meister zu machen? denkst du, ein Leben, das ich im Konsistorium und der Kirche hinschmachte, sei für einen Geist wie der meine gemacht? Bin ich für diese Pfaffereien geboren? Hätte die Natur, ich weiß nicht warum, meinen Bruder Francisco, nicht vor mir in die Welt gestoßen, würden nicht alle die Ehrenstellen, wodurch man allein große Aussichten befördern kann, auf mich gefallen sein? Würdest du, braver Michelotto, noch das sein, was du bist? Weiß mein Bruder die Vorteile zu nutzen, die ihm der Papst und das Glück darbieten? Laß mich an seine Stelle treten, und mein Name soll bald durch ganz Europa erschallen! Mich stempelte die Natur zum Helden, und ihn, den Sanftern, zum Pfaffen. Wir müssen also den verhaßten Streich zu verbessern suchen, den uns der Zufall gespielt hat, wenn wir das erfüllen wollen, wozu wir geboren sind. Sieh uns beide an! wer kann sagen, wir seien von einem Vater? Und was liegt nun daran, daß er mein Bruder ist? Wer sich über andre erheben will, muß alle Hindernisse seines Emporsteigens mit Füßen treten, und die weichlichen, schwachen Bande der Natur, Zärtlichkeit und Verwandtschaft vergessen; ja wenn er ein Mann ist, auch wohl seine Hände in das Blut derer tauchen, die seinem unternehmenden Geist durch ihr Dasein Fesseln sind. So taten alle große Männer, so handelte der Stifter des unsterblichen Roms. Damit Rom werde, was er in ahndungsvollem Geiste sah, mußte sein Bruder fallen; damit Cäsar Borgia groß werde, muß sein Bruder bluten. Rom soll von neuem durch mich der Sitz eines mächtigen Königs werden, mein Vater soll mir die Leiter zu meinem Emporsteigen halten, und dann will ich unter ihm den Stuhl Petri zerschlagen, den Betrug geheiligt hat, dieses Volk von dem schimpflichen Joche der Priester befreien, und wiederum zu Männern und Helden machen. So sterbe der, der mir ein Hindernis ist, daß wir wachsen, und der Welt zeigen können, was wir sind. Ob ich ihn nun gleich in der Dunkelheit der Nacht, ohne allen Verdacht ermorden könnte, so will ich doch dir diese Tat überlassen, damit du ein noch stärkeres Recht erhaltest, meine künftige Größe und mein Glück mit mir zu teilen. Ich reise morgen nach Neapel, um als Legat der Krönung des Königs beizuwohnen. Meine Mutter Vanosa, die es, unter uns, müde ist, ihren unternehmenden Cäsar als Kardinal zu sehen, und früh den Helden in mir entdeckte, und angefeuert hat, gibt mir, meinem Bruder, und unsern Freunden heut ein Abendessen – Mein Bruder wird spät in der Nacht zu einer uns gemeinschaftlichen Buhlerin schleichen, und ich müßte Michelotto schlecht kennen, wenn er den Weg zu seinem Palaste zurück fände. Ich heiße Cäsar, und will alles oder nichts sein.«

Michelotto faßte des Kardinals Hand, dankte ihm für sein Zutrauen, berief sich auf die Beweise seiner Treue und Ergebenheit, und entfernte sich, um einige seiner Gesellen auf die Tat vorzubereiten.

Faust und der Teufel wurden zu dieser Abendmahlzeit gleichfalls eingeladen. Die Gäste waren sehr munter. Francisco überhäufte seinen Bruder mit Zärtlichkeit, ohne dessen Entschluß zu erschüttern. Nach dem Essen nahm Cäsar Abschied von seiner Mutter, um sich zu dem Papst zu begeben, seine letzten Befehle abzuholen; sein Bruder erbot sich, ihn eine Strecke Wegs zu begleiten, um das Vergnügen seiner Gesellschaft noch einige Augenblicke länger zu genießen. Faust und der Teufel folgten ihnen. Francisco trennte sich bald von dem Kardinal, nachdem er ihm vorher in das Ohr gelispelt, wohin er sich begäbe. Der Kardinal wünschte ihm lachend Glück, umarmte ihn, und nahm Abschied von ihm. Er eilte nach dem Vatikan, endigte sein Geschäft, suchte die Meuchelmörder am bestimmten Orte auf, und erteilte seine Befehle. Faust war bei der Schwester eines Principe abgestiegen, und der Teufel, der das schwarze Drama seiner Entwicklung nah sah, lenkte es so ein, daß er sich mit Fausten in dem Augenblick an der Tiber befand, als Dom Michelotto den Leichnam des ermordeten Herzogs in den Fluß versenken ließ. Faust wollte auf die Mörder zusprengen, der Teufel hielt ihn zurück, und sagte:

»Nahe nicht, und halte dich still, daß dich keiner entdecke, ihrer sind tausende in Rom, und du bist in dem Vatikan selbst an meiner Seite deines Lebens nicht sicher, wenn sie gewahr werden, daß du sie beobachtest. Der Ermordete, den sie nun versenken, ist Francisco Borgia, sein Mörder ist sein Bruder, und das, was du nun siehest, ist das Vorspiel von Taten, die einst der Hölle selbst Erstaunen abzwingen werden.«

Hierauf enthüllte er ihm das ganze finstre Gewebe, und wiederholte ihm die Rede des Kardinals an Michelotto. Faust antwortete kälter, als der Teufel es erwartete:

»Ich fasse denn ihre Taten leichter als die Hölle; was kann man wohl von einer Familie anders erwarten, wo der Vater und die Brüder blutschänderisch mit der Tochter und der Schwester leben? Der Papst nennt sich den Statthalter Gottes, die Menschen erkennen ihn dafür, und der, der ihn an seine Stelle gesetzt hat, scheint mit seinem Regimente zufrieden; was soll Faust dazu sagen, von dem die Kirche fordert, daß er ihn anbete; aber, Teufel, wer mir noch etwas Gutes von den Menschen sagt, den falle ich an, wie ein wütendes Tier. Laß uns schlafen gehen; du hast recht, der Teufel ist nur ein Narr gegen unser einen, besonders wenn wir im Priesterrocke stekken. O wäre ich in dem glücklichen Arabien geboren, ein Palmbaum meine Decke, und die Natur mein Gott!«

13

Das Gerücht von der Ermordung des Herzogs von Gandia erscholl bald durch Rom und ganz Italien. Der Papst ward davon so gerührt, daß er sich der wildesten Verzweiflung überließ, und drei Tage ohne Speise und Trank blieb. Nachdem man endlich seinen Körper in der Tiber gefunden, gab er die strengsten Befehle, alle Mühe anzuwenden, die Mörder zu entdecken. Seine Tochter, die vermutete, woher der Streich käme, gab ihrer Mutter Vanosa Nachricht von dem strengen Entschlusse des Papsts, und diese begab sich die folgende Nacht in das Vatikan. Der Teufel, der als Liebling des Papsts während seiner Trauer allein in seinem Zimmer bleiben durfte, entfernte sich bei der Ankunft der edlen Vanosa, suchte Fausten auf, der die Lucrezia tröstete, und führte ihn an die Türe, folgendes Gespräch zu belauschen.

Als sie der Türe nahten, hörten sie diese Worte des Papsts: »Ein Brudermörder, und Kardinal! Und du, die Mutter von beiden, verkündigest mir dies mit einer Kälte, als hätte Cäsar einen der Colonne oder Orsinis vergiftet! Er hat in seinem Bruder seinen guten Ruf ermordet, hat das Gebäude der Größe im Grund erschüttert, das ich durch meine Familie aufführen wollte; aber der Kühne soll der Strafe und meiner Rache nicht entgehen.«

VANOSA. Roderico Borgia, du hast bei meiner Mutter geschlafen, darauf bei mir, schläfst nun mit meiner und deiner Tochter, und wer mag die zählen, die du heimlich ermorden und vergiften ließest? Gleichwohl bist du Papst, Rom zittert vor dir, und die ganze Christenheit betet dich an. Sieh, so viel kommt darauf an, in welcher Lage man sich befindet, wenn man Verbrechen begeht. Ich bin beider Mutter, Roderico, und wußte, daß Cäsar den Francisco ermorden würde.

PAPST. Ha der Abscheulichen!

VANOSA. Bin ich's, so bin ich es nur in deiner Schule geworden. Der kalte, bedächtliche, sanfte Francisco mußte dem feurigen, unternehmenden Cäsar Platz machen, damit dieser die glänzenden Hoffnungen erfülle, die du meinem Busen vertraut hast, als du den päpstlichen Stuhl bestiegst. Francisco war zum Mönch geboren, mein Cäsar zum Helden, und darum nannte ich ihn so im prophetischen Geiste. Nur er ist fähig, alle die kleinen und großen Tyrannen Italiens zu vernichten, und sich eine Krone zu erkämpfen. Er muß Gonfalonier des päpstlichen Stuhls werden, und die Borgias zu Herren von Italien machen. Ist dies nicht dein Wunsch? Hast du nur für Francisco gemordet und vergiftet? Würden diese Verbrechen uns nützen, wenn Cäsar Kardinal bliebe, und der ermordete Schwächling einst euren Raub verteidigen sollte? Nur von ihm kann ich Schutz erwarten, wenn du nicht mehr bist, er achtete seiner Mutter, während dieser Kalte mich vernachlässigte, und dem Vater allein schmeichelte, von dem er seine Größe hoffte. Cäsar fühlt, daß ein Weib wie ich, die einen Helden gebären konnte, ihm auch den Weg zu unsterblichen Taten vorzuzeichnen weiß. Heitere dich auf, Roderico, und sei weise; denn wisse nur immer, die Hand des Mörders deines Lieblings wird von einem solchen kühnen Geiste geleitet, die auch des Vaters nicht schonen würde, wenn er es wagen sollte, den Schleier aufzuheben, der diese nötige Tat verbirgt.

PAPST. Dein großer Sinn, Vanosa, erhebt mich, ob er gleich mein Herz durchschaudert. Francisco ist kalt, und Cäsar lebt; er lebe, sei der Erstgeborne, werde groß, weil es das Schicksal so haben will. – Er klingelte, ließ auftischen, und war heitern Muts.

FAUST. Teufel, befreie die Welt von diesem Ungeheuer; oder du sollst die Wut empfinden, die mir sein Dasein einflößt.

TEUFEL. Sprichst du abermals Unsinn, die Sprache der Söhne des Staubs? Vergißt du, wer der Mann ist, wen er bildlich vorstellt? Wer ich bin? Was ich kann und darf?

FAUST. Du sollst!

TEUFEL. Geh und kühle deine Wut in den Armen seiner Tochter und Buhlerin; freue dich, so nah mit dem verwandt zu sein, der da bindet und löset; vielleicht daß dir die Verwandtschaft am Tage der Rechnung nutzet.

14

Francisco war vergessen, und der Papst sann nun, wie er dem verwegnen Geist Cäsars einen weitern Schauplatz zur Ausübung seiner gefährlichen Kräfte eröffnen möchte. Dieser krönte indessen den König von Neapel mit denen von seines Bruders Blute befleckten Händen, und Friedrich von Neapel zog daraus eine düstre Ahndung, in welcher er sich auch nicht betrog.

Der Teufel sorgte dafür, daß Fausten von allem diesem nichts entging, und dieser sah mit hämischen Lachen alle die Kardinäle, die Gesandten von Spanien und Venedig dem Brudermörder, den sie alle dafür erkannten, bis an die Tore der Stadt entgegen gehen, ihn darauf von einem großen Konsistorium empfangen, und im Triumphe zur Audienz des Papsts begleiten, der ihn mit vieler Zärtlichkeit empfing.

Vanosa legte die Trauer ab, und feierte den Abend seiner Rückkunft mit einem Feste, wobei alle Großen Roms erschienen.

Bald hierauf zog Cäsar den lästigen Kardinalshut aus, vertauschte ihn mit dem Schwerte, und ward mit allem Pracht zum Gonfalonier des päpstlichen Stuhls geweiht.

Der Teufel sah mit vielem Vergnügen, wie Faust den Wurm, der an seinem Herzen zu nagen anfing, durch die wildesten Genüsse zu betäuben suchte. Er sah, wie jeder schwarze Streich, den er erlebte, sein Herz mehr vergällte, und sein verblendeter Geist sich immer mehr überzeugte, daß alles das, was er sah und hörte, in der Natur des Menschen gegründet sei, und man sich ebenso wenig über diese Greuel zu verwundern habe, als darüber, daß der Wolf ein Räuber sei, der alles ohne Schonung zerreiße, seinen Heißhunger zu stillen. Der Teufel unterstützte dies mit den Sophismen, die spätere Philosophen in Systeme gebracht haben, leerte die Schätze der Erde, schleppte Kleinodien zusammen, und Faust wütete unter den Jungfrauen und Matronen Roms, zerstörte tausend moralische und glückliche Verhältnisse der Familien, und glaubte nicht genug an dem Menschengeschlecht verderben zu können, das, wie er meinte, der Verwüstung geweiht sei. Der Unterricht der Lucrezia hatte längst seine Sinne vergiftet, und die Wollust seine dämmernde gute Gefühle so vernichtet, daß sich bald zu Menschenhaß Menschenverachtung gesellte, welche Empfindung, wie der Teufel ihn versicherte, die einzige ist, die den Mann von Verstand von dem Dummkopf unterscheidet. Die Bande der sanften Menschheit zogen sich in seinem Herzen zusammen, und er glaubte in der Leitung des Himmels die Hand eines Despoten zu entdecken, der unbekümmert auf das Einzelne nur für den Gang und die Erhaltung des Ganzen wache. Die Welt kam ihm nun wie ein stürmisches Meer vor, auf welches das Menschengeschlecht geworfen ist, von dem Winde hin und her getrieben, der diesen an einem Felsen zerschmettert, den andern in den Hafen bläst, und wo der Verunglückte noch dafür verantworten muß, daß er sein Steuer nicht besser geführt, ob man ihm gleich eines aus so schwachem Stoffe gegeben, das sich an jeder einherrauschenden Welle zerbricht.

15

Alexander hatte eine Lustjagd in Ostia veranstalten lassen. Es begleitete ihn daher ein großes Gefolge von Kardinälen, Bischöfen, Damen und Nonnen, welche letztere man wegen besondrer Verdienste aus den Klöstern gezogen, um die Gelagen reizender zu machen. Der Teufel war beständig auf der Seite des Papsts, und Faust war von der Lucrezia unzertrennlich. Jeder überließ sich in Ostia dem Zuge seiner tierischen Natur, und man beging in den wenigen Tagen Ausschweifungen, wobei ein Tiber und Nero noch etwas hätte lernen können. Faust hatte nun Gelegenheit, den Menschen, nach dem Ausdrucke des Teufels, in seiner scheußlichen Nacktheit zu beobachten; aber was waren alle diese Szenen der Üppigkeit gegen die Anschläge, die der Papst, um sich von der Ermattung der Lust zu erholen, mit seinen Bastarden in Gegenwart Fausts und des Teufels faßte? Hier ward beschlossen, den Alfonso von Aragonien, den Gemahl der Lucrezia, zu ermorden, um dem König von Frankreich einen Beweis zu geben, daß man willens sei, mit dem Könige von Neapel gänzlich zu brechen, und ihm zur Eroberung der Krone Siziliens beizustehen. Ludwig der Zwölfte war schon durch Alexanders Vermittlung in Italien eingebrochen, und die Borgias sahen dadurch alle ihre Anschläge reifen. Lucrezia übertrug diese blutige Tat ihrem Bruder, und sah sich schon als Witwe an. Hierauf ward der Plan zu dem folgenden Feldzug entworfen, nämlich: sich aller Städte, Kastelle und Herrschaften der Großen Italiens zu bemächtigen, jeden ihrer Besitzer mit seiner Nachkommenschaft zu ermorden, damit keiner am Leben bliebe, der einen Anspruch darauf zu machen hätte, und ihnen durch künftige Verschwörungen beschwerlich sein könnte. Um das Heer zu unterhalten, diktierten Alexander und Cäsar der Lucrezia eine Liste der reichen Kardinäle und Prälaten, die man nach und nach vergiften wollte, um sie, vermöge des Rechts des päpstlichen Stuhls, zu beerben.

Nach dieser geheimen Beratschlagung begab man sich zu dem Abendessen. Der Papst war mit seinen Entwürfen, und ihrer nahen Erfüllung so zufrieden, daß er sich der ausschweifendsten Laune überließ, und den Ton zu einem Bacchanal angab, wozu man die Züge im Petron und Sueton suchen mag; doch vergaß er dabei der Sorge für den Staat nicht ganz; er frug in der Glut des Weins die Anwesenden: wie er es anfangen müßte, die Einkünfte des päpstlichen Stuhls zu erhöhen, um das große Heer einige Feldzüge durch zu unterhalten. Nach vielen Projekten schlug Ferara von Modena, Bischof von Patria, der würdige Minister Alexanders, durch welchen er die Ämter der Kirche an den Meistbietenden verkaufen ließ, vor: Indulgenzen, unter dem Vorwand eines bevorstehenden Türkenkriegs, durch Europa zu predigen, und setzte als wahrer päpstlicher Finanzier hinzu: »der törichte Wahn der Menschen, ihre Sünden durch Gold abzukaufen, sei die sicherste Quelle des Reichtums eines Papstes.«

Lucrezia, die in dem Schoße ihres Vaters lag, und mit Fausts blonden Locken spielte, sagte lächelnd:

»Die Rolle der Indulgenzen enthält solche abgeschmackte, veraltete und alberne Sünden, daß damit nicht viel zu gewinnen ist. Man hat sie in dummen und barbarischen Zeiten entworfen, und es ist einmal Zeit, einen neuen Sündentarif zu machen, wozu Rom selbst die besten Artikel liefern kann.«

Die von Wein und Wollust begeisterte Gesellschaft freute sich des glücklichen Einfalls; der Papst forderte einen jeden auf, neue Sünden vorzuschlagen, zu taxieren, und die zu wählen, die am meisten im Gange wären, folglich am meisten eintrügen.

Borgia. Heiliger Vater, überlaßt dies den Kardinälen und Prälaten, sie sind am besten damit bekannt.

Ferara von Modena, Bischof von Patria, setzte sich als Sekretair nieder.

Ein Kardinal. Nun dann, so will ich beginnen, die Quelle des Reichtums zu öffnen. Schreibe, Ferara, ich gebe den Ton an, die andern werden schon einstimmen. Absolution für jede von einem Priester begangne H—— i; er begehe sie mit wem er wolle, mit einer Nonne, außer oder in dem Bezirke des Klosters, mit seiner Bluts-Seitenverwandtin, oder seiner geistlichen Tochter. Mit Dispensation, alle Ämter der Kirche verwalten, und neue Benefizien erhalten zu können, so er an den päpstlichen Schatz neun Goldgulden bezahlt.

Papst. Gut! gut! Schreibe flugs neun Goldgulden, Bischof, und trinkt ihr andern den Priestern, die sie bezahlen, Absolution zu.

Jeder Gast füllte sein Glas, und man schrie Chorus: Absolutio! Dispensatio!

PAPST. Ich sehe wohl, ich muß den andern Mut machen. Sie sehen diesen Augenblick mehr nach den Nonnen, als auf meinen Vorteil. Bischof Ferara, schreibe: Für die feinere Sodomie zwölf Goldgulden, für die gröbere funfzehen, er sei Laie oder Priester. Mit diesem Artikel allein hoffe ich meine Kavallerie zu unterhalten, und ich sehe voraus, daß mir ein großer Teil ihres Soldes zurückkommen wird.

CHORUS. Absolutio! Dispensatio den feinern und gröbern Sodomiten!

NONNE. He, was ist denn das da? will sich niemand unsrer annehmen? Heiliger Vater, haben wir allein kein Recht auf Eure väterliche Gnade? Ich bitte Euch, laßt uns taxieren, daß auch wir in Ruhe sündigen mögen.

ALEXANDER. Recht, meine Tochter, und ihr sollt nicht schlechter gehalten werden wie die Priester. Ich will dir gleich einen Beweis meiner päpstlichen Huld geben. Schreibe, Bischof! Absolution für jede Nonne die H—— i treibt; es sei mit wem sie wolle, mit ihrem Bruder, Blutsverwandten oder Beichtvater, außer oder in dem Bezirk des Klosters, mit Dispensation, allen Würden des Klosters vorzustehen, neun Goldgulden. Bist du zufrieden?

Das Nönnchen küßte ihm die Hand.

CHORUS. Absolutio! Dispensatio!

EIN BISCHOF. Nun dann! Absolution und Dispensation jedem Priester, der eine Beischläferin öffentlich unterhält, fünf Goldgulden.

LUCREZIA. O der gemeinen alltäglichen Menschen. Hört auf mich! Absolution jedem Christen, der seine Mutter, Schwester oder sonstige Verwandtin beschläft, funfzehen Goldgulden.

CHORUS. Absolutio! Dispensatio!

FAUST, *den die ganze Szene wegen des Teufels entsetzlich ärgerte; der aber doch dem Borgia eins versetzen wollte, rief brüllend:*

Absolution jedem Vater-Bruder-Mutter- und Schwestermörder für drei Goldgulden.

Papst. Ho ho Freund, wo wollt Ihr hinaus, daß Ihr den Mord geringer anschlagt als H——i, da doch der erste die Menschen aus der Welt treibt, und die letzte sie hinein?

Cäsar Borgia. Heiliger Vater, er will durch einen hohen Preis nicht von der Sünde des Mords abschrecken.

Papst. Laßt es durchgehen!

Teufel. Cautela, ihr Herren! Ich sage, daß aller gemeldeten Absolutionen und Dispensationen die Armen unfähig sind, unwürdig des süßen Trosts der Kirche, und ohne Rettung verdammt. Ist es so nach Eurem Sinne?

Chorus unter starkem Gelächter. Ja, verdammt sei alles, was kein Gold hat! Die Armen fahren ohne Trost der Kirche zur Hölle!

Cäsar Borgia. Weiter, ich eröffne eine ergiebige Quelle! Wer stiehlt, und sei es auch Kirchenraub, dessen Seele kann gelöst werden, so er der päpstlichen Kammer drei Teile vom Diebstahl abgibt.

Chorus. Absolution den Kirchenräubern und allen Dieben, die mit dem päpstlichen Stuhle das Geraubte teilen!

Papst. Du öffnest eine reiche Mine, Cäsar! schreibe Bischof! Es geht vortrefflich!

Faust. Wohlauf, ihr Herren! Absolution für jeden, der Zauberei treibt, und mit dem Teufel ein Bündnis macht. Wie hoch taxiert ihr den Fall?

Papst. Mein Sohn, hiermit wirst du den päpstlichen Stuhl nicht bereichern. Der Teufel versteht seinen Vorteil nicht, man ruft ihn umsonst.

Faust. Heiliger Vater, malt ihn nicht an die Wand, und schlagt nur immer an.

Papst. Um der Seltenheit willen, hundert Goldgulden.

Faust. Hier sind sie, im Fall es mir gelänge, fertigt mir die Absolution aus und singt Chorus.

Chorus. Absolution dem, der mit dem Teufel ein Bündnis macht.

Der Bischof Ferara schrieb.

Eine andre NONNE. Herr Bischof, da Ihr doch eben am Schreiben der Absolution für den Teufelsbanner seid, so fertigt mir zugleich auch eine Schrift, ihr wißt schon für was, aus; hier ist mein Rosenkranz, er ist bei der heiligen Magdalene funfzehn Goldgulden wert, und ich behalte noch etwas Absolution übrig.

Ferara schrieb, und der Papst unterzeichnete.

TEUFEL. Glaubt denn Ew. Heiligkeit, daß der Satan des Fetzen Papiers achten wird?

Der Großinquisitor zog plötzlich seine Hand aus dem Busen einer Äbtissin, fuhr glühend auf und schrie mit lallender Zunge:

»Wa – was ist das? Ich rieche Ketzerei! Wer ist der Atheist, der diesen Frevel gesprochen hat?«

Der Papst drückte dem Teufel den Zeigefinger leise auf den Mund, und sagte: »Kavalier, dieses sind Staatsgeheimnisse! berühre sie nicht, denn ich darf selbst dich nicht retten, wenn der päpstliche Stuhl bestehen soll.«

Um dem Papst den Hof zu machen, und zugleich das Gewissen zu beruhigen, öffnete jeder der Anwesenden seinen Beutel. Ferara rief noch einige Schreiber; man fertigte ihnen die Absolution aus, und jeder griff nach einem Gegenstand, um den übrigen Teil der Nacht Gebrauch davon zu machen. Nie wurden Sünden mit ruhigerm Herzen begangen.

Ferara von Modena schrieb diesen Tarif den folgenden Morgen ins reine, übergab ihn der Presse* und ließ ihn in der Stille in der Christenheit herumlaufen.

16

Cäsar Borgia vergaß des Worts nicht, das er seiner Schwester gegeben hatte. Alphonso von Aragonien ward an der Schwelle des Palasts des Gonfaloniere ermordet, als er sich eben zu ihm begeben wollte, einer Maskerade beizuwohnen,

* Siehe: Taxa Cancellariae Apostolicae etc. gedruckt zu Rom und Paris etc.

wozu alle Großen Roms eingeladen waren, die Vorstellung der Siege Cäsars anzusehen, die Borgia als Vorbedeutung der seinigen aufführen ließ. Bald darauf setzte er sich mit seinem Heere in Marsch, und nach einigen Monaten stahl der Teufel dem Papst folgenden Brief aus der Tasche, den er Fausten zu lesen übergab:

Heiliger Vater!

Ich küsse Ew. Heiligkeit Füße. Sieg und Glück haben mich begleitet, und ich ziehe sie hinter mir her wie meine Sklaven. Ich hoffe, Cäsar ist nun seines Namens würdig, denn auch ich kann sagen: i c h k a m , s a h , u n d s i e g t e . Der Herzog von Urbino ist in die Schlinge gefallen, die ich ihm gelegt habe. Vermöge des Breves Ew. Heiligkeit bat ich ihn um seine Artillerie, unter dem Vorwand, Eure Feinde zu bekriegen. Von allen den Gunstbezeigungen, womit wir ihm geschmeichelt haben, verblendet, schickte er mir durch einen Edelmann seine Einwilligung schriftlich zu. Unter dieser Maske sandte ich einige Tausende nach Urbino, die sich auf meinen Befehl der Stadt und des ganzen Landes bemächtigten. Leider ist er auf das Gerücht hiervon selbst entflohen; aber die mächtige und gefährliche Familie Montefeltro hat bezahlen müssen, und ich habe die ganze Brut vernichten lassen. Hierauf stieß der betörte Vitellozzo, mit seinen Völkern, bei Camerino zu mir. Ich ließ den Cäsar von Varano im Wahn, ihn mit guten Bedingungen aus Camerino abziehen zu lassen, und überfiel die Stadt in dem Augenblick, da er beschäftigt war, die Artikel der Übergabe niederzuschreiben. Ich hoffte der ganzen Familie durch einen Streich ein Ende zu machen; aber leider ist mir der Vater entwischt. Seine beiden Söhne ließ ich erdrosseln, und schmeichle mir, der Gram soll ihnen den Alten nachsenden. Bald darauf zog ich von Camerino aus, und beorderte Paul Orsino, Vitellozzo und Oliverotto mit ihren Völkern nach Sinigaglia, das sie nach meiner Anweisung bestürmten, um ihr künftiges Grab mit eigner Hand zu bereiten. Nun sah ich alle unsre Feinde in dem fein gesponnenen Netze, schickte meinen treuen Michelotto mit seinen Gesellen voraus, mit dem Bedeuten, daß jeder auf meinen Wink einen von unsern Feinden ergreifen sollte. Ich setzte mich in Marsch; die Betörten kamen mir entgegen, mir ihre Achtung zu bezeigen, und ließen nach meinem Wunsche ihre Mannschaft zurück. Ich führte sie unter Liebkosungen in die Stadt, und in dem Augenblick, als meine Völker ihre verlaßnen Haufen überfielen, faßte Michelotto mit seinen Angehörigen jeder seinen Mann. So machte ich mich zum Herrn der Länder und Schlösser derer, die wir mit der Hoffnung von Eroberungen über ihre Feinde betört haben. Die folgende Nacht ließ ich sie im Kerker erwürgen. Michelotto, dem ich dieses Geschäft übertragen, hat mir mit vielem Lachen erzählt: *Vitellozzo habe um weiter nichts gebeten, als daß man ihn doch nicht ermorden möchte, bis er die Absolution seiner Sünde von Ew. Heiligkeit erhalten könnte.* Man sage mir nun noch einmal, es gehöre Kunst dazu, sich zum Herrn der Menschen zu machen! Sobald Ew. Heiligkeit die Orsinis und übrigen wird eingezogen haben, will ich ihnen den Pagola, den Herzog von Gravina, und die andern gleichfalls ohne Eure Absolution nachsenden. Ich hoffe, Ew. Heiligkeit wird sich aus meinem Berichte überzeugen, daß ich der Krone wert bin, die ich mit Mut und Verstand zu erwerben weiß. Vorher hatte ich Faenza mit seinem Herrn Astor, einem überaus schönen Knaben von zehen Jahren, genommen. Er soll leben, so lange er zu meinem Vergnügen dient; wahrlich, nie hat ein Sieger einen reizendern Ganymed zur Beute erhalten, und herrschte der lüsterne Jupiter noch, so würde ich den gefährlichen und mächtigen Nebenbuhler fürchten. Sollte Caraccioli, der General der Venezianer, dessen schöne Frau ich auf ihrer Reise aufheben ließ, und die mir nun mit Astor die Arbeit würzt, nach Rom kommen, so empfehlt ihn dem Bruder meines Michelottos. Ich höre, daß er viel Lärmens macht, und da er ein hitziger Kopf ist, so muß man seiner Rache zuvorkommen. Die Venezianer verstehen ihren Vorteil zu gut, als daß sie sich um seinetwillen mit uns überwerfen sollten. Das Geräusch der Waffen hat mich der Angelegenheiten meiner Schwester nicht vergessen machen. Der Abgesandte des ältesten Sohns des Herzogs von Este ist auf dem Wege, die Vermählung in seinem Namen mit ihr zu vollziehen, und ich hoffe ihr noch beizuwohnen. Wir sind nun der Colonne, der Orsinis, Salviatis, Vitellozzos und all unsrer gefährlichen Feinde los! Laßt uns noch das Haus Este und Medicis vertilgen, Ludwig den zwölften sich wie sein Vorgänger in Italien aufreiben, wer wird es dann noch wagen, gegen die Borgias aufzustehen? Ich küsse Ew. Heiligkeit die Füße etc.

Cäsar Borgia. Gonfalonier.

Faust sah nach Lesung dieses Briefs finster gen Himmel, und rief: »Er ist dein Statthalter, nennt sich nach dir, dein Volk betet ihn an, und deine Gläubigen flehen ihn um Absolution ihrer Sünde in dem Augenblick, da er sie erwürgen läßt! Ein blutschändrischer Meuchelmörder vertritt deine Stelle auf Erden, Tyrannen geißeln und erwürgen deine Völker, du schläfst, und sie nennen dich ihren Vater! Ist alles Feuer in den Eingeweiden der Erde verloschen? hast du es ausgeblasen? vermag es nicht mehr durch die dicke Kruste der verfluchten Erde zu brechen, um die wahnsinnigen, die scheußlichen Verbrecher aufzuzehren? hast du alle Materie des Donners verbraucht? Sind alle die Funken verstoben, die du einst in glühendem Feuerregen, über ganze Städte gossest! hast du ganz deinen Blick von dem Menschengeschlecht abgewandt, und sind sie deiner Rache so wenig mehr wert wie deiner väterlichen Fürsorge?«

Der Teufel lachte über diese Standrede und führte den Entflammten in das Vatikan, wo sie den Papst in großer Freude über das Glück seiner Waffen antrafen. Er hatte schon die Befehle gegeben, die übrigen der Orsinis, den Alviano, Santa Croce, die sonstigen Kardinäle und Erzbischöfe in die Falle zu locken, und wartete mit Ungeduld auf den Ausgang. Ganz

Rom eilte zum Glückwunsch herbei. Die bezeichneten wurden im Vatikan festgenommen, nach verschiednen Gefängnissen gebracht, und heimlich hingerichtet, während die Trabanten des Papsts ihre Paläste plünderten. Der Kardinal Orsini ward allein nach der Engelsburg gebracht, und ihm die ersten Tage erlaubt, sich aus der Küche seiner Mutter besorgen zu lassen; da aber der Papst hörte, daß er seit seiner Gefangenschaft einen Weinberg für zweitausend Scudis verkauft hätte, und eine wegen ihrer außerordentlichen Größe sehr kostbare Perle besäße, so entzog er ihm diese Gunst. Die Mutter der einst großen und blühenden Orsinis hüllte sich in Mannskleider, überbrachte dem Papst die zweitausend Scudis und die Perle, er nahm sie mit der Rechten, und gab mit der Linken das Zeichen zur Hinrichtung des Kardinals. Dieser Zug machte Fausten so wahnsinnig, daß der Teufel allen seinen Witz brauchte, um ihn zu Verstand zu bringen. Er forderte nicht weniger von ihm, als das ganze Vatikan mit allen Borgias zu zertrümmern, und die Menschheit an den Ungeheuern zu rächen.

Der Teufel antwortete: »Faust, ich wollte, aber es gelung mir nicht.«

Faust. Ha, wie?

Teufel. Erinnerst du dich der Gefahr Alexanders vor kurzem?

Faust. Ich tue es, denn ich wütete gegen den rettenden Zufall, der den rächenden Zufall fruchtlos machte.

Teufel. Zufall! rettender Zufall! rächender Zufall! Was denkst du unter diesem schallenden Geprassel von Worten? Und was für eine Art von Philosoph bist du, wenn du etwas darunter denken kannst? O der Menschen! o der Vernunft! Nein, Faust, ich war der rächende Zufall, um mich deiner hohen Gunst zu empfehlen, denn du wirst dich erinnern, daß du mir auftrugst, ihn zu verderben; aber der rettende Zufall kam von einer Hand, deren Macht ich in diesem Augenblick noch bebend fühle.

FAUST. Höllischer Gaukler! warte, ich will dich Beseßnen exorzieren. – Welche gefährliche Schlingen wirfst du nun wieder um mein törichtes Herz?

TEUFEL. Schlingen? Ich? Dir? Tor, spinnt sie nicht dein Herz aus seinen eignen Händen? Sei stolz darauf, daß deine Weisheit und Torheit dein eignes Werk seien, ich bin nicht so vermessen, mich meines Einflusses da zu rühmen, wo man seiner so wenig bedarf. – Erinnerst du dich des sausenden Sturms in Hagel und Donner, der über Rom hinfuhr?

FAUST. Ich tue es.

TEUFEL. Ich hatte mich in den sausenden Sturm geschwungen, fuhr prasselnd in den Rauchfang des Vatikans, zersprengte ihn und das Dach, warf das Dach auf die goldne Decke des Zimmers, in welchem Alexander saß, auf neue Greuel sinnend, während er seine Horas betete. Über sein Haupt schossen die Balken – ich hoffte, sie sollten ihn zerschmettern. Plötzlich sah ich sie schweben über dem Haupte des Sünders, gefesselt von einer mächtigen Hand, gehalten von dünnen Fäden der Spinnen. Zur Warnung war er nur leicht verwundet – ich sah das ungeheure Gewicht schweben, an den dünnen Fäden, Faust, Schauder überfiel mich, und schon wollt ich das Licht fliehen.

FAUST. O daß ich dich Elenden für deinen halben Dienst, für deinen giftigen Bericht züchtigen könnte, wie es mein nun empörtes Herz heischt.

TEUFEL. Versuch es! – Ich sage dir, es gehört zur Ordnung der Dinge, daß er noch mehr Verbrechen begehe. Die wachende Vorsicht beschützte ihn nur, daß er mutiger in Greueln werde; so befördert er vermutlich die verborgenen Absichten, die die Zukunft aufklärt.

FAUST. Und die, die durch ihn leiden?

TEUFEL. Ja, da ist deine hohe Weisheit in der Klemme! Dies ist die Angel, womit eure Philosophie die kühnen Forscher fängt, und nach sich zieht, bis sie daran ersticken. Sei ruhig, Faust, dir soll bald Licht werden – und dieser Papst da, der soll mir nicht entgehen. Ich wittere den Augenblick seines Falls, wie das leise Aufwallen der ersten Begierde zur Sünde – du wirst dich dran ergötzen; aber ob es die trösten kann, die durch ihn gelitten haben – He!

Der Teufel goß Öl in die glühende Flamme, und leicht konnte er nun Fausten beweisen, daß es nicht seine, sondern die Sache des Himmels sei, dem Bösen zu wehren, und er führte dieses Thema so aus, daß Faust zwar von seinem Wahnsinn geheilt wurde, aber an einer noch gefährlichern Seuche erkrankte; er überzeugte sich nun völlig, der Mensch sei ein elender Sklave, und sein Herr und Schöpfer ein grausamer Despot, der an seinem Unsinn und seinem Frevel einen Gefallen hätte, um ihn desto schärfer bestrafen zu können; ja der ihm geflissentlich alle diese, seinem Glücke widersprechende Neigungen in das Herz gelegt hätte, um seiner Rache an ihm genug zu tun. Die Tugendhaften und Gerechten hielt er für Toren, die den Bösen zum Raub und Fraße hingeworfen wären; aber fürchterlich peinigte ihn Leviathans Vorspiegelung der wunderbaren Rettung des Papsts, die ganz Rom bezeugte und ganz Rom nicht begriff.

Als Borgia erfuhr, daß der Papst seinen Anschlag ausgeführt hätte, ließ er seine übrigen Gefangnen, nebst dem jungen Astor, erdrosseln, zog in Rom triumphierend ein, und teilte mit dem Papst und den übrigen Bastarden den Raub der Plünderung der Paläste.

17

Die Hochzeit der Lucrezia wurde bald hierauf mit allem asiatischen Pracht gefeiert, und jeder Römer strebte, dieses Fest duch allen möglichen Glanz zu verherrlichen. Den Tag der Vermählung läutete man alle Glocken, die Artillerie donnerte von der Engelsburg, man hielt Stiergefechte, spielte sittenlose Komödien, und das betäubte Volk schrie vor dem Vatikan: »Es lebe Papst Alexander! Es lebe Lucrezia, die Herzogin von Este!« Faust brüllte mit, und sagte zum Teufel:

»Wenn nun dieses Geschrei mit dem Gewinsel der Ermordeten an das Gewölbe des Himmels anschlägt, wem soll der Ewige glauben?« Der Teufel beugte sich zur Erde und schwieg.

Um das Ende der Feierlichkeiten der Hochzeit zu krönen, hatte Alexander mit seiner Tochter auf den Abend eines Sonntags ein Schauspiel angeordnet, wovon bisher die Jahrbücher der Greuel der Menschheit noch kein Beispiel gegeben haben. Der Papst saß mit seiner Tochter auf einem Ruhebette, in einem großen hellerleuchteten Saale; Faust, der Teufel, und die übrigen zu diesem Fest erlesenen stunden um sie herum. Auf einmal öffneten sich die Türen, und es traten funfzig reizende Kurtisanen in dem Stand der Natur herein, die nach dem wollüstigen Geflüster blasender Instrumente einen Tanz aufführten, den uns der Wohlstand verbietet zu beschreiben, ob gleich ein Papst die Stellungen dazu erfunden hat. Nach dem Tanz gab Seine Heiligkeit ein Zeichen zu einem Wettkampf, den wir noch weniger beschreiben können, und hielt den Preis des Sieges in den Händen, um die Kämpfenden mutiger zu machen. Die unparteiischen Römer riefen endlich Fausten als Sieger aus; Lucrezia bekränzte ihn mit Rosen unter Küssen, und der Papst übergab dem wackern Teutschen, als Preis des Sieges, einen goldnen Becher, worauf Lucrezia die Schule der Wollust hatte graben lassen. Faust schenkte ihn seinem feinsten Kuppler, einem venezianischen Mönch, bei dem ihn lange hernach der göttliche Aretino sah, und seine berüchtigte Situationen darnach kopierte. Dieser Sieg kostete indessen Fausten so viel, daß er mit der letzten Kraft seines Körpers auch die letzte Kraft seines Geistes zerbrach. Der Teufel, der ihn nun zu seinem Zwecke völlig reif sah, frohlockte ihm lauten Beifall entgegen.

18

Der Papst hatte bei der Vermählung seiner Tochter eine Kardinalsbeförderung vorgenommen, wozu er die reichsten Prälaten auslas, und da Cäsar Borgia zu dem künftigen Feldzuge große Summen brauchte, so nahm er sich vor, einige davon bei einem Feste, das sein Vater auf der Villa gab, in die andre Welt zu schicken. Der Papst fuhr mit seiner Tochter, dem Teufel, Fausten, dem Borgia und der Gemahlin des Venezianers früh nach dieser Villa. Um der Lucrezia ein neues Vergnügen zu machen, ließ er einige rosigte Stuten in den Hof führen, sie von feurigen neapolitanischen Hengsten bespringen, und dieses Schauspiel ergötzte Lucrezia auf eine ganz besondre Art. Die Neuvermählte, von diesem Schauspiel gereizt, zog Fausten in ein Seitenzimmer, fand aber bald, daß seine Kleinodien einen dauerhaftern Wert hätten als er. Borgia begab sich mit der Venezianerin in ein andres Seitenzimmer, und der Papst blieb mit dem Teufel allein. Die Gesichtsbildung Leviathans hatte schon lange besonders auf ihn gewürkt, und erhitzt von dem, was er gesehen, fing er an, dem Teufel gewisse Anträge zu machen, bei welchen sich dieser in ein wildes Lachen ausschüttete; da aber der Papst immer heftiger in ihn drang, und er merkte, daß er in Gefahr sei, seine hohe unsterbliche Person von einem verächtlichen Menschen, und gar von einem Papste, besudelt zu sehen, so erwachte der schwarze Groll der Hölle in seinem Geist, und er stund in dem entscheidenden Augenblick in einer Gestalt vor ihm, die nie ein lebendes Auge gesehen, noch zu sehen wagen darf. Der Papst, der ihn gleich erkannte, erhub ein Freudengeschrei:

»Ah ben venuto, Signor diavolo! Wahrlich, du kannst mir zu keiner gelegnern Zeit erscheinen als jetzt, und schon lange habe ich deine Gegenwart gewünscht, denn ich weiß, wozu man einen so mächtigen Geist, wie du bist, brauchen kann. Ha! ha! ha! du gefällst mir weit besser so als vorher. Du Schäker du! Komm! und sei mein Freund, nimm deine vorige

Gestalt an, und ich will dich zum Kardinal machen, denn nur du allein kannst mich schnell auf die hohe Stufe heben, die ich zu ersteigen strebe. Ich bitte dich, hilf mir meine Feinde vertilgen, schaffe mir Geld, und jage mir die Franzosen aus Italien, die ich nicht mehr brauche. Dies ist für einen Geist, wie du bist, das Werk eines Augenblicks, und du kannst zum Lohn von mir fordern, was dir gefällt. Nur offenbare dich nicht meinem Sohne Cäsar, er ist ein so großer Bösewicht, daß er mich selbst vergiften würde, um durch dich König von Italien und Papst zugleich zu werden.«

Der Teufel, den es anfangs ein wenig verdroß, daß sein furchtbares Äußere nicht mehr auf den Papst würkte, konnte sich doch endlich des Lachens nicht enthalten. Denn das, was er sah und hörte, übertraf alle Taten der Menschen, die die Hölle zu ihrer Ergötzung aufgezeichnet hat. Er sagte hierauf mit ernster Miene:

»Papst Alexander, der Satan zeigte einst dem Sohne des Ewigen alle Herrlichkeit der Welt, und bot sie ihm an, so er niederfiele und ihn anbetete« –

PAPST. Ich verstehe dich. Er war ein Gott, und bedurfte nichts, wäre er ein Mensch und Papst gewesen, er hätte es gemacht wie ich.

Er fiel nieder, betete den Teufel an, und küßte seine Füße.

Der Teufel stampfte auf den Boden, daß die Villa erbebte. Faust und Lucrezia, Cäsar und die Venezianerin sahen durch die losgefahrnen Türen den Papst vor der schrecklichen Gestalt des Teufels mit gefaltnen Händen knien; dann rief dieser mit bittrem Hohne:

»Sodomie und dann Anbetung des Teufels! bei dem Satan, dem Herrscher des dunklen Reichs, ein Papst kann in keinem schönern Augenblick seines Lebens zur Hölle fahren.«

Er faßte den Bebenden, erwürgte ihn, und übergab seinen Schatten einem Geiste, ihn nach der Hölle zu fördern. Borgia sank vor Schrecken zusammen, und der furchtbare Anblick zog ihm eine Krankheit zu, die ihn außer alle Tätigkeit setzte, um alle Früchte seines Frevels brachte, und die schwarzen

Taten der Borgias dienten nur zur Vergrößerung des päpstlichen Stuhls. Der erwürgte und scheußlich verstellte Papst wurde mit vielem Pompe begraben, und die Geschichtschreiber, die mit seinem tragischen Ende nicht so bekannt waren, wie ich es bin, erfanden die Fabel, die eines Teils auf Wahrheit gegründet ist: er und sein Sohn hätten aus Versehen eines Dieners aus einer den Kardinälen bestimmten, vergifteten Flasche getrunken, und sich so in ihrem eignen Netze gefangen.

Fünftes Buch

1

Die scheußliche Anbetung des Papsts, sein schaudervolles Ende, der schreckliche Anblick des Teufels, den Faust bisher nur unter seiner erhabenen Gestalt gesehen hatte, machten einen so starken Eindruck auf ihn, daß er von der Villa nach Rom eilte, aufpacken ließ, und mit betäubtem Sinn und klopfendem Herzen davon ritt. Sein Gefühl war durch alles, was er gesehen und beobachtet hatte, so stumpf geworden, daß er, der so kühn war, dem Ewigen in seinem Innern zu trotzen, es kaum wagte, dem Teufel, den er noch sklavisch beherrschte, in die Augen zu sehen. Menschenhaß, Menschenverachtung, Zweifel, Gleichgültigkeit gegen alles, was um ihn geschah, Murren über die Unzulänglichkeit und Beschränktheit seiner physischen und moralischen Kräfte waren die Ernte seiner Erfahrung, der Gewinn seines Lebens; aber noch weidete er sich an dem Gedanken, daß ihn das, was er gesehen, zu diesen widrigen Empfindungen berechtigte, und daß entweder keine Verbindung auf Erden zwischen dem Menschen und seinem Schöpfer sei; oder doch der Faden, der ihn mit demselben verbände, so verworren und zweideutig durch dieses Labyrinth des Lebens liefe, daß ihn das Auge des Menschen nicht entdecken, vielweniger eine gute Absicht dabei wahrnehmen könnte. Noch schmeichelte er sich in seinem Wahne, seine Verirrungen seien in der ungeheuern Masse der Greuel der Erde wie ein Tropfen Wassers, der in den Ozean fällt. Der Teufel erlaubte ihm gerne, sich in diesem Traume zu wiegen, damit der Schlag, den er voraussah, ihn so treffen möchte, daß er der Verzweiflung nicht entfliehen könnte. So glich nun Faust dem welterfahrnen Manne, der seinen Leidenschaften den Zügel gelassen, so lange seine Kräfte dauerten, der das Gefühl der Natur in seinem Herzen aufgerieben, alles ohne Bedenken der Folgen für sich und andre genossen hat, und nun in Stumpfheit des Geistes und des Herzens bitter in die

Welt zurückblickt, das ganze Menschengeschlecht nach der schwarzen Erfahrung beurteilt, die er gemacht hat, ohne nur einmal zu bedenken, daß diese Erfahrung ihren Anstrich von unserm Innern erhält, und sich hauptsächlich nach unserm eignen Werte bestimmt. Nur das feige, schlechte Herz wird schlechter durch Erfahrung; der Edle sieht die Laster und Verirrungen der Menschen bloß als Dissonanzen an, die die Harmonie seiner Brust in ein helleres Licht setzen, und ihm sein eignes Glück fühlbarer machen. Faust, der alle häusliche und innige Verbindung zerrissen hatte, in dem Lauf seines fernern Lebens keine mehr aufzufassen strebte, durch seine Zerrüttung und Denkart nun keiner mehr fähig war, blickte düster in die Welt und auf die Menschen, bis er, von allgemeinen Betrachtungen auf sich geleitet, mit Schrecken vor seinem eignen Bilde zurückfuhr. Er fing an zu überrechnen, was er durch sein gefährliches Wagstück gewonnen hätte, und da er dieses gegen seine ehemaligen Wünsche, Aussichten und Hoffnungen hielt, so sah er bald, daß die völlige Ausgleichung so ausfallen müßte, daß er sie nicht ertragen würde. Der Stolz, die Rolle, die er so kühn unternommen, seiner ehemaligen Kraft würdig auszuspielen, trat hervor, und der Gedanke, sich der Zahl derer entrissen zu haben, die eine unbesorgte Hand der Gewalt, der Geißel der Mächtigen, den Unterdrückern und Betrügern der Menschen unterworfen, alles genossen zu haben, noch genießen zu können, das Werk seiner eignen freien Wahl zu sein, das Leere der Wissenschaften eingesehen zu haben, schwellten auf einmal von neuem seine Segel. Er lachte der Erscheinung seiner kranken Phantasie, entwarf einen neuen Lebensplan, schmeichelte sich, durch Forschen und Nachdenken über Gott, die Welt und die Menschen die Rätsel endlich zu enthüllen, von welchen er glaubte, sie seien dem Menschen nur darum in den Weg geworfen, seinen moralischen Zustand so unglücklich zu machen, als seinen physischen. »Wer diesen Knoten gelöst, oder sich überzeugt hat, daß er nicht zu lösen sei«, *sagte er in seinem Herzen*, »der macht sich zum Meister seines

Geschicks«, und so wäre er gewiß aus seinem scholastischen Jahrhundert in unser hellphilosophisches hinüber gesprungen, wenn der Teufel nicht an seiner Seite gewesen wäre; oder ihm Zeit dazu gelassen hätte. Wenigstens war er auf dem Wege, ein Philosoph wie Voltaire* zu werden, der nur überall das Böse sah, es hämisch hervorzog, und alles Gute verzerrte, wo er es fand; oder mit einem edlern Philosophen zu reden: der überall den Teufel sah, ohne an ihn zu glauben.

2

Faust lag in einem süßen Morgenschlummer auf der Grenze Italiens, als sich ein sehr bedeutender Traum vor seinem Geiste mit lebhaften Farben malte. Ihn beschloß eine schaudervolle Erscheinung. Er sah den Genius der Menschheit, der ihm einst erschienen, auf einer großen, blühenden Insel, die ein stürmisches Meer umfloß, unruhig auf und nieder wandern, und sehr ängstlich nach den brausenden empörten Fluten blicken. Das tobende Meer war mit unzähligen Kähnen bedeckt, in welchen Greise, Männer, Jünglinge, Knaben, Kinder, Weiber und Jungfrauen von allen Völkern der Erde saßen, die mit allen Kräften gegen den Sturm arbeiteten, um die Insel zu erreichen. Sowie die Glücklichen nach und nach landeten, luden sie verschiedne Baumaterialien aus, die sie in verwornen Haufen hinwarfen. Nach-

* Man glaube ja nicht, daß ich mich hier, nach der Weise eines großen Teils unsrer teutschen Schriftsteller, an diesem großen und einzigen Genie der alten und neuen Zeit vergehen will. Ihnen muß man diese Freude freilich wohl so lange lassen, bis wir einst selbst einen Voltaire erhalten! Ich wollte hier nur so viel sagen, daß Rousseau einiges Recht hat, wenn er von Voltaire sagt: que Voltaire, en paroissant croire en Dieu, n'a réellement jamais cru, qu' au diable. Gleichwohl sagt es zu viel, wie gewöhnlich jeder witzige Einfall, und wenn man bedenkt, daß Voltaire Geschichtschreiber war, daß er nur mit Großen, und zwar mit Großen aus den Zeiten des Regenten Ludwigs des XV., und mit Schriftstellern gelebt hat, so wird seine Faustische Laune, die er hin und wieder äußert, wenigstens begreiflich.

dem eine unzählbare Menge das Land betreten hatte, entwarf der Genius auf der erhabensten Stelle der Insel den Grundriß zu einem großen Baue, und jeder der Menge, alt und jung, schwach und stark, nahm von den verworrnen Haufen ein schickliches Stück, und trug es nach der Anweisung derer, die der Genius erlesen hatte, an den gehörigen Ort. Alles arbeitete mit Freuden, Mut und Unverdrossenheit, und schon erhub sich das Gebäude hoch über der Erde, als sie auf einmal von großen Scharen überfallen wurden, die aus einem dunklen Hinterhalt in drei Haufen auf sie drangen. An der Spitze eines jeden stund ein besondrer Heerführer. Der erste trug eine schimmernde Krone auf seinem Haupte, auf seinem ehernen Schilde glänzte das Wort Gewalt, in seiner Rechten hielt er einen Szepter, der wie der Stab Merkurs mit einer Schlange und einer Geißel umwunden war. Vor ihm her ging eine Hyäne, die ein Buch im blutigen Rachen trug, auf dessen Rücken geschrieben stund: mein Wille! Sein Heer war mit Schwertern, Speeren und andern zerstörenden Werkzeugen des Krieges bewaffnet. Der zweite Heerführer war eine erhabene Matrone, deren sanfte Züge und edle Gestalt unter einem Priestergewand versteckt waren. Auf ihrer Rechten ging ein hagres Gespenst, mit blitzenden Augen, der Aberglauben, mit einem Bogen, der aus Knochen der Toten gebildet und zusammengesetzt war, und mit einem Köcher voll giftiger Pfeile bewaffnet. Auf ihrer Linken schwebte eine wilde, phantastisch gekleidete Gestalt, die Schwärmerei, die eine brennende Fackel führte; beide drohten unter scheußlichen Verzerrungen des Gesichts, und führten als gefangne Sklavin die edle Matrone an Ketten. Vor ihnen her ging die Herrschsucht, auf ihrem Haupte eine dreifache Krone, in der Hand einen Bischofsstab, und auf ihrer Brust schimmerten die Worte: Religion! Der Aberglauben und die Schwärmerei erwarteten mit Ungeduld das Zeichen von dieser, dem Drang ihrer Wut, die sie kaum halten konnten, folgen zu dürfen. Ihr Heer war ein verworrner, tobender, bunt gekleideter Haufen, und jeder desselben führte einen Dolch und eine brennende Fackel. Der dritte Heerführer ging mit stolzen und kühnen Schritten einher; er war in das bescheidne Gewand des Weisen gekleidet, und hielt, wie ein jeder seines Haufens, einen Becher in der Hand, der mit einem schwindelnden und berauschenden Getränke gefüllt war. Diese zwei letzten Haufen tobten und schrien so entsetzlich, daß das Tosen und Gebrause der Wellen, das Geheul des Sturms nicht mehr zu hören war.

Als sie den Arbeitern nah waren, mischten sich die drei Haufen auf Befehl ihrer Führer untereinander, und fielen diese mit ihren zerstörenden Waffen in grimmiger Wut an. Die mutigsten der Arbeiter warfen ihre Werkzeuge weg, und griffen zu den Schwertern, mit denen sie begürtet waren, um die Feinde zurückzuschlagen. Die andern verdoppelten indessen ihren Eifer, das angefangne Werk zu vollenden. Der Genius deckte seine mutige Streiter und fleißige Arbeiter mit einem großen glänzenden Schilde, den ihm eine Hand aus den Wolken reichte; er konnte aber die unzählbare Menge nicht bergen. Mit tiefem Schmerze sah er viele Tausende der Seinigen unter den vergifteten Pfeilen und den mörderischen Waffen hinsinken. Viele ließen sich von den Vorspieglungen und Lockungen derer betören, die ihnen die bezauberten Becher als Erquickung darreichten, taumelten dann in wildem Rausche herum, und zerstörten die mühsame Arbeit ihrer Hände. Die mit den Fackeln bewaffneten machten sich mit ihren Dolchen einen Weg, warfen ihre Fackeln in das angefangne Gebäude, schon loderte die Flamme, und drohte das herrliche Werk in die Asche zu legen. Der Genius sah mit schmerzvollem Blick auf die Gefallnen und Verirrten, sprach den übrigen Mut zu, flößte ihnen durch seine Standhaftigkeit und Erhabenheit Kraft, Geduld und Ausharren ein. Sie löschten die Flammen, stellten das Zerrüttete her, und arbeiteten unter Verfolgung und Tod mit solchem Eifer, daß trotz der Wut und dem Haß ihrer Feinde ein großer, herrlicher, edler Tempel emporstieg. Der Sturm legte sich, und helle sanfte Heiterkeit ergoß sich über die ganze Insel. Hierauf heilte der

Genius die Verwundeten, tröstete die Müden, pries die tapfern Streiter, und führte sie unter Siegesgesängen in den Tempel ein. Ihre Feinde stunden betäubt vor dem Riesenwerk, und zogen sich, nachdem sie vergebens versucht hatten, dessen Feste zu erschüttern, ergrimmt zurück. Faust befand sich nun selbst auf der Insel. Das Feld um den erhabenen Tempel war mit Leichen der Erschlagenen von allen Altern beider Geschlechter bedeckt, und diejenigen, die aus den Zauberbechern getrunken hatten, gingen kalt unter den Toten herum, vernünftelten, spotteten und kritisierten über die Bauart des Tempels, maßen seine Höhe und Breite, um seine Verhältnisse zu berechnen, und bestimmten sie um so zuverlässiger, je weiter sie von der Wahrheit entfernt waren. Faust ging an ihnen vorüber, und als er dem Tempel nahte, las er über seinem Eingang folgende Worte: *Sterblicher! wenn du tapfer gestritten, treu ausgehalten hast, so tritt herein, und lerne deine edle Bestimmung kennen!*

Sein Herz glühte bei diesen Worten, und er hoffte auf einmal, das ihn quälende Dunkel zu durchbrechen. Kühn drang er nach dem Tempel, stieg die hohen Stufen hinauf, sah, wie eine schimmernde, rosenfarbene Dämmerung ihn füllte, hörte die sanfte Stimme des *Genius*, er wollte hineintreten, die eherne Pforte fuhr mit einem dumpfen Schall vor ihm zu, und er bebte zurück. Nun dünkte ihn, daß der Tempel, der vorher auf ebenem Boden gestanden, auf drei großen Felsen ruhte, woran er die Symbole der *Geduld*, *Hoffnung* und des *Glaubens* erkannte. Seine Begierde, in die Geheimnisse des Tempels zu dringen, nahm durch die Unmöglichkeit noch mehr zu; auf einmal fühlte er sich Flügel, erhub sich, und fuhr mit solchem Ungestüme gegen die eherne Pforte, daß er zurückgeschleudert in den tiefsten Abgrund sank, und in dem Augenblick zitternd aus dem Schlaf auffuhr, als er den Boden zu berühren glaubte. Er schlug betäubt die Augen auf, eine blasse, in ein weißes Totentuch gehüllte Gestalt, in der er seinen Vater erkannte, riß die Bettvorhänge auseinander, und sprach mit klagender Stimme:

»Faust! Faust! Nie hat ein Vater einen unglücklichern Sohn gezeugt, in diesem Gefühl bin ich nun eben gestorben. Ewig, ach ewig liegt die Kluft der Verdammnis zwischen mir und dir!«

3

Dieses bedeutende Gesicht, und die schaudervolle Erscheinung durchbebten die Seele Fausts; er sprang auf, öffnete das Fenster, um freie Luft zu atmen, die ungeheuren Alpen lagen vor ihm, die aufgehende Sonne vergoldete nun eben ihre dunklen Spitzen, und dieses Bild schien ihm eine Dolmetschung seines Gefühls. Er versank in tiefe Betrachtungen; das Luftgebäude seines Stolzes fiel zusammen, und die schlummernden Empfindungen seiner Jugend schossen hervor, um seine Qual zu vermehren. Der Gedanke, sein Leben dem Wahn geopfert, die Kraft seines Geists nicht genützt, in dem Strudel der Wollust, in dem Geräusche der Welt verbraust zu haben, drang durch seine Seele. Er bebte vor der Enthüllung des nächtlichen Gesichts zurück; schon arbeitete sein Geist an der Deutung der Bilder, als sein Herz ihn ins Dunkel zurücktrieb:

»Woher kamen nun diese Ungeheuer, die die fleißigen Arbeiter überfielen? Wer berechtigte sie zu dem Frevel, sie in ihrer Arbeit zu stören, und sie unter ihrem edlen Tagwerk zu ermorden? Wer ließ es zu? Wollte, konnte er's nicht hindern, der es zuließ? Wenn ich die Bilder des Gesichts recht verstehe, so deuten sie auf die Grundstützen der in Gesellschaft gesammelten Menschen, und jede derselben behauptet ihren Ursprung vom Himmel? Ist ihr Vorgeben Betrug, warum leidet der schmähliche Strafe, welcher sie antastet? deuten sie auf Mißbrauch – wie dann? so ist alles Mißbrauch unter der Sonne, so soll es so sein, und mein Unwille ist gerecht. Ist es nicht das Werk eines Höhern, den wir nicht befragen können, der uns nichts enthüllt hat? Warum erlagen so viele Tausende der Wut dieser Ungeheuer? Konnte, wollte sie der Genius nicht alle bergen? Sind einige vorher bestimmt, als Opfer für die andern zu fallen? Wer steht mir dafür, daß ich nicht einer von denen bin und sein muß, den das Los der Verwerfung bei der Entstehung getroffen? Mußten es diese mit ihrem Leben erkaufen, damit jene im Triumph einzögen, und der Ruhe genössen? Was haben die Unglücklichen verschuldet? Was die verschuldet, die lechzend nach dem Becher griffen, ihren glühenden Durst zu stillen?«

So trieb er sich lange auf dem Meere der Zweifel herum, als ihm durch die Erscheinung seines Vaters seine seit so langer Zeit vergeßne Familie einfiel. Er faßte den Entschluß, zu den Verlaßnen zurückzukehren, in die bürgerliche Ordnung wiederum einzutreten, sein Gewerbe zu treiben, und sich von der lästigen Gesellschaft des Teufels zu befreien. So machte er sich nun auf den Weg zu seiner Heimat, wie viele, die unbestimmtes jugendliches Brausen für Genie halten, mit großen Ansprüchen in die Welt treten, das wenige Feuer ihrer Seele schnell verdampfen, und mit den schalen Überbleibseln sich nach kurzem auf eben dem Punkte befinden, von dem sie ausgelaufen, sich und der Welt zur Last. Faust kochte dieses alles im stillen aus, er ritt stumm, düster und mürrisch an der Seite des Teufels. Dieser überließ ihn gerne seinen Betrachtungen, lachte seines Entschlusses, und verkürzte sich die Zeit mit der süßen Hoffnung, bald wieder den süßen Dampf der Hölle zu riechen. Er freute sich schon im voraus darauf, wie er des Satans spotten wollte, der ihm Fausten als einen Kerl besondrer Kraft empfohlen hätte, den er doch vor der Entwicklung seines Schicksals so mürbe sah. Er stellte sich den Kühnen in dem Augenblick vor, da er ihm zum erstenmal erscheinen mußte, und nun sah er ihn gebeugt, wie einen büßenden Mönch, neben sich her reiten. Sein Haß gegen ihn nahm zu, und er jauchzte in seinem schwarzen Inneren, als er Worms in der Ebene vor sich liegen sah.

4

Sie ritten beide die Landstraße hinan, und als sie noch einige Steinwürfe von der Stadt entfernt waren, sahen sie einen Galgen nah an derselben, an welchem ein schlanker, wohlgestalteter Jüngling hing. Faust blickte hinauf. Der frische Abendwind, der durch seine blonde über sein Gesicht gefallene Haare blies, und ihn hin und her schaukelte, entdeckte Fausten seine jugendliche Bildung. Er brach bei diesem Anblick in Tränen aus, und rief mit bebender Stimme:

»Armer Jüngling, in der ersten Blüte des Lebens schon hier am verfluchten Holze? Was kannst du verbrochen haben, daß dich das Gericht der Menschen so früh verurteilt hat?«

TEUFEL, *mit ernstem und feierlichem Tone:* Faust, dieses ist dein Werk!

FAUST. Mein Werk?

TEUFEL. Dein Werk! Sieh ihn genau an – es ist dein ältester Sohn!

Faust blickte hinauf, erkannte ihn, und sank vom Pferde.

TEUFEL. Schon jetzt vernichtet? So wirst du mich bald um die Früchte meiner Mühe bringen, die ich nur in deinem Jammer ernten kann. Winsle und stöhne, die Stunde naht, worin ich dir den dicken Schleier von den Augen reißen muß. Höre! ich will mit einem Atemzug das verworrne Labyrinth weghauchen, in welchem du dich nicht finden konntest, dir Licht über die Wege der moralischen Welt geben, und dir zeigen, wie gewaltsam du sie durchkreuzt hast. Ich ein Teufel, will dir zeigen, mit welchem Rechte und Gewinn ein Wurm wie du sich zum Richter und Rächer des Bösen aufwirft, und in die Räder dieser so ungeheuren und fest gestimmten Maschine greift. Langsam will ich dir alles zuzählen, damit das Gewicht eines jeden deines Frevels, einer jeden deiner Torheiten, schwer auf deine Seele falle. Erinnerst du dich des Jünglings, den ich auf deinen Befehl, bei unserm Auszug aus Mainz, vom Ersaufen erretten mußte? Ich warnte dich; du wolltest dem Zug deines Herzens gehorchen, vernimm nun die Folgen. Hättest du jenen Bösewicht ertrinken lassen, so würde dein Sohn nicht an diesem schändlichen Holze sein Leben verloren haben. Er, um deswillen du durch die Führung des Schicksals verwegen griffst, nahte sich bald nach deiner Entfernung deinem jungen verlaßnen Weibe. Der Glanz des Goldes, das wir ihr so reichlich hinterlassen hatten, reizte ihn mehr, als ihre Jugend und Schönheit. Es war ihm ein leichtes, das Herz der von dir Vernachlässigten zu gewinnen, und er machte sich in kurzem so zum Meister davon, daß sie ihm ihre Führung, und alles, was sie besaß, überließ. Dein Vater wollte sich seiner Wirtschaft widersetzen, der junge Mann schlug und mißhandelte ihn, er suchte seine Zuflucht in dem Hospitale der Armen, wo er vor einigen Tagen vor Kummer über dich und deine Familie gestorben ist. Da ihn dein Sohn darauf mit heftigen Vorwürfen anfiel, und ihm drohte, trieb er auch ihn aus dem Hause. Dieser irrte in der Wildnis herum, schämte sich zu betteln, kämpfte lange mit dem Hunger, stahl endlich in einer Kirche dieser Stadt einige Groschen von einem Opferteller, ihn zu stillen, tat es aber so unvorsichtig, daß man ihn bemerkte, und der Hochweise Magistrat ließ ihn aus Rücksicht seiner Jugend nur hängen, ob er ihnen gleich unter Tränen sagte, er habe in vier Tagen nichts als Gras verschlungen. Deine Tochter ist in Frankfurt, prostituiert, um zu leben, jedem ihre Jugend, der sie dafür bezahlt; dein zweiter Sohn dient bei einem Prälaten, der die Jünglinge dazu braucht, wozu mich der Papst einst brauchen wollte, und wofür er eine so billige Taxe im Sündentarif festsetzte. Der junge von mir gerettete Mann raubte endlich deinem Weibe das letzte; dein Freund, den wir vom Bettelstab retteten, versagte deinem alten Vater seine Hülfe, stieß deine Kinder, die zu ihm flüchteten, und um Brot flehten, weg, und nun will ich dir deine Familie zeigen, damit du mit Augen siehst, was du aus ihnen gemacht hast. Dann will ich dich wieder hierher reißen, Rechnung mit dir halten, und du sollst eines Todes sterben, wie ihn kein Sterblicher gelitten hat. Ich will deine bebende Seele herumzerren, bis du da stehest, ein erstarrtes Bild der Verzweiflung.

5

Der Teufel ergriff den Jammernden, flog mit ihm nach Mainz, zeigte ihm sein Weib und seine zwei jüngste Kinder, mit Lumpen bedeckt, vor dem Franziskanerkloster sitzen, um die ekelhaften Überbleibsel des Nachtessens dieser Mönche abzuwarten. Als die Mutter Fausten erblickte, schrie sie: »Ach Gott, Faust, euer Vater!«, deckte ihre Augen mit ihren Händen zu, und sank in Ohnmacht. Die Kinder liefen zu ihm, hingen sich an ihn, und schrien um Brot.

FAUST. Teufel, gebiete über mein Schicksal, laß es schrecklicher sein, als es das Herz des Menschen tragen und fassen kann, nur gib diesen Elenden, und errette sie vor Schande und Hunger!

TEUFEL. Ich habe für dich die Schätze der Erde geplündert, du hast sie der Wollust und dem Vergnügen aufgeopfert, ohne dieser Elenden zu gedenken. Fühle nun deine Torheit, dieses ist dein Werk; du hast das Gewebe zu ihrem Schicksal gesponnen, und deine hungrige, bettlerische und elende Brut wird den von dir ausgesäeten Jammer, durch Kinder und Kindeskinder, fortpflanzen. Du zeugtest Kinder, warum wolltest du nicht ihr Vater sein? Warum hast du da das Glück gesucht, wo es nie ein Sterblicher gefunden hat? Blicke sie noch einmal an, und dann fort; in der Hölle siehst du sie einst wieder, wo sie dich für die Erbschaft verfluchen werden, die sie dir nur zu danken haben.

Es riß ihn von den Jammernden, sein Weib wollte soeben seine Knie umfassen, und um Erbarmung flehen – Faust wollte sich zu der Unglücklichen neigen, der Teufel faßte ihn, und stellte ihn abermals unter den Galgen bei Worms.

6

Die Nacht senkte sich schwarz auf die Erde. Faust stund vor dem grausenden Anblick seines unglücklichen Sohns. Wahnsinn glühte in seinem Gehirne, und er rief im wilden Tone der Verzweiflung:

»Teufel, laß mich diesen Unglücklichen begraben, entreiße mir dann das Leben, und ich will in die Hölle hinunterfahren, wo ich keinen Menschen im Fleische mehr sehen werde. Ich habe sie kennen gelernt, mir ekelt vor ihnen, vor ihrer Bestimmung, vor der Welt, und dem Leben. Die gute Tat zog unaussprechliches Weh auf mein Haupt, und ich hoffe, die bösen allein sind zum Glück ausgeschlagen. So muß es sein in dem tollen Sinn des Wirrwarrs auf Erden. Fördere mich hinunter, ich will ein Bewohner der Hölle werden, ich bin des Lichts müde, gegen welches ihre Dunkelheit vielleicht Tag ist.«

Teufel. Nicht zu rasch! – Faust, ich sagte dir einst, du solltest das Stundenglas deiner Zeit selbst zerschlagen, du hast es in diesem Augenblick getan, und die Stunde der Rache ist da, nach der ich so lange geseufzt habe. Hier entreiße ich dir deine mächtige Zauberrute, und feßle dich in den engen Bezirk, den ich nun um dich ziehe. Hier sollst du mich anhören, heulen und zittern: ich ziehe die Schrecken aus dem Dunkel hervor, enthülle die Folgen deiner Taten, und ermorde dich mit langsamer Verzweiflung. So jauchze ich, so siege ich über dich!

Tor, du sagst, du hättest den Menschen kennen gelernt? Wo? Wie und wenn? Hast du auch einmal seine Natur erwogen? durchforscht, und abgesondert, was er zu seinem Wesen Fremdes hinzugesetzt, daran verpfuscht und verstimmt hat? Hast du genau unterschieden, was aus seinem Herzen, und was aus seiner durch Kunst verdorbenen Einbildungskraft fließt? Hast du die Bedürfnisse und Laster, die aus seiner Natur entspringen, mit denen verglichen, die er der Kunst und seinem verdorbenen Willen allein verdankt? Hast du ihn in seinem natürlichen Zustand beobachtet, wo jede seiner unverstellten Äußerungen das Gepräge seiner innern Stimmung an sich trägt? Du hast die Maske der Gesellschaft für seine natürliche Bildung genommen, und nur den Menschen kennen gelernt, den seine Lage, sein Stand, Reichtum, seine Macht und seine Wissenschaften, der Verderbnis geweiht haben, der seine Natur an eurem Götzen, dem Wahn, zerschlagen hat. An die Höfe, in die Paläste hast du dich gedrängt, wo man der Menschen lacht, indem man sie mißbraucht, wo man sie mit Füßen tritt, während man das verpraßt, was man ihnen geraubt hat. Die Herrscher der Welt, die Tyrannen mit ihren Henkersknechten, wollüstige Weiber, Pfaffen, die eure Religion als Werkzeug der Unterdrückung nutzen, die hast du gesehen, und nicht den, der unter dem schweren Joche seufzt, des Lebens Last geduldig trägt, und sich mit Hoffnung der Zukunft tröstet. Stolz bist du die Hütte des Armen und Bescheidnen vorübergegangen, der die Namen eurer erkünstelten Laster nicht kennt, im Schweiß seines Angesichts sein Brot erwirbt, es mit Weib und Kindern treulich teilt, und sich in der letzten Stunde des Lebens freut, sein mühsames Tagwerk geendet zu haben. Hättest du da angeklopft, so würdest du freilich ein schales Ideal von heroischer, überfeiner Tugend, die eine Tochter eurer Laster und eures Stolzes ist, nicht gefunden haben; aber den Menschen in stiller Bescheidenheit, großmütiger Entsagung*, der unbemerkt mehr Kraft der Seele und Tugend ausübt, als eure im blutigen Felde, und im trugvollen Kabinete, berühmte Helden. Ohne letztere, Faust, ohne eure Pfaffen und Philosophen, würden sich bald die Tore der Hölle zuschließen. Kannst du sagen, daß du den Menschen kennest, da du ihn nur auf dem Tummelplatz der Laster und deiner Lüste gesucht hast? Kennst du dich selbst? Laß mich tiefer reißen, ich will mit Sturm in die Glut blasen,

* Resignation.

die du in deinem Busen gesammelt hast. Wenn ich tausend menschliche Zungen hätte, und dich Jahre in diesem Kreise gefesselt hielte, so könnte ich dir doch nicht alle die Folgen deiner Taten und Verwegenheiten entwickeln. Durch Jahrhunderte läuft das Gewebe des Unglücks deiner Hand, und künftige Geschlechter verfluchen einst ihr Dasein, weil du in wahnsinnigen Stunden deinen Kitzel befriedigt; oder dich zum Richter und Rächer menschlicher Handlungen aufgeworfen hast. Sieh, Kühner, so bedeutend wird euer Würken, das euch Blinden so beschränkt scheint! Wer von euch kann sagen, die Zeit vertilgt die Spur meines Daseins? Weißt du, was Zeit und Dasein sind und sagen wollen? Schwellt der Tropfen, der in das Weltmeer fällt, nicht die Woge um einen Tropfen? Und du, der nicht weiß, was Anfang, Mittel und Ende sind, hast mit verwegner Hand die Kette des Geschicks gefaßt, und an den Gliedern derselben genagt, ob sie gleich die Ewigkeit geschmiedet hat! Nun ziehe ich den Vorhang hinweg, und schleudre das Gespenst Verzweiflung in dein Gehirn.

Faust drückte seine Hände vor seine Augen, der Wurm der Qual sog an seinem Herzen.

Teufel. Vernimm nun deines Lebens Gewinn, und ernte ein, was du gesäet hast, erinnre dich dabei, daß ich keinen deiner Frevel ausführte, ohne dich vor den Folgen zu warnen. Gezwungen von dir, unterbrach ich den Lauf der Dinge, und ich der Teufel stehe schuldlos vor dir, denn alles sind Taten deines eignen Herzens.

Denkst du noch der Nonne Klara, der wollüstigen Nacht, die du mit ihr zugebracht? Wie solltest du nicht, da sie dich so sehr ergötzte? Höre die Folgen derselben! Kurz nach unsrer Entfernung starb der Erzbischof, ihr Freund und Beschützer, und sie mußte nach ihrer Niederkunft mit ihrem Kinde als ein Gegenstand des Abscheus im peinlichen Kerker den verzweifelnden Hungertod sterben. In der Wut fiel sie über den Neugebornen her, sättigte sich an deinem und ihrem Blute, und verlängerte ihre scheußliche Marter, so lange der unnatürliche Fraß dauerte. Was hatte sie verbrochen, sie, die ihr Verbrechen nicht begriff, den Urheber ihrer Schande, und ihres schrecklichen Todes, weder kannte noch ahndete? Fühle nun die Folgen einer einzigen Sekunde der Wollust, und bebe! Hast du nicht den Wahnsinn bekräftigt, der sie verdammte? Mußte die Hölle nicht den Vorwurf deines Frevels tragen? Sie ermordeten deine Brut, als die Brut des Satans, und du hast durch diese Tat die Begriffe dieses Volks auf Jahrhunderte verwildert? Stöhne nur, ich ziehe der Schrecken mehr herauf.

Es ist wahr, mit dem Fürst-Bischof ist dir's besser gelungen. Er ließ den Hans Ruprecht begraben, und versetzte seine Familie in Wohlstand. Auch verlor er durch meine Vorspieglung sein Fett, und ward einer der gelindesten und gütigsten Fürsten; erschlaffte aber die Bande der bürgerlichen Ordnung so durch seine Nachsicht, daß seine Untertanen bald ein Haufen Halunken, Säufer, Faulenzer, Räuber und liederlichen Gesindels ward. Um sie wiederum zu Menschen zu machen, mußte nun der jetzige Bischof ihr Henker werden, hundert Familien zerstören und hinrichten, damit die andern, durch das Beispiel erschreckt, in die bürgerliche Ordnung einträten. Drei Schlemmer und Fresser hätten diesem Volke nicht so weh getan, als ihm diejenigen nun tun, denen dieser Fürst, gezwungen, das Schwert der Gerechtigkeit, und die Gewalt der Rache vertrauen muß.

Der Doktor Robertus, der berühmte Freiheitsrächer, der Mann nach deinem Sinne, war von frühster Jugend ein Feind des Ministers, den er wegen seiner Talente haßte. Neid und Eifersucht waren die Quellen seines unabhängigen Geistes, und hätte jener wie er gedacht, so würde er mit Freuden die Grundsätze des strengsten Despotismus angenommen haben, denn nur dazu war sein hartes und wildes Herz geschaffen. Der rechtschaffne Mann war der Minister, dieser ein Unhold, der die Welt in Brand gesteckt hätte, es teils getan hat, um seinen grenzenlosen Ehrgeiz zu befriedigen. Ich mußte ihn nach deinem Willen retten, ihn mit einer großen Summe Gelds versehen, vernimm nun, wozu er sie gebraucht hat, und freue dich der Folgen. Er nutzte seine Freiheit, das Gold und den Wahn, den sein Verschwinden durch mich im Volke veranlaßte, so gut, daß es ihm bald gelang, einen fürchterlichen Aufstand zu erregen. Er bewaffnete die Bauern, diese ermordeten die Edelleute, verwüsteten das ganze Land, der edle Minister fiel ein Opfer seiner Rache, und dein Freiheitsrächer Robertus ist der Stifter des unglücklichen Bauernkriegs, der sich nach und nach in ganz Teutschland ausbreiten und es verheeren wird. Mord, Totschlag, Plündrung, Kirchenraub wüten nun, und dein edler Held steht an der Spitze eines tollen Haufens, und droht aus Teutschland einen Kirchhof des Menschengeschlechts zu machen. Ernte den Jammer ein, den du veranlaßt hast, der Satan selbst hätte nicht besser für die Zerstörung der Menschen, die wir hassen, arbeiten können, als du, da du diesen Wahnsinnigen der Gerechtigkeit entrissen hast.

Kehre mit mir an den Hof jenes teutschen Fürsten zurück, wo du den Rächer der Tugend und Gerechtigkeit so rasch und kühn gespielt hast. Dieser Fürst und sein Günstling waren Heuchler eurer Tugenden; aber ihr Würken beförderte das Glück des Volks, weil sie beide Verstand genug hatten, zu fühlen, der Vorteil der Untertanen sei Gewinn für den Fürsten. Weiß der Durstige und kümmert's ihn, ob die Quelle, die ihn tränkt, aus dem Bauche eines Berges springt, der mit Gift angefüllt ist? Genug für ihn, wenn er nur ohne Schaden sein heißes Blut abkühlt. Dieser Heuchler mißfiel dir, weil er deiner hohen Meinung, die du mir gerne aus gewissen Ursachen aufdrängen wolltest, nicht entsprach, und ich mußte ihn auf deinen Befehl erwürgen. Sein unmündiger Sohn folgte ihm in der Regierung. Seine Vormünder drückten und preßten das unter dem Heuchler einst glückliche Volk, verdarben das Herz und den Geist des künftigen Regenten, entnervten früh seinen Körper durch Wollust, beherrschen ihn nun, da er mündig ist, und sind seine und des Volks Tyrannen. Hätt ich nicht auf deinen Befehl den Vater erwürgen müssen, so würde er seinen Sohn nach seinen Grundsätzen erzogen, seine Fähigkeiten entwickelt, und ihn zum Manne gebildet haben, der würdig sei, an der Spitze eines Volks zu stehen. Die Hunderttausende, die nun unter dem Druck des feigen, tückischen Wollüstlings seufzen, und deren Jammer sich auf deinem Haupte sammelt, würden die Glücklichsten in Teutschland sein. Wohl uns, du hast ein ganzes Volk elend gemacht, da du dich zum Rächer eines einzigen aufwarfst. Ernte ihre Tränen, ihre Verzweiflung, die blutigen Taten ihrer künftigen Empörung ein, und freue dich deines strengen Richteramts!

Wahnsinniger, auf dein Geheiß mußt ich das Schloß des wilden Rauhgrafs mit allen Bewohnern, seinem Weibe und dem Säugling verbrennen. Was haben diese Unschuldigen verbrochen? Es war ein Augenblick der Wonne für mich! – dein Werk ist es, daß der Säugling auf dem Busen der Mutter zu Asche brannte; dein Werk, daß der Rauhgraf einen benachbarten Edelmann als den Urheber des Brandes überfiel, des Unschuldigen Schloß der Flamme übergab, ihn erschlug, und die Fehde, die meine Tat veranlaßte, noch in diesem Teile Teutschlands wütet. Tausende sind schon unter dem Schwerte der wechselseitigen Rache hingesunken, und es wird nicht eher ruhen, bis sich die streitenden Familien gänzlich erschöpft und vertilgt haben. So warst du, Wurm, der sich in der Wollust herumwälzte, in die Hölle drangst, um deine Lüsternheit zu sättigen, der Rächer des Unrechts. Heule und stöhne, ich ziehe der Schrecken mehr aus dem Dunkel.

Die Tochter des Geizigen in Frankreich, die du zur H – e gemacht, und in ihrem Busen die Lust nach der Sünde erweckt hast, ergab sich bald hierauf dem jungen König als Maitresse. Sie beherrschte ihn, reizte ihn, daß er sie mit einem neuen Buhler nicht stören möchte, zu dem unsinnigen Zuge nach Italien, und zog ein Elend über Frankreich, das viele künftige Regierungen nicht heilen werden. Die Blüte der französischen Jugend, die Helden des Reichs faulen in Italien, und der König kehrte beschämt und ohne Vorteil heim. So hast du, wohin du dich wandtest, den Samen des Unglücks ausgestreut, und er fruchtet zum Unheil die Ewigkeit durch.

Ich hoffe, nun begreifst du den Fingerzeig, den ich dir damals gab, als ich das Haus über die Naturkündiger zusammenstürzte. Ich sagte dir, so wie diese in das Fleisch der Lebenden schneiden, um unergründliche Geheimnisse zu erforschen, so wütest du in der moralischen Welt, durch meine zerstörende Hand. Du hast dieses Winks nicht geachtet. Fühle ihn nun tiefer. Sie verdienten, unter den Ruinen ihrer Schlachtbank begraben zu werden; aber was hatten die Unschuldigen im Unterstock verbrochen, die nicht wußten, welche Greuel über ihrem Haupte vorgingen? Warum mußten auch sie mit begraben werden? Warum mußte, deine schnelle Rache zu befriedigen, eine schuldlose, glückliche Familie mit aufgeopfert werden? Richter und Rächer, dieses hast du nicht bedacht. Fasse nun die Folgen deines Wahnsinns zusammen, durchlaufe sie, und sinke vor der scheußlichen Vorstellung hin. Sagt ich dir nicht, der Mensch ist rascher in seinem Urteil und in seiner Rache, als der Teufel in der Vollziehung des Bösen?

Auf deinen Befehl mußt ich den Zunder der Wollust an das Herz der himmlischen Angelika legen, die die Zierde ihres Geschlechts und der Welt war. Du hast sie im wilden Rausche deiner Sinne genossen, und die Unglückliche wußte nicht, was ihr geschah. Schaudre vor den Folgen – diese Angelika – ich, der Gefallen an der Sünde und der Zerstörung hat, könnte mitleidig auf ihr Ende blicken! Sie floh auf das Land, und das Gefühl der Scham zwang sie, den Zustand zu verbergen, in den du sie gesetzt hattest. Sie gebar unter Todesangst, in der Einsamkeit, ohne Hülfe, das Kind entfiel dem Schoß der Unvermögenden, und starb in dem Augenblick, da es das Licht der Welt erblickte. Sie, das unglückliche Opfer deiner augenblicklichen Lust, ward eingezogen, und öffentlich als Kindermörderin hingerichtet. Du hättest sie sehen sollen im letzten Augenblick ihres Lebens – sehen sollen, wie ihr reines Blut den weißen Talar befleckte –

Faust öffnete seine starre Augen und sah gen Himmel.

TEUFEL. Er ist taub gegen dich! Sei stolz auf den Gedanken, einen Augenblick gelebt zu haben, der das Vergehen der Teufel leicht machen könnte, wenn das Gericht über sie nicht geschlossen wäre! Noch rauscht er in den düstern Gefilden der Ewigkeit. Ich rede von jenem, da du mich zwingen wolltest, den Schleier zu heben, der euch den Ewigen verbirgt. Der Engel, der euer Schuldbuch führt, erbebte auf seinem glänzenden Sitze, und strich deinen Namen mit weggewandtem Angesicht aus dem Buche des Lebens.

FAUST, *sprang auf:* Verflucht seist du! Verflucht ich! die Stunde meiner Geburt! der, der mich gezeugt, die Brust, die ich gesogen!

TEUFEL. Ha des herrlichen Augenblicks! des köstlichen Lohns meiner Mühe! Die Hölle freut sich deiner Flüche, und erwartet einen noch schrecklichern von dir. Tor, warst du nicht frei geschaffen? Trugst, empfandest du nicht, wie alle, die im Fleische leben, den Trieb zum Guten, wie zum Bösen, in deiner Brust? Warum tratst du verwegen aus dem Gleise, das dir so bestimmt vorgezeichnet war? Warum wagtest du deine Kräfte an dem und gegen den zu versuchen, der nicht zu erreichen ist? Warum wolltest du mit dem richten und rechten, den du nicht fassen und denken kannst? Warum trieb Stolz die Pflanze aufwärts, die nur an der Erde hinkriechen soll? Hat er dich nicht so geschaffen, daß du über den Teufel wie über die Tiere der Erde erhaben stundest? Dir verlieh er den unterscheidenden Sinn des Guten und Bösen: frei war dein Wille, frei deine Wahl. Wir sind Sklaven des Bösen und der eisernen Notwendigkeit ohne Wahl und Willen; gezwungen, von Ewigkeit dazu verdammt, wollen wir nur das Böse, und sind Werkzeuge der Rache und der Strafe an euch. Ihr seid Könige der Schöpfung, freie Geschöpfe, Meister eures Schicksals, das ihr selbst bestimmt, Herren der Zukunft, die von eurem Tun abhängt, um diese Vorzüge hassen wir euch, und frohlocken, wenn ihr durch Torheit und Laster die Herrschaft verwürkt.* Wohl uns, daß ihr diese Vorzüge selbst vernichtet, daß ihr alles mißbraucht, alle die Fähigkeiten zum Guten, die euch der Ewige verliehen hat. Tritt auch ein Weiserer unter euch auf, und schreibt euch Regeln zu eurem Besten vor, so zernichtet ihr sein Werk in dem Augenblick der Entstehung. Mißbrauch eurer moralischen und physischen Kräfte läuft durch die Kette, die das Menschengeschlecht verbinden soll; und nie gefallt ihr euch besser, als wenn ihr zerstört, was andre, zu eurem Glück und Heil, aufgebauet haben. So arten unter euren Händen, in eurem Geiste Religion, Wissenschaften und Regierung zu Unsinn, Verzerrung und Tyrannei aus, und du hast das deinige redlich dazu beigetragen. Faust, nur in der Beschränktheit liegt euer Glück, wärst du geblieben, was du warst, hätten dich Dünkel, Stolz, Wahn und Wollust nicht aus der glücklichen, beschränkten Sphäre gerissen, wozu du geboren warst, so hättest du still dein Gewerbe getrieben, dein Weib und deine

* Der Teufel, der, um Fausten zu plagen, seine Zweifel immer nur schärfen will, deutet hier auf folgende Theorie, die er vielleicht darum nicht bestimmt ausdrückt, weil er glaubt, sie möchte dem Stolze des Menschen zu viel schmeicheln, und ihm durch eine Reihe von wahren oder falschen Schlüssen einen erhabenen Begriff von der Gottheit beibringen. Sie lautet so:
Der Mensch ist vermöge seines freien Willens, und seines ihm eingedrückten innern Sinns, sein eigner Herr, Schöpfer seines Schicksals und seiner Bestimmung. Er kann durch seine Taten und sein Würken den schönen Gang der moralischen Welt befördern und stören, nach seiner Lage und Denkart oft ganze Völker, ja ganze Weltteile glücklich oder unglücklich machen, und das ganze Menschengeschlecht, vom Bettler bis zum König, ist also, jeder nach seiner Kraft, zusammengenommen, Werkmeister der sogenannten moralischen Welt. Er entwickelt also nur das einmal in ihn gelegte Streben, wie jedes Ding der sichtbaren Welt, doch mit dem Unterschied, daß nur ihn sein freier Wille, und sein das Böse und Gute begreifender Sinn, der Strafe und Belohnung fähig machen. Diese Theorie greift die Vorsicht freilich nicht an; aber doch die mittelbare Leitung und feste Bestimmung von oben, und da sie von dem Teufel herkommt, überdem sehr untheologisch zu sein scheint, und die moralische Welt so unsichern Händen anvertraut, so laß ich sie ohne weiteres da stehen, so vielen Glanz sie auch auf die Moral zurückwirft. Der Leser mache damit was er will. In dem ersten und zweiten Teil Giafars des Barmeciden soll dieses System weiter entwickelt werden; aber nur das Ende wird darüber entscheiden.

Kinder ernährt, und deine Familie, die nun in den Kot der Menschheit gesunken ist, würde blühen. Von ihr beweint, würdest du ruhig auf deinem Bette gestorben sein, und dein Beispiel würde deine Hinterlassenen auf dem dornigten Pfad des Lebens leiten.

FAUST. Ha, wohl mag dies die größte Qual der Verdammten sein, wenn der Teufel ihnen Buße predigt!

TEUFEL. Es ist lustig genug, daß ihr es dazu kommen laßt. Elender, und wenn die Stimme der Wahrheit und Buße laut vom Himmel selbst erschallte, ihr würdet ihr euer Ohr verschließen.

FAUST. Erwürge mich, und töte mich nicht mit deinem Geschwätze, das mein Herz zerreißt, ohne meinen Geist zu überzeugen. Willst du, daß ich dein Gift Tropfen für Tropfen einschlürfen soll, gieße ein! deine Vorstellungen laufen im Ungeheuren zusammen, und verlieren ihre Kraft an mir. Sieh, meine Augen sind starr und trocken, nenne meine Stumpfheit Verzweiflung – noch kann ich ihrer spotten, und mein Geist kämpft mit der peinlichen Wallung meines Herzens. Nur dieser da, und die ich eben gesehen, liegen wie eine ungeheure Last auf mir, und zerknirschen meine sich noch empörende Kraft. Um der guten Tat willen muß er hier henken! Um der guten Tat willen müssen sie im Elend verschmachten, und eine Reihe niederträchtiger Sünder fortpflanzen! Sah ich was anders als Morden, Vergiften und Greuel in der Welt? Sah ich nicht überall den Gerechten zertreten, und den Lasterhaften glücklich und belohnt?

TEUFEL. Das kann nun wohl sein, und beweist nur, was für Kerle ihr seid; aber was prahlst du mir immer von deiner guten Tat vor? Wodurch verdient sie diesen Namen? Etwa dadurch, daß du mir den Wink dazu gegeben, der dich wahrlich nicht viel gekostet haben kann? Um es zu einer edlen Handlung zu machen, hättest du dich in das Wasser werfen, und den jungen Mann auf Gefahr deines Lebens retten müssen. Darauf deutete ich, als ich dir sagte: vermutlich kannst du nicht schwimmen. Ich warf ihn an das Ufer, und verschwand. Dich selbst würde er erkannt haben, und von Dankbarkeit gerührt, hätte der Zerstörer deiner Familie ihr Beschützer und Verteidiger werden können.

Faust. Quälen kannst du mich, Teufel, aber die Zweifel des Menschen kannst du aus Stumpfheit nicht lösen, oder willst es aus Bosheit nicht tun. Nie drangen sie giftiger in mein Herz, als in dieser Stunde, da ich den Jammer meines Lebens, meiner Zukunft überblicke. Ist das menschliche Leben etwas anders, als ein Gewebe von Pein, Laster, Qual, Heuchelei, Widersprüchen und schielender Tugend? Was ist Freiheit, Wahl, Wille, der gerühmte Sinn, Böses und Gutes zu unterscheiden, wenn die Leidenschaften die schwache Vernunft überbrüllen, wie das tosende Meer die Stimme des Steuermanns, dessen Schiff gegen die Klippen treibt? Wozu das Böse? Warum das Böse? Er wollte es so; kann der Mensch den Samen des Bösen aus der ungeheuren Masse herausreißen, den er mit Willen hineingelegt hat? Noch wütender hasse ich nun die Welt, den Menschen und mich. Warum gab man mir, der zum Leiden geboren ist, den Drang nach Glück? Warum dem zur Finsternis gebornen den Wunsch nach Licht? Warum dem Sklaven den Durst nach Freiheit? Warum dem Wurme das Verlangen zu fliegen? Wozu eine unbeschränkte Einbildungskraft, die immer gebärende Mutter kühner Begierden, verwegner Wünsche und Gedanken? Freiheit dem Menschen! in dieser verzweifelnden Stunde kann ich noch bei diesem sinnlosen Worte hämisch lachen. Ja, den Durst nach ihr, den kenne ich, und darum stehe ich nun in diesem verdammten Kreise. Frei der, auf dessen Nacken das eiserne Joch der Notwendigkeit, von der Wiege bis zu dem Grabe, drückt? Wahrlich, wenn er es umwunden hat, wie man das Joch des Pflug-Ochsens umwindet, so geschah es nicht darum, daß er unsers Nackens schonte, sondern darum, daß wir die mühsame Furche des Lebens ganz durchackern sollten, und entkräftet an dem Ziele hinsänken. Nun labe ihn mein Stöhnen, ich habe es erreicht. Zerschlage das Fleisch, das meine dunkle zweifelvolle Seele umhüllt, nimm ihr das

Erinnern, daß sie einen menschlichen Leib zum Sünder gemacht hat, dann will ich einer der eurigen werden, und nur im Wunsche des Bösen leben. O der herrlichen Welt, worin der blinde unterjochte Mensch weise Zwecke aus den Martern, die ihn zerreißen, dem ihn umheulenden Jammergeschrei der Elenden, dem Siegesgesang der Unterdrücker, der ihn umgebenden Verwüstung und Zerstörung zusammenlesen soll; worin er nichts fühlt und sieht, als eine unwiderstehliche Tyrannei, die ihn hier und dort vor Gericht fodert, wenn er laut zu murren wagt. Ha, Teufel, reiße meine Brust auf, und schreibe mit dem kochenden Blut meines Herzens deine schöne Theodizee, die du mir eben vorgesagt, in jene dunkle Wolke. Mag sie ein Philosoph kopieren, und die Menschen damit narren. Verherrlicht sich nicht der Ewige in Zerstörung, und im Schaffen zur Zerstörung? So rauche dann mein Blut an dem Altar des Furchtbaren, wie das Blut des Opfertiers, das der Unsinn dem Götzen schlachtet! Daß ich's mit beiden Händen fassen, gegen den dunkeln Himmel schleudern könnte, damit es dort glühe, wie es nun in meinen Adern glüht, und zu seinem Thron aufschreie!

Ha, Teufel, dieses gefällt deinen Ohren nicht wie der zischende, heulende Gesang der Verzweiflung, den du erwartet hast – noch kennst du den Menschen nicht ganz. Was ist die Leitung des Himmels, wenn ein Wurm wie ich, durch das Mittel eines Verworfnen wie du bist, durch seinen eignen Willen sein Werk verpfuschen kann? Ist hier Gerechtigkeit? Mußte Faust so geboren werden, sich so entwickeln, so denken und empfinden, daß Tausende elend durch ihn würden? Warum mußten meine Fähigkeiten und Leidenschaften mehr zum Mißbrauch als zu edlen Zwecken gestimmt sein? Wollte es meine Natur so, so wollte es auch der, der sie mir gegeben hat. Er muß Gefallen an diesen Verwirrungen haben, sonst hätte er mich der moralischen Notwendigkeit ebenso gewaltsam unterworfen, als der physischen. Löse nur immer deinen Zauber, der mich in diesem Kreise fesselt, ich werde dir nicht entfliehen, und könnte ich's, ich wollte nicht, denn die Pein der Hölle kann nicht größer sein, als das, was ich fühle.

Teufel. Faust, mich freut deines Muts, und ich höre das, was du sagst, noch lieber, als die wilden Töne der Verzweiflung. Sei stolz darauf, deine genialische Kraft bis zum Unsinn und zur Lästerung getrieben zu haben, die Qual der Hölle erwartet dich dafür. Ich bin deines Geschwätzes und der Erde müde, es ist Zeit zum Abfahren, deine Rolle ist hier gespielt, du beginnest eine, die nie enden wird. Tritt aus deinem Kreise, und begrabe den Unglücklichen; dann will ich dich fassen, deinen bebenden, mürben Leib von deiner Seele streifen, wie man dem Aale die Haut abstreift, ihn zerstückt auf das umherliegende Feld streuen, den Vorübergehenden zum Ekel und Abscheu.

7

Faust stieg den Galgen hinauf, und löste den Strick von dem Halse seines Sohns; trug ihn auf das nahe Feld, das der Pflug frisch aufgerissen, grub mit seinen Händen unter Schluchzen und Tränen ein Grab, und legte den Unglücklichen hinein. Hierauf trat er vor den Teufel, und sprach mit wildem Tone:

»Das Maß meines Jammers ist voll, zerschlage das Gefäß, das ihn nicht mehr fassen kann; aber noch habe ich Mut, mit dir um mein Leben zu kämpfen, denn ich will nicht sterben wie der Sklave, der unter der Gewalt seines Herrn ohne Widerstand hinsinkt. Erscheine mir unter welcher Gestalt du willst, ich ringe mit dir. Um der Freiheit, der Unabhängigkeit, zog ich dich aus der Hölle, am Rande der Hölle will ich sie behaupten, am Rande der furchtbaren Wohnung will ich noch meine Kraft gebrauchen, und fühlen, daß ich dich einst an meinem Zauberkreise gefesselt sah, und dich zu geißeln drohte. Was du in meinen Augen siehst, sind Tränen der Verstockung, Tränen grimmigen Unwillens – Teufel, nicht du, mein eignes Herz siegt über mich!«

Dann faste er ihn mit Hohngelaechter das über die Flaeche der Erde hinzischte.

TEUFEL. Ekelhafter Prahler! mit diesem Fleische reiß ich dir die Maske ab, die mir Mut vorlügt, und stelle dich hin in deiner elenden, scheußlichen Nacktheit. Die Rache rauscht heran, und E w i g k e i t ist ihr Name.

Er stund in Riesengestalt vor ihm. Seine Augen glühten wie vollgefüllte Sturmwolken, auf denen sich die untergehende Sonne abspiegelt. Der Gang seines Atems glich dem Schnauben des zornigen Löwens. Der Boden ächzte unter seinem ehernen Fuße, der Sturm sauste in seinen fliegenden Haaren, die um sein Haupt schwebten, wie der Schweif um den drohenden Kometen. Faust lag vor ihm, wie ein Wurm, der fürchterliche Anblick hatte seine Sinne gelähmt, und alle Kraft seines Geistes gebrochen. Dann faßte ihn Leviathan mit einem Hohngelächter, das über die Fläche der Erde hinzischte, zerriß den Bebenden, wie der mutwillige Knabe eine Fliege zerreißt, streute den Rumpf und die blutenden Glieder mit Ekel und Unwillen auf das Feld, und fuhr mit seiner Seele zur Hölle.

8

Die Teufel waren um den Satan versammelt, der mit den Fürsten zu Rate saß, um auszumachen, mit was für Strafen man den Papst Alexander den Sechsten peinigen müßte. Seine Verbrechen, und der letzte Augenblick seines Lebens, waren so einzig, daß auch die boshaftigsten Teufel in Verlegenheit waren, die Pein zu bestimmen, die er verdiente. Der Papst stund vor seinen Richtern, die ihn so spöttisch und übermütig behandelten, als nur immer ein fürstliches Gericht einen Angeklagten behandelt, der weiter nichts vor sich hat, als das Unglück, ein Mensch zu sein. Auf einmal fuhr Leviathan triumphierend in ihre Mitte, hielt die Seele Fausts am Schopfe, und schleuderte ihn hin:

»Da habt ihr den Faust!«

Die Hölle empfing ihn mit einem so lauten Freudengebrülle, daß die Verdammten in ihren Pfuhlen erbebten:

»Willkommen, Fürst Leviathan! da ist der Faust! da ist der Faust!«

SATAN. Willkommen, Fürst der Hölle! Willkommen Faust, wir haben hier genug von dir gehört.

LEVIATHAN. Da hast du ihn nun, Satan! Sieh selbst, was an ihm ist. Er hat mich nicht wenig geplagt; aber seine Torheit hat der Hölle gewuchert, und ich hoffe, du bist mit meinem Aufenthalt auf Erden zufrieden. Zum Lohn bitte ich dich, mich für Jahrhunderte mit solchen Aufträgen zu verschonen, ich bin des Menschengeschlechts übersatt, ob ich gleich gestehen muß, daß dieser hier den letzten Augenblick seines Lebens, so bitter er auch war, nicht übel bestanden hat; aber dies kommt daher, daß er sich in frühern Jahren mit jener Philosophie abgegeben, die du die Menschen gelehrt hast.

SATAN. Ich danke dir, Fürst Leviathan, und verspreche dir, du sollst lange mit mir in dem Dampfe der Hölle verweilen, und die Schatten der größten Fürsten der Erde zum Zeitvertreib reiten und geißeln. – Hm! ein ganzer Kerl, und scheint mir den Menschen völlig ausgezogen zu haben. Verzweiflung, Vermessenheit, Haß, Groll, Schmerz und Wahnsinn haben tiefe Furchen in seine Seele gerissen. Er sieht selbst uns und die Hölle ohne Beben an. Faust, bist du auf einmal stumm?

FAUST. Nicht aus Furcht, ich war gegen einen Mächtigern kühn, und darum bin ich hier.

SATAN. He, führt doch den Trotzigen ein wenig nach dem Pfuhl der Verdammten. Nehmt eine Legion meiner mutwilligen Hofjungens mit, daß sie sie zusammengeißeln, damit dieser Biedermann mit der Wirtschaft der Hölle ein wenig bekannt werde.

Ein Teufel riß ihn nach dem Pfuhl der Verdammten. Die Legion schwärmte nach.

LEVIATHAN, *der den Papst wahrnimmt*: Ha, willkommen in der Hölle, Papst Alexander. Ich hoffe, der Kitzel ist Euch nun vergangen, den Teufel zum Ganymed machen zu wollen.

PAPST, *seufzend*. Leider!

SATAN. Ha! ha! ha! das ist mir ein guter Schlag von Menschen, die jetzt auf der Erde wirtschaften! Laß nur erst den Geist der Reformation über sie kommen, und sie nach der neuen Welt hinziehen, einen neuen Tummelplatz ihrer Greuel und Laster zu entdecken, so wird es noch toller hergehen.

PAPST. Schade, daß ich nicht dabei sein kann.

SATAN. Ein sehr päpstlicher Wunsch, doch tröste dich nur, deine Landsleute werden schon die Millionen um ihr Gold erwürgen.

PAPST. Was tut man nicht ums Gold! – Ma cospetto di Bacco! Wißt Ihr wohl, Herr Satan, daß ich diese neue Welt zwischen Spanien und Portugal geteilt habe. Nun käme mir wenigstens der dritte Teil des Golds zu! Oime!

Faust kam mit der teuflischen Begleitung zurück.

SATAN. Nun, Faust, wie gefällt dir das Bad, und die, welche sie dort abreiben?

FAUST. Unsinniger, rasender Gedanke, daß der edle Teil des Menschen für die Sünden des aus Kot geschaffnen leiden und büßen soll.

Die Teufel lachten, daß es durch die unendliche Hölle ertönte.

SATAN. Bravo, Faust, das, was du sagst, und wie du dich benimmst, zeigt mir, daß du für einen Menschen zu gut bist. Auch bin ich dir einen besondern Lohn für die schöne, der Hölle so nützliche Erfindung der Buchdruckerei schuldig.

PAPST. Was? ein Buchdrucker, und hat sich an meinem Hofe für einen Edelmann ausgegeben, und bei meiner Tochter Lucrezia geschlafen?

FAUST. Schweig, stolzer Spanier, ich habe sie reichlich dafür bezahlt, und du hättest dich mir für eine gleiche Summe prostituiert, wenn ich eine Bestie gewesen wäre wie du. Wisse, meine große Erfindung wird mehr Gutes stiften, und dem Menschengeschlecht mehr nützen, als alle Päpste, vom heiligen Peter, bis auf dich Scheusal!

Satan. Faust, darin irrst du dich. Erstens, werden dir die Menschen den Ruhm der Erfindung dieser Kunst rauben –

Faust. Dieses ist noch mehr als Verdammnis!

Satan. Merkt mir doch auf den Menschen, er steht vor mir, dem Satan, hat den Pfuhl der Verdammten gesehen, und hält die Qual der Hölle für nichts gegen seine Hirngespinste, Ruhm und Wahn. Seht mir doch, was aus diesen Ebenbildern des Höchsten geworden ist, seitdem sie sich in Gesellschaften gesammelt, Könige über ihren Leib und ihre Seele gewählt haben, Bücher lesen, und ein erkünsteltes Ding ihres eignen, eitlen, stolzen, unruhigen und wahnsinnigen Geistes geworden sind. –

Zweitens, Faust, werden die Schatten zu hunderttausenden herunterfahren, über dich herfallen, dich mit ihren Flüchen ängstigen, daß du die kleine Quelle des Gifts des menschlichen Verstandes in einen ungeheuren Strom verwandelt hast. Fühlst du denn nicht aus eigner Erfahrung, was euch die Wissenschaften sind, und was sie aus euch machen; doch hiervon soll dich dein ehemaliger Begleiter Leviathan unterhalten, und dir eröffnen, daß das Unheil, das du über die Menschen gebracht hast, deine sonstige Frevel noch weit übertrifft. Ich, der Herrscher der Hölle, der dadurch gewinnt, bin dir Lohn dafür schuldig, und wenn du dem Ewigen fluchen willst, der dich entweder nicht besser machen konnte, oder wollte; so sollst du der Pein der Hölle entfliehen, und einer unsersgleichen werden.

Papst. Satan, laßt mich der erste sein, als Papst muß ich wenigstens den Rang über ihn haben.

Satan. Merkt mir doch diese Menschen, ihr Teufel, und seht, wie sie euch beschämen! Papst, du hast es getan, da du meinem Leviathan zu Füßen fielst. Faust, wähle –

Faust trat hervor – die rasende Verzweiflung rollte sich in scheußlichen Zügen auf seiner Schattengestalt – er – wer kann den Frevel ausdrücken?

Alle Teufel bebten bei seinen Worten, und erstaunten über seine Vermessenheit. Seit der Entstehung der Hölle herrschte keine solche Stille in dem dunklen furchtbaren Reiche, der Wohnung ewigen Jammers, ewigen Geheuls. Faust unterbrach sie, und forderte den Satan zur Erfüllung seines Versprechens auf.

SATAN. Tor, wie kannst du von mir erwarten, daß ich, der Herrscher der Hölle, dir mein Wort halten sollte, da man kein Beispiel hat, daß ein Fürst der Erde je sein Wort gehalten hätte, wenn er nichts dabei gewann. Wenn du vergessen kannst, daß du ein Mensch bist, so vergiß nicht, daß du vor dem Teufel stehst. Meine Teufel erblaßten bei deiner Verwegenheit, mein fester, unerschütterlicher Thron erbebte bei deinen vermeßnen Worten, und ich glaubte einen Seigerschlag, ich hätte zu viel gewagt. Fort, deine Gegenwart macht mich unruhig, und du beweisest, daß der Mensch mehr tun kann, als der Teufel ertragen kann. Zerrt ihn in den schrecklichsten Winkel der Hölle, dort schmachte er in düstrer Einsamkeit, und starre hin vor der Betrachtung seiner Taten und dieses Augenblicks, der nie zu versühnen ist. Daß ihm kein Schatten nahe! Geh und schwebe allein und verloren, eingeschlossen zwischen ausgebrannten Klippen in dem Lande, wo keine Hoffnung, kein Trost und kein Schlaf wohnen. Nur im Vergangenen, im Bewußtsein deines Wahnsinns, und deines Frevels sollst du leben. Die Zukunft, die eure Eitelkeit und euer Stolz so gern ausschmücken, sei für dich nichts, als der schreckenvolle Gedanke: dein Dasein sei eine ewig fortlaufende Reihe einer unveränderlichen Qual, eines unveränderlichen, peinlichen Gefühl deines Selbsts. Nur ein einziges peinvolles Gefühl sollst du fühlen, nur einen einzigen peinvollen Gedanken denken. Es soll dir Genuß zu sein scheinen, diesen endlosen Schmerz nur mit einem andern wechseln zu können. An deiner Seele sollen ewig die Zweifel nagen, die dich in deinem Leben gequält haben, und nie soll sich dir eins der Rätsel enthüllen, um deren Auflösung du hier bist. Dies ist die peinlichste Strafe für einen Philosophen deiner Art, und ich habe sie vorzüglich meinen Schülern vorbehalten. Die Hölle ist voll von ihnen, und du hast den Samen zu größrer Bevölkerung meines Reichs ausgestreut. Reißt ihn weg, martert ihn! Faßt diesen Papst, und werft ihn in einen andern Winkel, in der Hölle ist ihresgleichen nicht.

Nach den Worten Satans ward Fausts Gestalt immer schwärzer und schwärzer. Die Züge der Menschheit verloschen. Ein düstres, gestaltloses, scheußliches, schwimmendes Gewebe umschlung seine Seele. Noch wütete er; die Wut schoß glühende Funken aus dem gestaltlosen Gewebe, und erleuchtete es. Zum letztenmal wütete er.

Leviathan brüllte: »Ich will ihn ergreifen, und mich nochmal an dem rächen, der mich gezwungen hat, die mir verhaßte Erde, das mir noch verhaßtere Teutschland zu betreten.« Und er ergriff mit eiserner Faust das düstre verzerrte Gewebe, samt der Seele Fausts. Da goß sich die gedrohte Qual über ihn aus, und ein Stöhnen erscholl aus dem Gewebe, daß, hätte es Menschen mit Ohren, aus Fleische gebildet, vernommen, ihr Herz wäre bei dem Stöhnen erstarrt, und die Quelle ihres Lebens versunken.

Noch stöhnte Faust aus dem düstren Gewebe unter Leviathans eiserner Faust. Als er mit ihm bei den heulenden Verdammten vorüberfuhr, fühlten sie bei dem schrecklichen Stöhnen zum erstenmal Mitleid mit einem ihresgleichen, und vergaßen das Geheul über ihren eignen Jammer. Noch schwebte das Gewebe, und verlor sich nun tiefer und tiefer in der unendlichen Ferne. Dann schleifte es Leviathan über die verbrannten Felsen hin, daß die noch glühende Asche unter ihm aufloderte – schwung sich mit ihm empor, bis zu der ehernen Wölbung der Hölle, schleuderte ihn herunter, und er sank in den einsamen Abgrund. So erhebt sich die kühne Seele des Forschers, verwegen bis zu dem Begriff des Unfaßlichen, Unbegreiflichen, in die Höhe, bis das Gefühl des menschlichen Unvermögens ihre Flügel lähmt, und sie wirbelnd, schwindelnd, in ihr Dunkel zurück sinkt, um in Verzweiflung zu erwachen.

Belial, der Aufseher und Beherrscher der verdammten Päpste, Erzbischöfe, Bischöfe und gefürsteter Äbte, ergriff die

Seele Alexanders; eine Mischung von scheußlichen, widersinnigen Gestalten hatte sie umhüllt, und ein so furchtbares Ungeheuer gebildet, daß die Verdammten, gewöhnt an scheußliche Gestalten, gleichwohl vor Entsetzen ihre Häupter in den glühenden stinkenden Pfuhl tauchten, da Belial mit dem Papst bei ihnen vorüber fuhr.

Nach ihrem Verschwinden sagte Satan lächelnd: »Das sind mir Menschen, und wenn sie etwas Scheußliches vorstellen wollen, malen sie den Teufel; so laßt uns denn, wenn wir etwas Schändliches vorstellen wollen, den Menschen zur Wiedervergeltung malen, und dazu sollen mir Philosophen, Päpste, Pfaffen, Fürsten, Erobrer, Höflinge, Minister und Autoren sitzen!«

Epilogus

So fasse sich ein jeder in Geduld, und dringe nicht auf Kosten seiner Ruhe verwegen in die Geheimnisse, die der Geist des Menschen hier nicht enthüllen kann und soll. Auch richte keiner; denn keinem ist das Richteramt gegeben. Halte deine rasche Aufwallung bei den Erscheinungen der moralischen Welt, die dein Herz empören, deinen Verstand verwirren, im Zaum, und bebe, ein Urteil zu fällen, denn du kannst nicht erkennen, wie und woher sie kamen, wohin sie zielen, und wie sie für den enden, der sie veranlasset. Dem Geist des Menschen ist alles dunkel, er ist sich selbst ein Rätsel. Lebe in der Hoffnung, einst helle zu sehen, und wohl dem, der seine Tage so hinlebt; er allein hat gewonnen, denn das übrige ist in der Macht dessen, der den Menschen so prüfen wollte, und ihm die Kraft, die Prüfung zu bestehen, mitgeteilt hat. Dies erkennt der wahre Weise, und erwartet in Unterwerfung sein Los. Ich hatte eine gute Absicht bei diesem Buch; doch der Mann, der ein Buch schreibt, ist mit dem, der ein Kind zeugt, in gleichem Fall, keiner weiß, welche Frucht seine Pflanze tragen wird, und das Sprüchwort hat recht: Der Wurf aus der Hand ist des Teufels. Übrigens wünsche ich den deutschen Autoren billige Verleger, den Verlegern guten Abgang, dem Publikum mehr Geld und Geduld. (Geschmack würde zu oft den Handel verderben.) Der gesamten Klerisei weniger Toleranz und Wissenschaften. Insbesondere wünsche ich einigen Herren der protestantischen Klerisei, daß es ihnen vorzüglich zu ihrem Besten gelingen möchte, das Luthertum und den Kalvinismus unter das viel sinnlichere Papsttum zu begraben. Nur dadurch werden sie den wankenden Säulen dieses der Klerisei so nützlichen Gebäudes wiederum neue Tragkraft verschaffen, und natürlich müssen sie selbst bald ganz andere Männer im Staate werden. Auch läßt sich mit Gewißheit hoffen, daß der Hauptbeförderer dieses frommen Unternehmens, der Phantast aus ***, der erste Heilige in dem neuen römischen Kalender werden muß. Kann wohl der zertretne Pius der sechste weniger für ihn tun, als seine weise Vorfahren für den großen Loyola getan haben? Seine Schüler und Schülerinnen, die schon lange den heiligen Schein wie elektrische Funken aus seinem erhitzten Gehirne strahlen sehn, werden gern die Kosten dazu hergeben, damit der Teufel bei dem Prozesse zum Schweigen gebracht werde. Daß aber dieses ersprießliche Werk bald möglichst zu Stande komme, so stehe der feurige Mann aus *** auf, und tue das erste nötige Wunder. Er ziehe, gleich einem neuen Moses, eine dicke, schwarze Finsternis, eine verderbende Seuche über die Königsstadt ***, daß ihr feiner, beißender, attischer Witz, ihre gesunde, die Schwärmerei zerstörende Vernunft durch ein böotisches Dunkel und pestilenzialische Luft verdickt und getötet werde. Soll es aber ein wahrhaftes Wunder werden, so mache er sich schnell auf, damit ihm das Schicksal, das ihm dorten durch einige schwarze Kakodämonen vorzugreifen droht, nicht um den zu hoffenden Ruhm bringe. Ist ihm dies gelungen, so schlage er an die Gräber der Jesuiten, bewürke ihre Auferstehung, und singe dann das Siegeslied über den Menschenverstand. Den Philosophen wünsche ich, daß es ihnen gelingen möge, ihren größten Gegner, den alles zu zermalmenden K a n t, zu besiegen, damit ihr Katheder für immer und ewig von dem metaphysischen Unsinn erschallen möge. Den Fürsten mehr Strenge, und mehr von jener Kunst, die Untertanen systematisch zu schinden und zu plündern. Den teutschen Männern den bittersten Haß gegen Freiheit, die zärtlichste Liebe für Sklaverei, und den teutschen Weibern – daß sie mit eben dem Vergnügen gebären möchten, als sie, wie man sagt, empfangen. Glückliche, herrliche Zeit! so wird es dann unsern erhabenen Fürsten, gnädigen Erzbischöfen, gefürsteten Äbten, hochgebornen Reichsgrafen, Baronen, Rittern und frommen Klöstern unsers Vaterlands nie an Werkzeugen, zu mißbrauchen, an Soldaten, zu verhandeln, an Schwämmen, auszudrücken, und an Untertanen, zu schinden, mangeln. Daß die Geduld nicht reiße, dafür werden ihre Helfershelfer, ihre Viziere, ihre Klerisei, Räte und die edle Schriftsteller- nebst der Journalistenzunft sorgen. Umsonst rufen einige Treffliche: »Erleichtert die Bürden eurer Lasttiere, wenn ihr nicht wollt, daß sie dieselbe einst gewaltsam abwerfen und euch darunter begraben.« Die gnädigen Herren wissen durch ihre Räte, daß kein Tier der Erde sanftmütiger und tapfrer leidet und trägt, als der ehrwürdige Esel, und der aufrichtige edle Teutsche!

Anhang

Zu dieser Ausgabe

Klingers *Faust*-Roman ist in drei Fassungen in folgenden Ausgaben erschienen:

1. Fausts Leben, Thaten und Höllenfahrt in fünf Büchern. St. Petersburg bey Johann Friedrich Krile. 1791.
   Diese Ausgabe erschien anonym mit fingierter Verlagsangabe. Sie wurde bei Jacobäer in Leipzig gedruckt.
2. Faust's Leben, Thaten und Höllenfahrt in fünf Büchern. Zweite verbesserte und vermehrte Ausgabe. St. Petersburg, 1794.
   Diese 2. Fassung erschien ebenfalls anonym mit fingierter Verlagsangabe und wurde bei Jacobäer in Leipzig gedruckt. Sie enthält Zusätze, u. a. die Rede des Doktor juris in der ersten Höllenszene und die Episode vom Junker Trossel. Der »Epilogus« ist ausführlicher und polemischer als in der 1. Fassung.
3. F. M. Klingers Werke. Bd. 3. Königsberg bey Friedrich Nicolovius, 1815.
   Diese 3. Fassung ist politisch entschärft. Der »Epilogus« ist weggefallen.

Der vorliegende Text folgt der 2. Fassung von 1794, der auch die Abbildungen entnommen wurden. Orthographie und Interpunktion wurden unter Wahrung des Lautstands und der sprachlichen Eigenart behutsam dem heutigen Gebrauch angeglichen. S. 107, Z. 31 wurde »sich« nach der Erstausgabe ergänzt: »von den Menschen sich gerissen«. Offensichtliche Druckversehen wurden stillschweigend korrigiert. Textstellen, die in der Druckvorlage durch Sperrung oder durch größeren Schriftgrad hervorgehoben sind, erscheinen einheitlich gesperrt. Szenische Angaben, im Original gesperrt, sind kursiv wiedergegeben.

Anmerkungen

5,6–10 *All this with indignation ...:* »Alles das habe ich mit Entrüstung / dem anspruchsvollen Teil der stolzen Welt hingeworfen, / der – aufgeblasen vor selbstsüchtiger Eitelkeit – / falsche Freiheiten, heilige Betrügereien und förmliche Lügen erfindet, / um seine Mitsklaven zu tyrannisieren.« – Rochester (d. i. John Wilmot, Earl of Rochester) galt als einer der leichtfertigsten Höflinge Charles' II.

7,8 f. *Faust, Raphael und Giafar:* s. Zeittafel S. 246: 1792–94.

7,13 *die wiederholten Nachdrücke:* vgl. Klingers Brief vom 26. Februar 1793 an Schleiermacher: »Die neue Auflage von F. ist darum nicht erschienen, weil auf einmal 3 oder 4 Nachdrüke hervorkommen, über die der Verleger jamert und ich mich ärgere, weil ich gern die Zusätze gedrukt gesehen hätte« (Rieger, Bd. 2, Briefbuch, S. 27). Der 1792 in Karlsruhe erschienene unrechtmäßige Nachdruck wird fälschlich als »Zweite verbesserte Auflage« bezeichnet.

9,9 f. *Die merkwürdige Erfindung der Buchdruckerei:* s. Nachwort S. 259.

10,9 f. *eine Wolke für die Gemahlin des Donnerers:* In der griechischen Sage täuschte Zeus den thessalischen König Ixion, der Hera verführen wollte, durch eine Wolke, die wie Hera aussah.

10,14 *Sirenen:* in der »Odyssee« Jungfrauen auf einer Insel, die mit ihrem Gesang die Vorüberfahrenden anlocken und ihre Schiffe an den Klippen Skylla und Charybdis zerschellen lassen.

10,26 *zugekünstelte:* künstelnd zugestutzte.

12,17 *Kapitul:* das Domkapitel, die Versammlung der Domgeistlichen.

12,17 f. *in einen großen Krieg verwickelt:* Erler vermutet, daß Klinger sich auf die Mainzer Stiftsfehde bezieht, bei der der Erzbischof Diether von Isenburg 1461 abgesetzt wurde (Erler, S. 230).

12,21 *einer weißen Nonne:* einer Angehörigen des Magdalenenordens, in den Büßerinnen aufgenommen wurden. Wegen ihrer weißen Tracht hießen die Nonnen auch ›Weißfrauen‹.

13,13 *des heiligen Antonius:* Antonius (um 250–356 [sic]), der »Vater des Mönchtums«, lebte als Einsiedler in der Wüste und wurde von großen Versuchungen heimgesucht.

13,22 f. *im Refectorio:* im Speisesaal des Klosters; von lat. *refectio* ›Erholung, Erquickung‹.

13,24 f. *den schwarzen Nonnen:* Gemeint sind die schwarze Tracht tragenden Augustinerinnen.

14,10 *die Disziplin geben:* Die Disciplina Ecclesiastica bedeutet Geißelung als Bußübung.

14,27–30 *als es sich ... Menschheit hervorzusuchen:* Gemeint ist die Französische Revolution.

14,33 *des berühmten Sankt Veits Tanzes:* Der Veitstanz war im Mittelalter eine epidemisch auftretende Tanzwut als Folge religiöser Wahnvorstellungen. Gebete zum hl. Veit sollten den Betroffenen Heilung bringen.

15,22 *Kasuisten:* hier wohl: spitzfindige Moraltheologen.

15,33 *Schöppen:* nd. und md. Nebenform von *Schöffen*.

17,25 *Genius der Menschheit:* Klingers Roman »Das zu frühe Erwachen des Genius der Menschheit«, von dem nur ein Fragment erhalten ist, hat u. a. die Französische Revolution zum Thema.

18,17 *ich, der Topf ...:* Anspielung auf das biblische Gleichnis vom Töpfer (Jer. 18,6).

19,28 *filzigte:* hier: geizige; der nach seiner Lodenkleidung im Mhd. *vilz* genannte Bauer galt als geizig.

20,21 *Viziere:* Wesire: Minister islamischer Staaten.

20,24 *Viktualien:* Lebensmittel.

20,27 *Verlassenschaft des heiligen Petrus:* Hinterlassenschaft des ersten Papstes.

22,2 *Fouriere:* Unteroffiziere, die für Unterkunft und Verpflegung zu sorgen hatten.

22,18 *in diesem Pfuhl aufwachten:* Nach biblischer Überlieferung sind die Teufel von Gott abgefallene Engel, die in die Hölle gestürzt wurden (vgl. 2. Petr. 2,4 und Jud. 6).

23,14 *des Seigers:* hier: des Zeigers; eigtl. Bezeichnung für die Unruhe der ältesten großen Turmuhren, die einer Waage – mhd. *seigære* – ähnlich waren.

23,15 *Beeckler:* beekeln: Ekel gegen etwas empfinden.

23,25 f. *ein uns furchtbares Wunder:* die Auferstehung Christi.

27,22 *Kastraten:* in der Jugend entmannte Sänger mit knabenhafter Stimmlage, die in der Oper des 17. bis 19. Jh.s eine wichtige Rolle spielten.

28,3 *Amanuensis:* Gehilfe.

28,28 *Haberrohr:* Hirtenpfeife.

29,6 *Flöte d'amour:* Liebesflöte: altes Musikinstrument, eine Terz tiefer als die übliche Querflöte.

29,23 *Kabbala:* (hebr.) Lehre der mittelalterlichen jüdischen Mystik.

29,24 *Theosophie:* Wahrnehmung Gottes durch die göttlichen Kräfte im Menschen.

29,29 *Sporteln:* lat. *sportula* ›Spende, Geschenk, Gerichtsgebühren‹. *Glossen:* erklärende Anmerkungen.

30,2 *Pas de deux:* Tanz zu zweit.

30,26 f. *ein nasses Blatt ... Roman:* Klinger ironisiert hier die seinerzeit überaus beliebten sentimentalen Romane (z. B. Millers »Siegwart. Eine Klostergeschichte«, 1776).

30,31 *Leviathan:* mythisches, vielköpfiges Meerungeheuer, das Gott in der Vorzeit vernichtet (Ps. 74,14) bzw. gebändigt (Ps. 104,26) haben soll; vgl. auch Jes. 27,1.

31,10 f. *scharmutzieren:* Nebenform zu *scharmützeln* ›plänkelnd fechten‹.

31,30 *des bayerischen Hofpoets:* Rieger verweist auf den bayerischen Hofpoeten Matthias Ettenhuber, der 1782 in tiefster Armut gestorben ist (Rieger, Bd. 2, S. 274).

33,21 f. *an andre Fürsten verkaufen lassen:* Seit Mitte des 17. Jh.s war es üblich, daß Fürsten ihre Soldaten an fremde Staaten vermieteten.

37,1 *Mönch, der das Pulver erfunden hat:* Ein Mönch Berthold (um 1380), wegen seiner alchimistischen Künste Berthold der Schwarze genannt, soll der Erfinder des Schießpulvers gewesen sein.

45,11 *du bist aus Kot geschaffen:* vgl. 1. Mose 2,7.

56,11 *Republik:* hier im urspr. Sinn von ›Staatswesen‹; Frankfurt war seit dem 16. Jh. Freie Reichsstadt.

56,20 *Doge:* Titel des Staatsoberhaupts von Venedig.

56,26 *warf ihm schnell eine Tonne hin:* warf ihm einen Brocken vor, lenkte ihn ab.

57,8 *nach der Goldnen Bulle:* Diese Urkunde von 1356 enthielt das wichtigste Grundgesetz des Heiligen Römischen Reiches Deutscher Nation; in ihr wurde Frankfurt zum Ort der deutschen Königswahl.

57,15 *sub Consulatu:* unter der Regierung.

57,30 *wie Pilatus ...:* vgl. Mt. 27,24.

57,32 f. *Schlacht bei Kanna:* In der Schlacht bei Cannae besiegte Hannibal 216 v. Chr. die Römer.

58,3 *ad majora:* zum Wichtigeren.

58,13 f. *Salus populi ...:* Das Wohl des Volkes soll oberstes Gesetz sein (Cicero, »De legibus« 3,3,8).

58,22 *Syndiken:* die amtlichen Rechtsbeistände der Stadt.

59,20 *gefuchsschwänzt:* von ›den Fuchsschwanz streichen‹ für ›schmeicheln‹ (s. auch Z. 26).

62,8 *Oreade:* Bergnymphe der griechischen Mythologie.

63,31 f. *die Gelegenheit ... Haare:* vgl. die Redensart »eine Gelegenheit am Stirnhaar, beim Schopf fassen« und das Sprichwort »Gelegenheit hat vorn langes, hinten kurzes Haar«.

66,22 f. *eines Pantalons:* Pantalone: ein komischer Alter der Commedia dell'arte. Die Bezeichnung *Pantalons* für lange, röhrenförmige Hosen wurde von seinem Namen abgeleitet, da solche Hosen zu seinem Kostüm gehörten.

68,30 *Scholastik:* die christliche Theologie und Philosophie des Mittelalters.

69,12 *Homburger Höhe:* bei Frankfurt.

71,1 f. *der heilige Georg von Kappadozien:* wahrscheinlich ein aus Kappadokien (östl. Kleinasien) stammender Offizier, der 303 unter Diokletian den Märtyrertod starb.

71,6 *Ciliciens:* Kilikien: Landschaft im südl. Kleinasien.

71,14 *Arianer:* Anhänger des Arius (gest. 336), der die Wesensgleichheit Christi mit Gott leugnete. Seine Lehre wurde 325 auf dem Konzil von Nicäa verworfen.

71,17 *Kaiser Constantius:* Constantius II., Sohn Konstantins des Großen, 337 Mitregent seiner beiden Brüder.

71,18 *Athanasius:* griechischer Kirchenlehrer (um 293–373), Bischof von Alexandria; wegen seines entschiedenen Kampfes gegen die Lehre der Arianer mehrmals verbannt.

76,6 *bleibe im Lande ...:* s. Ps. 37,3.

78,7 *Hab und Fahrt:* fahrende Habe.

81,22 f./27 *Mautturm im Rhein / Mäuseturm:* Der Sage nach soll ein Mainzer Erzbischof wegen seiner Hartherzigkeit gegenüber Armen von Mäusen bis in den Mautturm (Zollstätte) bei Bingen verfolgt und dort aufgefressen worden sein.

83,28 *Pietas:* Frömmigkeit.

84,17 *Kirchenväter:* von der Kirche anerkannte altchristliche Kirchenschriftsteller, die sich durch ein heiligmäßiges Leben ausgezeichnet haben.

85,35 *Heilige Ursula!:* s. Anm. zu 120,5 f.

87,9 *Vesper:* feierlicher Gebetsgottesdienst der Kirche zur Zeit der Abenddämmerung; von lat. *vesper* ›Abendstern‹.

90,14 f. *der Pfarrer will ihn nicht begraben:* Selbstmord war nach kirchlichem und weltlichem Recht strafbar, weshalb Selbstmördern das kirchliche Begräbnis versagt wurde.

99,7 *unsre junge Freiheitsschreier:* die Anhänger der Französischen Revolution.

99,31 *Herkules:* Der griechische Sagenheld Herakles bewältigte im Dienst des Königs Eurystheus zwölf Arbeiten, zu denen sonst niemand fähig war.

102,24 *Gran:* alte, sehr kleine Gewichtseinheit, von lat. *granum* ›Korn‹.

103,12 f. *in dem Türkenkriege:* Krieg zwischen Österreichern und Türken, die unter Süleiman II. Ungarn angriffen und 1529 Wien belagerten.

108,2 f. *aufheben:* hier: überrumpeln und gefangennehmen.

110,5 *Sophist:* hier: Wortverdreher.

113,2 *Nabobs:* Reiche; urspr. Statthalter.

115,33 *Rauhgrafen:* Raugraf: Titel mehrerer gräflicher Geschlechter am Oberrhein, benannt nach dem rauhen, d. h. unbebauten Land ihres Besitzes.

116,6 *mit seinen Reisigen:* mit seinen Bewaffneten.

116,9 *Martinsgänse:* Zinsgänse, die am Martinstag (11. November) dem Grundherrn abgeliefert werden mußten; auch allg.: Gänse, die am Martinstag geschlachtet werden.

119,5 *Skapulier:* bei Mönchsgewändern ein Überwurf, der über Brust und Rücken bis zu den Füßen reicht.

120,5 f. *das Wunder der elftausend Jungfrauen:* Die Legende berichtet von einer englischen Königstochter Ursula, die mit fünf oder zehn (irrtümlich 11000) Jungfrauen auf der Rückkehr von einer Wallfahrt bei Köln von den Hunnen ermordet wurde. Die Märtyrerinnen werden besonders in Köln verehrt.

120,7 *Legende der Heiligen Drei Könige:* Rainald von Dassel brachte 1164 Reliquien aus Mailand mit, die man für die Gebeine der biblischen Weisen aus dem Morgenland hielt. Sie werden im Dreikönigsschrein des Kölner Doms aufbewahrt.

125,3 *von rauhen Fellen des Alps:* Der Alp gilt als ein bösartiger Geist, der oft die Gestalt eines Tieres annimmt.

125,34 *ein junger Mönch:* der Pfarrer und Schriftsteller Johann Caspar Lavater (1741–1801), Verfasser der »Physiognomischen Fragmente« (4 Bde., 1775–78).

128,27 *Reißblei:* bleifarbiger, leicht abfärbender Glimmer, den man zum Zeichnen (Reißen) verwendete.

128,35 *Heilige Katherine!:* Katherina von Alexandrien, legendäre Märtyrerin (um 310), eine der vierzehn Nothelfer, die in besonderen Nöten um Hilfe angerufen werden.

132,31 *Handschrift der Physiognomik:* s. Anm. zu 125,34.

139,11 *Ludwigs des Elften:* französischer König (reg. 1461–83), der den Hochadel bekämpfte und den Absolutismus begründete.
140,3 *Chimäre:* hier: Hirngespinst; urspr. Fabeltier der griechischen Sage.
140,26 f. *des Herzogs von Berry:* Ludwig XI. wurde verdächtigt, die Ermordung seines Bruders Karl, des Herzogs von Berry, veranlaßt zu haben.
140,32 *Brevier:* das tägliche Stundengebet der Kirche, wozu die Geistlichen verpflichtet sind; auch Bezeichnung des Buchs, das diese Gebete enthält.
141,1 *Bruder Faver Vesois:* Gemeint ist wohl Jourdain Faures. Das Gerücht wurde verbreitet, er und Henri de la Roches, ein Stallmeister aus dem herzoglichen Küchenbetrieb, hätten auf Geheiß des Königs den Herzog vergiftet.
141,29 f. *des bekannten Seitenwegs ... gegraben haben:* der Beichte.
142,21 *das gratia tibi:* das Dankgebet.
142,22 *Fratze:* hier: Posse.
144,24 *Herzog von Nemours:* Jakob von Armagnac, war wegen seiner Verbindungen zu Feinden Ludwigs XI. hingerichtet worden.
144, 27 *Dauphin:* bis 1830 Titel des französischen Thronfolgers.
145,24 *Tristan:* Tristan L'Hermite, Richter und Spitzel Ludwigs XI.
150,10 *Arzt:* Jakob Coictier; er hatte dem König gedroht, wenn er ihn fortschicke, werde er keine acht Tage mehr leben (vgl. Commynes, S. 271–273).
153,2 *Parlament:* in Frankreich auch Bezeichnung für die Juristenkollegien, die seit Mitte des 13. Jh.s in Paris einen ständigen Gerichtshof bildeten.
154,27 *Menschheit:* hier: Menschlichkeit.
156,29 *Kefichen:* vgl. Commynes, S. 274.
157,29 *Phalaris:* im 6. Jh. Tyrann von Akragas (heute das süditalienische Agrigento), dessen berüchtigte Grausamkeit – z. B. das Verbrennen seiner Feinde bei lebendigem Leibe in einem ehernen Stier – wahrscheinlich Legende ist.
158,21 *Feigheit und Furcht:* vgl. dazu Commynes, S. 259 ff.
161,25 *Kalabrien:* südlicher Vorsprung der italienischen Halbinsel.
ein Eremit Martorillo: Commynes erwähnt einen Einsiedler Franz von Paola aus Kalabrien, der 1507 in Le Plessis-le-Tours gestorben ist und 1519 heiliggesprochen wurde (Commynes, S. 262).
161,36 f. *mit dem heiligen Öle von Reims:* In Reims fand die Königskrönung statt, bei welcher der König gesalbt wurde. Vgl. auch Commynes, S. 268.

163,23 f. *Bürger- und Religionskriege:* die Hugenottenkriege (1562 bis 1598).

163,31 *Herzog Gloster:* der spätere König Richard III.; 1461 wurde er Herzog von Gloucester und bahnte sich 1483 durch Ermordung seiner Neffen den Weg zum Thron.

163,34 *die Königin:* Elisabeth Woodville.

164,6 *Doktor Shaw:* s. dazu Erler, S. 237: »Dr. Shaw war ein gewandter Kanzelredner, Bruder des Lord-Mayors. Die Predigt, auf die Klinger hinweist, wurde am 22. Juni 1483 gehalten.«

164,14 *Tower:* früher Residenz, später Staatsgefängnis.
Tyronel: Der beauftragte Mörder hieß Sir James Tyrell von Gipping (gest. 1502).

164,25 *dem Grafen Richmond:* dem späteren Heinrich VII., der Richard III. 1485 stürzte.

164,33 f. *einen seiner Könige auf dem Blutgerüste:* Karl I. (reg. 1625–49) unterlag im Bürgerkrieg den Truppen Cromwells und wurde enthauptet.

165,4 *Galeas Sforza:* aus einer italienischen Adelsfamilie, die 1450–1535 im Herzogtum Mailand herrschte. Galleazo Sforza (reg. 1444–76) wurde ermordet. Vgl. dazu Commynes, S. 251.
am heiligen Stephanstage: 26. Dezember, Gedenktag an den ersten Märtyrer des Christentums (vgl. Apg. 6 f.).

165,6 *Ambrosius:* lateinischer Kirchenlehrer (340–397), Bischof von Mailand.

165,10 *Kosmus:* Cosimo Medici, der Alte (1389–1464), Stadtherr von Florenz, wurde ›pater patriae‹ genannt.

165,22 *Auto da fé:* Ketzergericht, öffentliche Verbrennung.

165,23 f. *Großinquisitor Torquemada:* Thomas de T. (1420–98), Dominikaner, Beichtvater des spanischen Königshauses, seit 1483 Leiter der Inquisition.

165,24/25 *Isabella / Fernando:* Die Heirat Isabellas von Kastilien (reg. 1474–1504) mit Ferdinand II. von Aragonien (reg. 1479–1516) schuf die Voraussetzungen für die Gründung eines spanischen Gesamtstaats mit einer starken Königsmacht gegenüber Adel und Geistlichkeit. Die von ihnen eingeführte Inquisition machten sie ihren politischen Zielen dienstbar.

166,19 f. *Alexander der Sechste:* Roderigo Borgia, aus spanischem Adelsgeschlecht. 1455 Kardinal, 1492 Papst, baute die Weltstellung des Papsttums aus, förderte Wissenschaft und Künste, führte eine ränkevolle Politik und mißbrauchte seine Macht zu seinem und seiner Familie Vorteil; starb 1503, vermutlich durch Gift.

166,20 *die dreifache Krone:* Krone des Papstes, mit drei Kronreifen, die das Priester-, Lehr- und Hirtenamt der Kirche versinnbildlichen.

166,33 f. *Malatesta von Rimini:* Pandolfo, Stadtherr von Rimini.

168,6 *mia cara:* meine Teure.

169,25 *Cäsar Borgia:* Sohn Alexanders VI., wurde 1494 Kardinal und Erzbischof, verzichtete 1498 auf die Kardinalswürde, erhielt das Herzogtum Valentinois, unterwarf 1499–1502 die Romagna, Umbrien und Siena mit dem Ziel einer politischen Einigung; ließ viele seiner Gegner ermorden. 1503 verlor er alle Eroberungen an Papst Julius II. 1507 gefallen.

170,1 *Lucrezia:* L. Borgia (1480–1519), Tochter Alexanders VI. Ihre 1492 geschlossene Ehe mit Giovanni Sforza wurde anulliert; ihr zweiter Mann, Alfonso d'Aragona, Herzog von Bisceglie, wurde vermutlich auf Anstiftung Cesare Borgias ermordet; eine dritte Ehe schloß sie mit Alfonso I., Herzog von Ferrara (aus dem Fürstengeschlecht Este). Die Gerüchte um ihre Sittenlosigkeit sind nach neuerer Forschung nicht haltbar.

Francisco Borgia: Herzog von Gandia, Enkel von Alexanders VI. Sohn Giovanni.

170,25 *Mandragola:* Komödie von Niccolò Machiavelli.

Machiavell: Niccolò M. (1469–1527), italienischer Politiker und Schriftsteller, Verfasser des berühmten Werks »Il principe« (»Der Fürst«, post. ersch. 1532; Vorbild ist Cesare Borgia), in dem Staatsräson als oberstes Gesetz politischen Handelns behauptet wird.

171,17 *blödsinnige:* in der urspr. Bedeutung von ›gebrechliche, zaghafte, ängstliche‹.

172,3 *Konklave:* hier: die Kardinalsversammlung, die in einem abgeschlossenen Raum den Papst wählt; von lat. *conclave* ›verschließbares Zimmer‹.

172,18 *Indulgenzen:* Straferlasse, Ablässe.

172,26 *Vanosa:* Vannozza de Cattaneis, die Mutter der drei Kinder Alexanders VI.: Cesare, Giovanni, Lucrezia.

172,31 *Dom Michelotto:* eigtl. Michele Corella, Freischarführer Cesare Borgias.

173,13 *Konsistorium:* Versammlung der Kardinäle.

173,35 f. *der Stifter des unsterblichen Roms:* nach der Sage 753 v. Chr. von Romulus gegründet, der im Streit seinen Zwillingsbruder Remus erschlug.

174,14 *Krönung des Königs:* Federicos, des Königs von Neapel.

176,20 *Colonne oder Orsinis:* römische Adelsgeschlechter, jahrhundertelang miteinander verfeindet, seit Anfang des 16. Jh.s stellten beide päpstliche Thronassistenten. Beide Familien mit den Borgias in Machtkämpfe verwickelt.

177,8 *Gonfalonier:* vom Papst verliehener Titel an einen Fürsten, der der Kirche Schutz bietet.

178,3 *der da bindet und löset:* Anspielung auf Mt. 16,19.

179,1 *Sophismen:* Spitzfindigkeiten.

179,27 *Ostia:* heute Vorort von Rom; das antike Ostia war der Hafen Roms.

179,35 *Tiber:* Tiberius Claudius Nero, römischer Kaiser (14–37 n. Chr.).

Nero: römischer Kaiser (54–68 n. Chr.); für den ihm zur Last gelegten Brand Roms machte er die Christen verantwortlich, was die erste systematische Christenverfolgung zur Folge hatte.

180,8 *König von Frankreich:* Gemeint ist Ludwig XII. (1498–1515).

180,15 *Plan:* s. Anm. zu 169,25.

180,29 *Bacchanal:* ausschweifendes Trinkgelage; urspr. Fest zu Ehren des Bacchus im alten Rom.

180,30 *Petron:* Petronius Arbiter (gest. 66 n. Chr.), römischer Schriftsteller, schildert die Sitten der Kaiserzeit in seinem Roman »Satiricon«.

Sueton: römischer Schriftsteller (um 70–140 n. Chr.), verfaßte Biographien römischer Kaiser.

181,25 *Absolution:* in der katholischen Kirche Sündenvergebung.

181,29 *Dispensation:* Befreiung von einer Verpflichtung.

181,30 *Benefizien:* hier: mit einer Pfründe verbundene Kirchenämter.

182,3 f. *Sodomie:* Unzucht mit Tieren.

183,7 *Cautela:* Vorsicht.

184,4 f. *bei der heiligen Magdalene:* Maria von Magdala, eine Jüngerin Jesu.

184 [Fußn.] *Taxa Cancellariae Apostolicae:* Gebührenordnung der päpstlichen Kanzlei (1514).

185,11 *ich kam, sah, und siegte:* lat. *veni, vidi, victi,* Ausspruch Julius Caesars nach seinem Sieg über Pharnakes II., den König von Bosporos, bei Zela 47 v. Chr.

185,11 f. *Herzog von Urbino:* Guidobaldo di Montefeltre; er floh, als sein Herzogtum 1502 von Cesare Borgia besetzt wurde, und beteiligte sich an einer Verschwörung gegen die Borgias.

185,13 *des Breves:* Breve: apostolischer Brief, kurze Papsturkunde; von lat. *brevis* ›kurz‹.

185,23 *Vitelozzo:* Vitelli, Freischarführer Cesare Borgias.
185,23 f. *Camerino:* Stadt in den Apenninen.
185,24 *Cäsar von Varano:* Herrscher von Camerino.
185,32 *Paul Orsino / Oliverotto:* Paolo Orsini und Oliverotto von Fermo, Freischarführer Cesare Borgias, waren an einer Verschwörung gegen Cesare Borgia beteiligt.
185,33 *Sinigaglia:* Stadt in Mittelitalien.
186,21 *Pagola ... Herzog von Gravina:* Beide wurden wegen ihrer Beteiligung an einer Verschwörung gegen Cesare Borgia hingerichtet.
186,25 *Faenza mit seinem Herrn Astor:* Die Stadt Faenza in der Provinz Ravenna wurde zu dieser Zeit von Astorgio III. regiert.
186,28 *Ganymed:* in der griechischen Mythologie ein schöner Knabe, in den sich Zeus verliebte; er wurde entführt, damit er Mundschenk des Zeus werde.
186,31 *Caraccioli:* neapolitanisches Adelsgeschlecht.
Sohn des Herzogs von Este: Alfonso I.; s. Anm. zu 170,1.
187,7 *Salviatis:* Salviati war Mitglied der von Cesare Borgia nach Florenz geschickten Gesandtschaft.
187,26 *in glühendem Feuerregen über ganze Städte:* die biblischen Städte Sodom und Gomorra (1. Mose 19,24).
188,5 *Engelsburg:* Rundbau beim Eingang zum Vatikan aus dem 2. Jh. n. Chr.; urspr. Mausoleum, im Mittelalter Schutz- und Fluchtburg der Päpste; Alexander VI. ließ sie ausbauen.
188,8 *Scudis:* italienische Silbertaler.
189,15 *Horas:* Stundengebete; s. Anm. zu 140,32.
191,15 *Wohlstand:* hier: Anstand (was wohl ansteht).
191,26 *der göttliche Aretino:* Pietro A. (1492–1556), Verfasser von Satiren, der wegen seiner Drohbriefe gefürchtet war; »der göttliche« nannte er sich selbst auf einer Münze, die er prägen ließ.
192,30 *ben venuto:* willkommen.
193,17–19 *Der Satan ... anbetete:* vgl. Mt. 4,8 f.
197,5 *Voltaire:* s. Nachwort S. 256.
197 [Fußn.] *Rousseau:* s. Nachwort S. 259–261.
que Voltaire ...: wenn es so schien, daß Voltaire an Gott glaubte, so hat er in Wirklichkeit nur an den Teufel geglaubt.
Zeiten ... Ludwigs XV.: reg. 1715–74.
197,14 f. *Genius der Menschheit:* vgl. Anm. zu 17,25.
198,14 f. *Stab Merkurs ... umwunden war:* Der Schlangenstab (Kerykeion) ist eine Insignie des römischen Gotts des Handels.
210,7 f. *Bauernkriegs:* Gemeint ist der Aufstand der Bauern und einiger Städte in Süd- und Mitteldeutschland 1524/25.

211,30 *dem jungen König:* Karl VIII. (reg. 1483–98) griff mit seinem Eroberungszug 1494/95 in die Machtkämpfe um Italien ein.

214 [Fußn.] *Giafars des Barmeciden:* s. Anm. zu 7,8 f.

217,12 *Theodizee:* Rechtfertigung Gottes, dessen Allmacht und Güte mit dem physischen und moralischen Übel vereinbart werden soll.

222,11 f. *Ma cospetto di Bacco!:* potztausend.

222,12 f. *diese neue Welt ... geteilt:* 1494 Teilung durch Schiedsspruch Alexanders I.

222,14 *Oime!:* Weh, ach!

223,2 *den Ruhm ... rauben:* vielleicht Anspielung auf Johannes Gutenbergs Schicksal, dessen Erfindung von seinem Geldgeber Johannes Fust ausgewertet wurde.

227,28 *Kalvinismus:* eine von Johann Calvin (1509–64) in Genf begründete Kirchengemeinschaft des Reformierten Protestantismus, die sich in Abendmahls- und Prädestinationslehre von der Lehre Luthers unterscheidet.

227,34 *der Phantast aus ***:* Lavater. Seit 1783 tauchte das Gerücht auf, er sei heimlicher Katholik und ein Werkzeug des Jesuitenordens. Lavater nahm dazu in dem »Schreiben an seine Freunde im März 1786« (Winterthur 1786) Stellung.

228,2 *Pius VI.:* Dieser Papst (reg. 1775–99) unterlag in den Auseinandersetzungen mit Joseph II., der das Staatskirchentum in Österreich einführte, und wurde 1798 von den Franzosen gefangengenommen und nach Frankreich gebracht.

228,3 *Loyola:* hl. Ignatius von L. (1491–1556), Stifter des Jesuitenordens; der Orden war Hauptträger der Gegenreformation.

228,9 *der feurige Mann aus ***:* Darmstadt. Der dortige Oberhofprediger Johann August Starck wurde seit 1786 von den Berliner Aufklärern wegen seiner angeblichen Teilnahme an geheimen Verbindungen und wegen seines Kryptokatholizismus angegriffen.

228,12 *Königsstadt ***:* Berlin; s. Anm. zu Z. 9.
attischer Witz: geistreicher Witz. Die Bewohner Attikas (bes. Athens) galten als geistreich.

228,14 *böotisches:* plumpes, bäurisches. Den Böotiern wurde Plumpheit und Unbildung nachgesagt.

228,17 *Kakodämonen:* böse Geister.

228,19 *Jesuiten:* s. Anm. zu Z. 3.

228,23 *Kant:* s. Nachwort S. 255 und S. 261.

Zeittafel

1752 Friedrich Maximilian Klinger in Frankfurt a. M. am 17. Februar geboren. Eltern: Johannes Klinger, Konstabler der städtischen Artillerie und Ordonnanz des Bürgermeisters der Stadt; Cornelia Margareta Dorothea, geb. Fuchs.

1760 Tod des Vaters. Die Mutter muß ihre vier Kinder als Wäscherin und Krämerin ernähren.

1771 Bekanntschaft mit Goethe.

1774–76 Studium der Rechtswissenschaft in Gießen.

1775 Anonym: *Otto* (Trauerspiel).
Anonym: *Das leidende Weib* (Trauerspiel).
Goethe: *Urfaust*.

1776 Aufenthalt in Weimar. Entfremdung von Goethe.
Die Zwillinge (Trauerspiel).
Anonym: *Die Neue Arria* (Trauerspiel).
Anonym: *Simsone* Grisaldo (Schauspiel).
Sturm und Drang (Schauspiel, urspr. Titel: Wirrwarr).
Johannes Friedrich (»Maler«) Müller: *Situation aus Fausts Leben* (Fragment).

1776–78 Theaterdichter der Seylerschen Truppe.

1777 Anonym: *Der verbannte Götter-Sohn*.

1778 Reise nach Zürich.
Eintritt als Leutnant in kaiserlich-österreichisches Freikorps. Teilnahme am Bayerischen Successionskrieg.
Maler Müller: *Fausts Leben dramatisiert*, I. Teil (Dramenfragment).

1778–80 Anonym: *Orpheus eine Tragisch-Komische Geschichte*.

1779 Nach dem Friedensschluß Entlassung Klingers. Ständige Bemühungen um neue militärische Anstellung.

1780 Eintritt in russische Dienste als Leutnant und Ordonnanzoffizier des Großfürsten Paul.
Anonym: *Prinz Seiden-Wurm der Reformator*.
Anonym: *Der Derwisch* (Lustspiel).
Anonym: *Prinz Formosos Fiedelbogen und der Prinzessin Sanaclara Geige*.
Anonym: *Plimplamplasko, der hohe Geist (heut Genie)*. Satirische Abrechnung mit dem Geniekult.
Stilpo und seine Kinder (Drama).

1782 *Die falschen Spieler* (Lustspiel).

1783 *Elfride* (Tragödie).
1783–85 Teilnahme am russischen Türkenfeldzug.
1785 Anonym: *Die Geschichte vom Goldnen Hahn.*
1786 Lessings Fragment *D. Faust* veröffentlicht.
1786/87 *Theater* – Ausgabe in vier Teilen mit den Erstdrucken von: *Konradin – Der Schwur – Medea in Korinth – Der Günstling.*
1787/88 Erste Umarbeitung von Goethes *Faust.*
1788 Heirat mit der Offizierstochter Elisaweta Alexandrowna Alexejewa.
1790 *Neues Theater* in zwei Teilen mit den Erstdrucken: *Aristodymos – Roderico – Damocles – Die zwo Freundinnen.*
Anonym: *Oriantes* (Trauerspiel).
Goethe: *Faust. Ein Fragment.*
1791 Beförderung zum Major.
Medea in Korinth und Medea auf dem Kaukasos. Zwey Trauerspiele.
Bambino's sentimentalisch-politische, comisch-tragische Geschichte.
Anonym: *Fausts Leben, Thaten und Höllenfahrt in fünf Büchern* (Roman). 1. Fassung.
1792–94 *Geschichte Giafars des Barmeciden* (Roman).
1793 *Geschichte Raphaels de Aquillas in fünf Büchern* (Roman).
1794 Anonym: *Faust's Leben, Thaten und Höllenfahrt in fünf Büchern.* Zweite verbesserte und vermehrte Ausgabe. 2. Fassung (erweitert u. a. um die Rede des Doktor juris in der ersten Höllenszene, der »Epilogus« wird ausführlicher und schärfer gestaltet, die Episode vom Junker Trossel hinzugefügt).
1795 Anonym: *Reisen vor der Sündfluth.*
1797 Anonym: *Der Faust der Morgenländer* (Roman).
Der Schwur, gegen die Ehe (Lustspiel).
Das zu frühe Erwachen des Genius der Menschheit (Romanfragment).
Anonym: *Der Kettenträger.*
»Vorrede zu den Romanen« (erweiterte Fassung 1815 in Band 3 der *Gesammelten Werke* vor dem *Faust*-Roman).
Goethe nimmt die Arbeit an *Faust II* auf.
1798 Anonym: *Sahir, Eva's Erstgeborener im Paradiese* (Roman).
Anonym: *Geschichte eines Teutschen der neusten Zeit* (Roman).
Der Weltmann und der Dichter (Roman).

1801 Direktor des 1. Kadettenkorps.
Aufnahme der Arbeit an den *Betrachtungen und Gedanken.*

1802 Mitglied der Ober-Schulkommission. Kurator der Universität Dorpat.

1803 Kurator der Universität Dorpat.

1803–05 *Betrachtungen und Gedanken über verschiedene Gegenstände der Welt und der Litteratur* (in Deutschland anonym erschienen).

1808 Goethe: *Faust. Der Tragödie erster Teil.*

1809–16 *Werke* in zwölf Bänden. (In Band 3 die 3. Fassung des *Faust*, der ebenso wie Teile der *Betrachtungen und Gedanken* politisch entschärft wird, u. a. wird der »Epilogus« gestrichen.)

1810 *Sämtliche philosophische Romane* in 12 Teilen.

1816 Niederlegung des Kuratoramtes. Ausscheiden aus der Ober-Schulkommission.
Goethe: Wiederaufnahme der Arbeit an *Faust II.*

1824–31 Goethe: Fertigstellung von *Faust. Der Tragödie zweiter Teil.*

1829 Christian Dietrich Grabbe: *Don Juan und Faust* (Trauerspiel).

1831 Tod Klingers in Petersburg am 25. Februar (bzw. 9. März nach dem russischen Kalender).

1836 Nikolaus Lenau: *Faust. Ein Gedicht.*

Literaturhinweise

Ausgaben

Fausts Leben, Thaten und Höllenfahrt in fünf Büchern. St. Petersburg bey Johann Friedrich Krile. 1791. [Anonym. Leipzig: Jacobäer.] – Nachdr.: [o. J.]. – Nachdr.: [o.O.] 1792. – Nachdr.: Zweite verbesserte Auflage. Carlsruhe 1792.

Faust's Leben, Thaten und Höllenfahrt in fünf Büchern. Zweite verbesserte und vermehrte Ausgabe. St. Petersburg. 1794. [Anonym. Leipzig: Jacobäer.]

Faust's Leben, Thaten und Höllenfahrt in fünf Büchern. Neue verbesserte und vermehrte Ausgabe. 1799. [Anonym. Leipzig: Jacobäer.] – Nachdr.: Wien 1810.

F. M. Klingers Werke. Bd. 3. Königsberg bey Friedrich Nicolovius, 1815.

F. M. Klingers Sämmtliche Werke in 12 Bänden. Bd. 3. Stuttgart/Tübingen: Cotta, 1842.

Friedrich Maximilian Klinger: Fausts Leben, Taten und Höllenfahrt. Textrev. und Anm. von Gotthard Erler. Berlin: Aufbau-Verlag, 1958. [2. Fassung.] [Zit. als: Erler.]

Klingers Werke in zwei Bänden. Bd. 2: Fausts Leben, Taten und Höllenfahrt. Geschichte eines Teutschen der neusten Zeit. Ausgew. und eingel. von Hans Jürgen Geerdts. Berlin/Weimar: Aufbau-Verlag, ^{4}1981. (Bibliothek deutscher Klassiker.) [2. Fassung.]

Friedrich Maximilian Klinger: Werke. Historisch-kritische Gesamtausgabe. Bd. 11: Faust's Leben, Thaten und Höllenfahrt. Hrsg. von Sander L. Gilman. Tübingen: Niemeyer, 1978. [1. Fassung.]

Quellen

[Burchardus:] Diarium Joannis Burchardi ... Journal de J. Burchard. Paris 1834. (Archives curieuses de l'histoire de France depuis Louis XI jusqu'à Louis XVIII. Sér. 1. Tom. 1.) – Neuausg.: Alexander VI. und sein Hof. Nach dem Tagebuch seines Zeremonienmeisters Burcardus hrsg. von Ludwig Geiger. Stuttgart [o. J.]. (Memoiren Bibliothek. Sér. 4. Bd. 3.)

[Commines:] Memoires de Messire Philippe de Commines. Brüssel 1723. – Neuausg.: Philippe de Commynes: Memoiren. Europa in

der Krise zwischen Mittelalter und Neuzeit. In neuer Übertr. hrsg. von Fritz Ernst. Stuttgart 1952. [Zit. als.: Commynes.]
Gordon, Alexander: La vie du pape Alexander VI. Amsterdam 1732.

Forschungsliteratur

Alexander, Wolfgang: F. M. Klingers Verhältnis zu Rousseau. Breslau 1925.
Geerdts, Hans Jürgen: Über die Romane F. M. Klingers. Zur Geschichte der deutschen Intelligenz in der Periode der Französischen Revolution. In: Wissenschaftliche Zeitschrift der Friedrich-Schiller-Universität Jena. Gesellschafts- und sprachwissenschaftl. Reihe 3 (1935/54) S. 455–470.
– Klingers Faustroman in seiner historisch-ästhetischen Problematik. In: Weimarer Beiträge 6 (1960) S. 58–75. – Auch in: H. J. G.: Zu Goethe und anderen. Leipzig 1982. S. 28–152.
Hering, Christoph: Klingers Romane. Das Baugesetz der Dekade. In: Modern Language Notes 79 (1964) S. 363–390.
– Friedrich Maximilian Klinger. Der Weltmann als Dichter. Berlin 1966.
Hill, David: Der Kettenträger, a novel by Klinger. In: New German Studies 1 (1973) S. 173–178.
– Widersprüche in Klingers Giafar. In: Jahrbuch des Freien Deutschen Hochstifts 1974. S. 75–90.
– Aspects of narrative technique in the novel-cycle of F. M. Klinger. Diss. Oxford University 1977. – Kurzfassung in: Dissertationen in Kurzfassung (1980) S. 208–214.
– Klinger's novels: the structure of the cycle. Stuttgart 1982. [Überarb. Diss. Oxford 1977.]
Ierland-Teodoruk, Henrice van: Die Rolle des Teufels in den Faustbüchern von Lessing, Klinger und Goethe. Diss. University of Utah 1982. Diss. DA 43 (1982/83) 458 A.
Kaiser, Hartmut: Studien zu Friedrich Maximilian Klingers Romanen: Eine Analyse der Motive und Charaktere in der Triade Faust, Raphael, Giafar. Diss. Brown University 1968.
– Zur Struktur von Klingers »Faust«. In: Jahrbuch des Freien Deutschen Hochstifts 1970. S. 59–97.
Martini, Fritz: Friedrich Maximilian Klinger. In: Deutsche Dichter des 18. Jahrhunderts. Berlin 1977. S. 816–842.
Mayer, Hans: Faust, Aufklärung, Sturm und Drang. In: H. M.: Zur deutschen Klassik und Romantik. Pfullingen 1963. S. 7–29.

Osterwalder, Fritz: Die Überwindung des Sturm und Drang im Werk Friedrich Maximilian Klingers. Die Entwicklung der republikanischen Dichtung in der Zeit der Französischen Revolution. Berlin 1979.

Otto, Gunter: Begriffs- und Namensregister zu Friedrich Maximilian von Klingers »Betrachtungen und Gedanken über verschiedene Gegenstände der Welt und der Litteratur«. Hildesheim / New York 1981.

Petzsch, Hans: Wie ihr aus Dunst und Nebel um mich steigt. – Gab F. M. Klinger's Faustroman (1791/94) Goethe den auslösenden Anstoß zur endgültigen Wiederaufnahme des Fauststoffes und impulsierte er Schiller – unter anderem – zu dessen Gedicht »Worte des Wahns« (1799)? Halle a. d. S. 1963.

Pfeiffer, Georg Joseph: Klinger's Faust. Eine litterarhistorische Untersuchung. Diss. Würzburg 1887.

Rieger, Max: Klinger in der Sturm- und Drangperiode. Mit vielen Briefen. Darmstadt 1880. [Zit. als: Rieger, Bd. 1.]

– Klinger in seiner Reife. Mit einem Briefbuch. Darmstadt 1896. [Zit. als: Rieger, Bd. 2.]

Schönert, Jörg: Fragen ohne Antwort. Zur Krise der literarischen Aufklärung im Roman des späten 18. Jahrhunderts: Wezels »Belphegor«, Klingers »Faust« und die »Nachtwachen von Bonaventura«. In: Jahrbuch der Deutschen Schillergesellschaft 14 (1970) S. 183–229.

Schweppenhäuser, Hermann: Aufklärerische Motive in Klingers Betrachtungen. In: F. M. K.: Betrachtungen und Gedanken über verschiedene Gegenstände der Welt und der Litteratur (Auswahl). Frankfurt a. M. 1967. S. 113–144.

Segeberg, Harro: Friedrich Maximilian Klingers Romandichtung. Untersuchungen zum Roman der Spätaufklärung. Heidelberg 1974.

Smoljan, Olga: Friedrich Maximilian Klinger. Leben und Werk. Übers. von Ernst Moritz Arndt. Weimar 1962.

Steinberg, Heinz: Studien zu Schicksal und Ethos bei Friedrich Maximilian Klinger. Nachdr. der Ausgabe Berlin 1941. Nendeln 1969.

Stout, David Forrest: The portrayal of the autor figure in 3 novels by F. M. Klinger. Diss. Cornell University 1979. Diss. DA 40 (1979/80) 4616 A.

Sturm, Elsa: F. M. Klingers philosophische Romane. Freiburg i. Br. 1916.

Volhard, Ewald: F. M. Klingers philosophische Romane. Der Einzelne und die Gesellschaft. Halle a. d. S. 1930.
Zilk, Georg: Faust und Antifaust. Eine Studie zum Denken und Dichten Friedrich Maximilian Klingers. Diss. München 1965.

Nachwort

»Ich schrieb damals im Drange nach Thätigkeit, ein neues Schauspiel, dem der von Lavater (er ruhe sanft) zur Bekehrung der Welt abgesandte Gesalbte oder Apostel, mit Gewalt: den Titel: Sturm und Drang, aufdrang, an dem später mancher Halbkopf sich götzte«.[1] Derart abfällig äußert sich der alte Klinger – am 26. Mai 1814 an Goethe – über das 1776 erschienene Drama, das ihn in der deutschen Literaturgeschichte verewigen sollte: Ursprünglich *Wirrwarr* benannt, wurde der Titel auf Vorschlag des »Apostels« Christoph Kaufmann in *Sturm und Drang* geändert und gab so der vorklassischen Epoche ihren programmatischen Namen. Deren Höhepunkte waren freilich schon vorbei, nur der jüngere Schiller sollte mit seinen vier Jahre später erscheinenden *Räubern* noch ein entscheidendes Werk dieser Stilepoche verfassen, während Goethe schon in Weimar weilte und mit der 1779 aufgenommenen Arbeit am Iphigenie-Stoff den Übergang zur »Klassik« einleitete.

Doch auch Klinger wendet sich nach diesem Werk vom kraftgenialischen Evangelium ab. 1780 entsteht *Plimplamplasko, der hohe Geist. (heut Genie)*, eine Satire auf den Geniekult des Sturm und Drang, speziell aber auf Lavater und dessen »Apostel« Kaufmann – den Taufpaten der ›Bewegung‹. Rigider mochte ein Schlußstrich kaum zu ziehen sein, und Klingers Konsequenzen sind entsprechend. Er bemüht sich immer dringender um eine Anstellung im Militärdienst und reist noch 1780 nach Rußland, um dort zunächst als Leutnant und Ordonnanzoffizier in die Dienste des Thronfolgers Paul – des späteren Zaren Paul I. – zu treten. Klinger bleibt ein Jahrzehnt lang als Schriftsteller verhältnismäßig unproduktiv, bis er 1791 mit einem Roman an die Öffentlichkeit tritt: *Fausts Leben, Thaten und Höllenfahrt*, der eine Folge von

1 Rieger, Bd. 2, S. 164.

zehn Prosawerken eröffnet. Zu diesem großangelegten »Plan« schrieb Klinger am 26. März 1814 an Goethe: »Und so entstanden die 10 Werke, deren Plan ich, im Ganzen und im Einzeln, 1790 in Beziehung auf das Ganze, entwarf. Ich fing gleich mit Faust an, und stellte in demselben das Thema so auf, wie es mich, in den düstersten Stunden der Vergangenheit, geplagt hat ... Da er (Faust) nun bloß auf das Äußere horcht, und dadurch alles immer dunkler, qualvoller um ihn her werden muß, überläßt er sich endlich in Verzweiflung der Sinnlichkeit allein, spottet der höchsten Gewalten, wie der Nothwendigkeit (seiner inneren Freyheit sich nicht mehr bewußt) im Gefühl seiner mißbrauchten aber unzerstörbaren Kraft sich von allem Menschlichen losreißend, um durch seinen Fall, die Kämpfe der ihm folgenden, und mir näher verwandten Heroen, als Raphael de Aquillas, Giafars, Abdullahs, Ernst von Falkenburg, des Dichters, in ein glänzenderes Licht zu stellen.«[2] Auch in der Vorrede, die er dem *Faust* für die Ausgabe seiner Werke von 1815 beigab, äußert sich Klinger zu diesem »Plan«: »Ich wagte in den folgenden Bänden, was so viel mir bekannt ist, kein Schriftsteller vor mir gewagt hat, ich fasste den wenigstens kühnen Entschluss auf einem den Plan zu zehen ganz verschiednen Werken zu entwerfen, und zwar so, daß jedes derselben ein für sich bestehendes Ganze ausmachte, und sich am Ende doch alle zu einem Hauptzweck vereinigten.«[3]

Friedrich Maximilian Klinger stammt aus ärmsten Verhältnissen. Im Alter von acht Jahren verliert er den Vater, die Mutter – Wäscherin und einen kleinen Krämerhandel betreibend – muß ihn und drei weitere Kinder versorgen. Wohl hat Klinger in der 1815 erschienenen dritten Auflage des *Faust* den Namen der Vaterstadt Frankfurt in das unspezifischere »Reichsstadt« geändert – aber es werden frühe Erfahrungen in der berühmten und wohlhabenden Stadt gewesen sein, die seine Feder in den ersten Kapiteln des zweiten Buchs führten.

2 Ebd., S. 162.
3 *Friedrich Maximilian Klingers Werke*, Königsberg 1815, Bd. 3, S. III.

Durch Unterricht und andere Nebenverdienste muß er früh zu seinem Unterhalt selbst beitragen, die Geldnot wird ihn nicht verlassen, bis er in russischen Diensten steht.
Er studiert in Gießen Jura, bemüht sich erfolglos als Theaterdichter in Leipzig und faßt schließlich den Entschluß, Offizier zu werden, eine der wenigen Möglichkeiten für die Söhne unbemittelter Familien, es zu einer gesicherten, relativ selbständigen Stellung zu bringen. So schreibt er an seinen Freund Ernst Schleiermacher: »Ich geh unter Soldaten es wird gearbeitet für mich, und wird mir eine große Bahn eröfnet. Ich fühlte längst daß dies der einzige Stand in unsern Zeiten ist, für einen Menschen der Herz und Kopf hat. Hier allein ist Zwek, und großer Zwek Fortun zu machen oder des Lebens Ende auf herrliche Weise. Ich fühl daß ich dazu gemacht bin mit diesem Herzen, diesem Körper. Wenn du von Subordination sprichst, so sag ich dir daß ich als Officir weniger geschoren bin unter meinem General, als in Civil Bedienung da jeder Schuft mich schinden kann, und mehr von mir fordert als ich zu leisten schuldig bin, und ich nicht murren darf. Und dabey nicht viel weiter komm« (Juni 1776).[4] Nach zweijährigem kaiserlichen Dienst erfolgt die Berufung nach Rußland, wo er eine glänzende Karriere beginnt. Er wird Direktor des Kadettenkorps, Kurator der Universität Dorpat, Mitglied der Ober-Schulkommission; militärisch steigt er in den Rang eines Generals auf. Ein Lebensgang also, der wenig von der Aura des Poetischen, noch weniger vom Ungestüm des Sturm und Drang aufweist. Ein Lebensgang aber, der auf die eigentlichen Intentionen gerade des Dichters Friedrich Maximilian Klinger verweist, auf das Erbe, das er anzutreten gewillt war. Denn die Verfasserschaft von *Sturm und Drang* verstellt nur zu leicht die Tatsache, daß sich Klinger wie kaum ein anderer seiner Gesinnungsfreunde der Aufklärung verpflichtet fühlte, gegen die doch gerade – so ein Gemeinplatz der Literaturgeschichte –

4 Rieger, Bd. 1, S. 393.

der Angriff der Stürmer und Dränger gerichtet ist. Klinger ist ein typisches Beispiel dafür, wie leicht derartiges antithetisches Epochendenken zu völligen Fehleinschätzungen führen kann. Der Faust-Roman, als erstes Werk aus Klingers Romandekade in Aufbau und Sprache noch am meisten den Dramen der Sturm-und-Drang-Zeit verpflichtet, belegt die epochenübergreifende Rolle Klingers wie die Verwandtschaft zwischen Aufklärung und Sturm und Drang besonders deutlich. Eine Verwandtschaft freilich, die weniger im literarischen Bereich zu suchen ist als vielmehr auf der politisch-philosophischen Ebene.

Der Sturm und Drang war zunächst eine literarische Revolution: eine Revolution aber, die politische Inhalte besaß. Indem die Sprache von ihrer normativen Geltung als Regel- und Herrschaftsmechanismus der feudalen Ständegesellschaft befreit wurde und das selbstbewußte bürgerliche Individuum sie zum Ausdrucksmittel seiner ganz persönlichen Geltung machte, wurde damit ein Postulat eingelöst, das die Aufklärung gestellt hatte. Nicht allein »Ausgang des Menschen aus seiner selbstverschuldeten Unmündigkeit«[5], wie Kant 1784 definiert hatte, stand auf dem Programm, sondern auch die Auffassung dieses Menschen als eines totalen Wesens, das von Natur wie Verstand, von Freiheit wie Notwendigkeit gleichermaßen bestimmt ist.

In Deutschland hatte vor allem Wieland in seinen Romanen (u. a. im *Agathon*) deutlich gemacht, daß Menschsein in diesem neuen Verständnis die allseitige Entfaltung des Individuums meint. Er hatte dabei das überkommene Mittel des aufklärerischen Erzählers, das noch auf dem Barockroman fußte, erweitert und formal den Bedürfnissen eines bürgerlichen Lesepublikums angepaßt: Nicht mehr der dozierende, alleswissende Erzähler trat da auf, vielmehr versucht der Autor, durch vielfache Brechung der Erzählperspektive

5 Kant/Erhard [u. a.], *Was ist Aufklärung? Thesen und Definitionen*, hrsg. von Ehrhard Bahr, Stuttgart 1974 [u. ö.] (Reclams Universal-Bibliothek, Nr. 9714), S. 9.

Widersprüche und Tendenzen der dargestellten Wirklichkeit möglichst vollständig abzuzeichnen. Der Roman wird zu einem Dialog zwischen Leser und Erzähler, die sich auf einer Ebene treffen und quasi untereinander die Geschichte ›aushandeln‹. Diese Hereinnahme der Reflexion in die Handlung und in das Erzählen selbst macht fraglos die Modernität der Romanform aus, wie sie sich in der zweiten Hälfte des 18. Jahrhunderts ausprägt. (Schon vor Wieland hatten die Engländer, zunächst Fielding und dann, als gerühmtestes Exempel der neuen Gattung, Laurence Sterne in seinem *Tristram Shandy* den Roman als intellektuelle Veranstaltung des selbstbewußten, selbstdenkenden Bürgers kreiert.) Nach ähnlich formalen Glanzstücken wird man bei Klinger vergeblich suchen. Dem »treuen, festen, derben Kerl«, wie ihn Goethe nannte, eignete nicht Wielands differenziertes Stilbewußtsein noch dessen scharfsinnige Dialektik – wiewohl beide in ihrem Verständnis des Begriffs der Aufklärung nicht weit auseinanderstehen. Klinger erzählt, wie es vor Wieland üblich war: geradlinig, ohne intellektuelle Zuspitzung, dabei nicht weniger aggressiv oder satirisch.

Und weitere Elemente kommen bei ihm hinzu: die aus der Sturm-und-Drang-Zeit gewonnene Erfahrung mit dem Mittel des Dialogs, die Freiheit einer realistischen Sprache, der Versuch, die Gestalten mit Leben zu erfüllen, gegenüber den blutleeren Ideenträgern des Aufklärungsromans. Seine Herkunft aber aus der Aufklärung erweist sich vor allem daran, daß er ihre Thematik – auch äußerlich – wiederaufnimmt: ›Philosophische Romane‹ verspricht er, und ihr Vorbild ist schon allein damit fast genug bezeichnet. Voltaire, der französische Frühaufklärer, ist der Ahnherr dieser Tradition, der nun der Deutsche nachfolgt. Voltaire schrieb nach einem einfachen Schema: Eine vorgegebene philosophische These wird durch die Handlung überprüft und zumeist falsifiziert. Derart leicht hat es der späte Nachfolger nicht mehr. Zu viel hatte sich inzwischen verändert, ist noch in Veränderung begriffen in den Jahren zwischen 1790 und 1800, in der Politik wie in

Literatur und Philosophie. Das Bürgertum ist zur selbstbewußten Klasse erstarkt, die Ideen Rousseaus hatten die Köpfe bewegt, die amerikanische und französische Revolution die politische Realität umgewälzt. In Königsberg hatte der gründliche Kant die Philosophie vom letzten mittelalterlichen Wust gereinigt und das Feld für die Philosophie eines neuen Zeitalters bereitet, in Weimar bereitet sich die klassische Epoche der deutschen Literatur vor, Goethe arbeitet am ersten Teil des *Faust*. Derweil also sitzt der Offizier Klinger in Rußland und faßt den Plan, auch einen *Faust* zu schreiben, von dem er seinem Freunde Schleiermacher am 24. März 1791 berichtet: »Darinen wirst du nebst einem tiefen Zwek, alles finden, was ich über Wissenschaften, Menschen, Glük, Moral, Religion, Gott und Welt denke.«[6]

Das ist noch ganz traditionelle Aufklärung: Literatur als Vehikel philosophischer Wahrheit, der Roman speziell als enzyklopädische Form, deren Umfang erlaubt, die ›ganze Wahrheit‹ minuziös darzulegen. Dieser Anspruch des totalen positiven Wissens, gespiegelt in der Gestalt des sich emanzipierenden bürgerlichen Individuums, ist die Grundproblematik der Faust-Dichtung des ausgehenden 18. Jahrhunderts, der Zeit, von der Achim von Arnim bemerkte, sie sei »mit Fäusten geschlagen«. Doch nur Goethes *Faust* und Klingers Roman gerieten über das fragmentarische Stadium hinaus – in dem ja auch Goethe längere Zeit verharrte. Klinger hatte anscheinend keine Schwierigkeiten mit dem Stoff, nach Riegers Angaben hat er den Roman in kaum mehr als zwei Monaten abgefaßt.[7] Nimmt man von den vorhandenen Faust-Dichtungen einmal Lessings nur spärlich überliefertes Fragment und Goethes *Urfaust* als zwei Pole, zwischen denen eine Einordnung Klingers vorzunehmen ist, so wird deutlich, welche historische Spannung in diesem kurzen Zeitraum entstehen konnte: Lessings gefährdeter, aber von der Vorsehung stets beschützter Aufklärer auf der einen, Goe-

6 Rieger, Bd. 2, S. 18.
7 Ebd., S. 247.

thes drängender, zur Maßlosigkeit treibender Glückssucher auf der anderen Seite, der an der Unzulänglichkeit seines Wissens ebenso scheitert wie an der moralischen Unangemessenheit seines Anspruchs an die Wirklichkeit.
Lessings Fragment strahlt den Optimismus der Aufklärung aus. Der Trieb zur Wahrheit gehört zur Ordnung der Welt, er kann gar nicht absolut negativ sein. Die aufgewiesenen Gefahren dienen der Warnung und Belehrung, alle Bemühungen des Teufels aber verdammt die schon für die erste Szene geplante Prophezeiung des Engels zur Fruchtlosigkeit: »Ihr sollt nicht siegen!«
Bei Goethe hingegen ist der Ansatz gänzlich verändert: Der Wissensdurst ist schon fast Attitüde, es geht nicht um Gefahren, es geht um den Menschen als Individuum, der einer nicht mehr gesicherten Weltordnung gegenübersteht. Gerade die Sturm-und-Drang-Elemente des *Urfaust* weisen auf, wie sehr die bürgerliche Kampfposition sich gewandelt hat. Die rationalistische Ordnungssuche des Aufklärers wird durch das sich selbst entdeckende Subjekt radikal in Frage gestellt, am Ende vermag sich keine eschatologisch abgesicherte Harmonie einzustellen.
Klinger dagegen steht nicht nur zeitlich zwischen den Faust-Dichtungen des großen Aufklärers und des großen Klassikers. Deutlich ist bei ihm noch das Sturm-und-Drang-Motiv des maßlos Begehrenden erkennbar, freilich weniger im Sinne eines Erkenntnisstrebens, sondern im Gefolge der moralischen Aufklärerposition als Uneinsichtigkeit in die notwendige Einschränkung der Sinnlichkeit zugunsten der Vernunft.
Aber dieser im eigentlichen Sinn dramatische – da individuelle – Konflikt wird nur im ersten und in den Anfangskapiteln des zweiten Buchs angedeutet. Doch auch hier geht es schon um Klingers tatsächliches Anliegen, das an der Gestalt Faust wenig interessiert ist. Faust dient Klinger als epische ›Maschine‹ zur Gestaltung seiner Kritik an der herrschenden Wirklichkeit – als eine Allegorie des Aufstiegswillens des

Bürgertums, die zugleich jedoch die Zurücknahme dieses Anspruchs impliziert: der Emanzipationswunsch des Erfinders der Buchdruckerkunst erweist sich als moralisch verderblich – ebenso, wie die Welt, in die er aufzusteigen wünscht, verderbt ist.

Dieser Widerspruch wird von Klinger im Verlauf der Romandekade in mehrfacher Variation abgehandelt, seine Grundfigur ist jedoch schon im Faust festgehalten. Klinger macht damit einen immanenten Widerspruch der deutschen bürgerlichen Aufbruchsbewegung deutlich: Indem sie – gemessen an ihren Vorbildern in Frankreich und vor allem in England – ökonomisch noch nicht reif dazu war, konkrete politische Macht zu übernehmen, sieht sie sich gezwungen, der herrschenden Feudalklasse im wesentlichen mit moralischen Argumenten gegenüberzutreten. Das – und der *Faust* ist beredtes Beispiel hierfür – hat zur Folge, daß sie einerseits an ihre eigenen Bedürfnisse und Handlungen strenge Maßstäbe anzulegen gezwungen war, zum anderen auch in ihrer Feudalismuskritik auf Entartungserscheinungen fürstlicher Despotie und Verschwendung fixiert blieb, ohne eine weitergehende Zukunftsperspektive eigener politischer und kultureller Programmatik entfalten zu können. Ein klassisches Beispiel hierfür bietet die Rousseau-Rezeption Klingers, die im *Faust* nur verdeckt erkennbar ist, dann aber im Fortgang seiner Produktion immer deutlicher hervortritt und schließlich im vorletzten Werk der Romanreihe, der *Geschichte eines Teutschen*, zum dominierenden Thema wird.

Leviathans bittere Analyse der Menschheit gegen Ende des vierten Buchs trägt deutlich die Handschrift des Genfer Philosophen: »Fühlst du nun bald, daß es Wahn ist, der euch in allem leitet, euch zu Sklaven macht, eure Ketten zerbricht, und euch wiederum neue schmiedet. So treibt ihr euch im ewigen Kreise herum, und ihr seid verdammt, immer den Schatten für das Wesen zu ergreifen. Damit nicht zufrieden, Unterworfne der Natur, eurer Leidenschaften und grenzenlosen Begierden, eines unsichtbaren, strengen Herrns zu sein, müßt ihr euch, um bestehen zu können, und euch nicht in eurer Wut zu zerfleischen, einen euch nähern Tyrannen wählen, und damit euch dieser ohne Gefahr für ihn mißbrauchen möge, leitet ihr seine Rechte von dem erstern ab. Dies war wohl das äußerste Maß eures Unsinns, ein Ding, das euch gleicht, zu vergöttern!« (S. 162 f.) Man lese dazu Rousseau in der Abhandlung *Über die Ungleichheit (Discours sur l'origine et les fondements de l'inégalité parmi les hommes*, 1754):

> Der Reiche in seiner Bedrängnis entwarf schließlich den ausgedachtesten Plan, den jemals der menschliche Geist ausbrütete, nämlich zu seinen Gunsten sogar die Kräfte derer zu benutzen, die ihn angriffen, aus seinen Gegnern seine Verteidiger zu machen, ihnen andere Grundsätze einzuflößen und ihnen andere Einrichtungen zu geben, die ihm so vorteilhaft wurden, wie ihnen das Naturrecht zuwider war.
>
> Nachdem er seinen Nachbarn den Schrecken einer Situation vor Augen gerückt hatte, welche die einen gegen die anderen bewaffnete, ihnen ihren Besitz ebenso zu Last machte wie ihre Bedürfnisse und keinen, weder in der Armut noch in Reichtum, seine Sicherheit finden ließ, erfand er in dieser Absicht leicht Scheingründe, um sie zu seinem Ziel zu führen. »Wir wollen uns vereinen«, sagte er zu ihnen, »um die Schwachen vor der Unterdrückung zu beschützen, die Ehrgeizigen im Zaum zu halten und jedem den Besitz zuzusichern, der ihm gehört. Wir wollen Vorschriften über Gesetz und Frieden erlassen, denen jeder zu folgen verpflichtet ist, die kein Ansehen der Person gelten lassen und auf gewisse Weise die Launen des Glücks wiedergutmachen, indem sie den Mächtigen wie den Schwachen gleicherweise gegenseitigen Pflichten unterwerfen. Kurzum: statt unsere Kräfte gegen uns selbst zu wenden, wollen wir sie zu einer höchsten Gewalt vereinigen, die uns nach weisen Gesetzen regiert, alle Mitglieder der Gesellschaft schützt und verteidigt, die gemeinsamen Feinde zurückweist und uns in einem ewigen Frieden erhält.«[8]

Und Rousseau erläutert einige Seiten weiter das Wesen des von Klinger so oft angeführten »Wahns«: »[...] der Wilde lebt in sich selbst, der zivilisierte Mensch ist immer sich selbst

8 Jean-Jacques Rousseau, *Schriften zur Kulturkritik*, hrsg. von Kurt Weigand, Hamburg ^{2}1971 (Meiners Philosophische Bibliothek, Bd. 243), S. 227 f.

fern und kann nur im Spiegel der Meinung der anderen leben. Er entnimmt das Gefühl seiner eigenen Existenz sozusagen aus deren Urteil allein!«[9] Wo aber Rousseau weitergeht und als Konsequenz aus seinem in den frühen Diskursen konstatierten miserablen Zustand der Gesellschaft zum radikaldemokratischen Modell des ›Contrat social‹ fortschreitet, vermag der in russischen Diensten stehende Deutsche ihm nicht zu folgen. Klinger nimmt so gut wie nie Bezug auf dieses Werk seines Leibphilosophen, er gleicht darin den meisten seiner Zeitgenossen, speziell in Deutschland, die bei ihrer Stellungnahme für oder gegen Rousseau nur die *Diskurse* und den *Emile* rezipieren, dessen politisches Hauptwerk jedoch übergehen. Eine rühmliche Ausnahme macht hier Kant, er gesteht dem *Contrat Social* zu, das Problem der Theodizee gelöst zu haben: »Rousseau entdeckte zu allererst unter der Mannigfaltigkeit der menschlichen angenommenen Gestalten die tief verborgene Natur des Menschen und das versteckte Gesetz, nach welchem die Vorsehung durch seine Beobachtungen gerechtfertigt wird.«[10] In Kants Sicht wies Rousseau in den Diskursen die Eigenverantwortlichkeit des Menschen für den bisherigen Verlauf der Geschichte auf und zeigte zugleich im *Contrat social* den dieser Verantwortlichkeit gemäßen, demokratischen Weg in die Zukunft.

Was also Klinger teilweise emphatisch als die Rousseausche Wahrheit begrüßt, ist nur deren eine Hälfte: die radikale Kritik der bestehenden Gesellschaft und Kultur. Den Weg aus dieser Misere, den Rousseau ebenfalls aufzuweisen suchte, kann Klinger nicht mitgehen, weil er ihm im Deutschland des ausgehenden 18. Jahrhunderts und mehr noch in Rußland nicht gangbar schien. Dementsprechend zwiespältig ist die Konstitution aller seiner Romanhelden. Weder vermag und will er sie dem aufklärerischen Erbe entfremden, das Erkenntnis und Kritik der Gesellschaft in ihrer Gesamtheit

9 Ebd., S. 265 f.
10 Immanuel Kants *Sämtliche Werke*, hrsg. von G. Hartenstein, Leipzig 1868, Bd. 8, S. 630.

verlangt, noch kann er sie den Bedingungen entziehen, unter denen das Bürgertum – ünd dies nicht nur zu diesem Zeitpunkt – angetreten ist: Primat des Individuums, Abstraktion der Moral und Ablehnung einer radikalen Umwälzung der Gesellschaft. Wie er ziehen – bis auf wenige jakobinisch gesonnene – die schreibenden Zeitgenossen die bestehende Ordnung der Despotie der vermuteten Anarchie der Republik vor. Wie sehr aber Klinger zwischen den Stühlen des älteren und des neuen bürgerlichen Denkens sitzt – und das, eben weil er es sich nicht so leicht macht wie mancher andere –, wie sehr er in seiner Haltung verunsichert ist, zeigt sein Verhältnis zu Kant, insbesondere – da für ihn so wesentlich – zu dessen Moralphilosophie.

Kant wies in ihr in bestechender und zugleich erschreckender Weise entscheidende Grundprinzipien der bürgerlichen Ordnung auf: die totale Autonomie des sittlichen Individuums als Postulat für jede nur denkbare Ethik, die Prädominanz des Tauschprinzips als einzigem gesellschaftlichem Bindeglied dieser autonom-isolierten sittlichen Monaden. Was Kant als Schlußstrich unter die ethischen Bemühungen der Aufklärungsphilosophie zieht, vermag Klinger nicht zu akzeptieren. Sein pragmatischer Verstand weigert sich, dem Rigorismus Kants in seiner Herleitung und seinen Konsequenzen zu folgen. Vor allem im dritten Roman der Dekade, der *Geschichte Giafars des Barmeciden*, versucht Klinger, sich der Kantschen Ethik zu stellen. Aber hier, wie auch im *Faust*, gerät ihm diese Auseinandersetzung mehr zu einer Erkenntnis der Unzulänglichkeit der eigenen Position denn zu einer tatsächlich artikulierbaren Kritik.

Nirgendwo jedoch schärfer als im *Faust* zeigt sich die Zwischenstellung Klingers zwischen Aufklärung und Sturm und Drang, nirgendwo wird aber auch gleichzeitig die Verwandtschaft beider Epochen deutlicher: besonders die widersprüchliche Konzeption des Helden, der einmal reines Objekt gesellschaftlicher Verhältnisse, auf der anderen Seite doch moralisch für seine Handlungen verantwortliches Individuum ist. Der Ansatz der Faust-Gestalt im Roman ist nach dem bewährten Muster des Sturm-und-Drang-Helden gestaltet. Faust ist ein moderner Heros, Erfinder der Buchdruckerkunst, Initiator einer neuen Geschichtsepoche. Die Beschränkung durch die Umwelt, ihr Unverstand gegenüber seiner Entdeckung treibt ihn in die Hände des Teufels – aber schon der Pakt ist von aufklärerischem Geist bestimmt. Faust will den »Teufel zwingen, an die Tugend der Menschen zu glauben« (S. 50), er will nachweisen, daß das Böse rational erklärbar und damit auch durch die Menschen selbst korrigierbar ist.

Der Kursus, den Faust freilich dann unter Anleitung des Teufels nimmt, erweist das Gegenteil – gleichzeitig aber widerlegt er doch nicht Fausts Berechtigung, gegen die Welt und ihre gesellschaftliche Verfassung zu rebellieren. Denn je mehr die Schärfe von Klingers Kritik bei der fortschreitenden Entwicklung des Romans zunimmt, um dann in den Ereignissen in Rom zu kulminieren, um so mehr tritt der moralische Charakter Fausts in den Hintergrund, wird sein individuelles Verhalten unwesentlich gegenüber den Verbrechen der Herrschenden. Erst der Schluß nimmt die Problematik des einzelnen wieder auf, und es scheint fast so, als würde Fausts Bekenntnis zu seinen Verfehlungen wie zu dem Drang, der ihn zu diesen führte, ihm einen Sieg über die Hölle gewähren.

Denn Satan, als deren Fürst, sieht sein ›Publikum‹ und seine würdigsten Agenten nicht in den bürgerlichen Zweiflern und Rebellen vom Schlage des Erfinders Faust, sondern in den Herrschenden und deren Sykophanten. Dem an seinen Grenzen gescheiterten und verzweifelnden Faust hingegen bleibt die Würde des Wahrheitssuchers, wenn er auch alles andere als die Wahrheit gefunden hat.

In diesen Bogen spannt Klinger die Geschichte des Individuums Faust – vieles, ja das meiste, was dazwischenliegt, gehört einer anderen Ebene, fast einer anderen Fabel an. Klinger verfaßt eine Enzyklopädie des Despotismus, ein Gruselkabinett, dessen historische Kostümierung nicht verhehlen kann, daß hier vom 18. Jahrhundert, von der Gegenwart des Schreibers gehandelt wird. Die Tatsache, daß die Wanderer durch diesen schauerlichen Bilderbogen Leviathan und Faust sind, die miteinander noch einen besonderen Handel haben, verschleiert kaum, daß Klingers Interesse hier ganz wesentlich dem gilt, was ihnen begegnet.

Wie im Pikaro-Roman und den in der Tradition Voltaires und Montesquieus stehenden philosophischen Reiseromanen ist das die Realität erfahrende Individuum zunächst zweitrangig, seine Hauptfunktion besteht im Rezipieren der Umwelt. Dennoch greift Klinger mit seiner Faust-Gestalt über diese Tradition hinaus – nur gelingt es ihm noch nicht, seinen Protagonisten mit der Handlung zu einer Einheit zu verschmelzen. Daher leidet der *Faust* unter einem ästhetischen Bruch, der aber einerseits wieder die historische Stellung Klingers unterstreicht und darin zugleich seine realistische Auffassung von Literatur bestätigt. Er bemüht sich nicht, diesen Bruch zu vertuschen, oft erscheint es gar, als ob er ihn bewußt hervorhebe, um deutlich werden zu lassen, wie sehr er selbst mit den Problemen, vor denen sein Held steht, befaßt ist.

Was sich in der Faust-Gestalt andeutet, wird durch die Gestaltung des Romans selbst noch deutlicher hervorgehoben. Die Dichotomie zwischen der Vernunft und ihrer Realisierbarkeit, als zentrales Thema der Spätaufklärung, erscheint als literarisches Problem in der Frage nach der Haltung des Erzählers wieder. Der *Faust* ist als »groteske Satire« klassifiziert worden,[11] ein Begriff, der sehr richtig in Gegensatz zur Satire der Aufklärung gesetzt wird. Aber damit ist nur der halbe Roman erfaßt: es fehlt die Dimension der individuellen Selbstbehauptung, die im Anspruch Fausts wie Klingers auf das Recht menschlicher Eigenverantwortung zum Tragen kommt.

11 Segeberg, S. 76.

Denn Faust entzieht sich dem herkömmlichen Weltbild von ›gut‹ und ›böse‹, wie es auch noch dem aufklärerisch- rationalistischen Denken zu seinem optimistischen Grundzug verholfen hatte, dem Grundzug, der die Vorliebe der Aufklärung für satirische Dichtungen bestimmte. Klinger negiert dieses Weltbild wie diesen Optimismus. Seine Heroen, seien sie auch noch so fern jeder Beziehung zur historisch-gesellschaftlichen Realität, wie besonders die auf Faust folgenden Raphael und Giafar, sie kämpfen alle weniger für ein abstraktes ›Gutes‹ denn für ihr eignes Ich, für ihre eigene Selbstachtung. Dahinter steht noch viel vom Emanzipationspathos des Sturm und Drang, vom frühbürgerlichen Glauben an die Autonomie des Individuums, vom Bewußtsein einer Klasse, die aufbricht, die Welt nach ihren Maximen umzubilden. Ebenso geprägt ist diese Haltung aber auch durch die negativen Erfahrungen mit dieser Klasse, deren Ideologie man rückhaltlos zu verteidigen bereit war, der Erfahrung, daß unter allen Menschenrechten für den wirklichen Bürger vor allem das Recht auf Eigentum Prävalenz besaß, und die Erkenntnis, daß auch das erstarkende Bürgertum eher für Ruhe und Ordnung als für die Bekämpfung des Despotismus zu gewinnen war.

Klingers stete Distanznahme von der Revolution in Frankreich, als eines Versuchs, die von der Aufklärung proklamierte ›Perfektibilität‹ der Menschheit zu verwirklichen, ist geprägt von einem desolaten Zustand praktischer bürgerlicher Politik in Deutschland, von der eigenen Situation im autokratischen Rußland. Er vermag für seinen Erfahrungsbereich keine realisierbare Lösung zu sehen, vielmehr bekämpft er – wie viele seiner Zeitgenossen – die Revolution gerade deshalb, weil sie eine für ihn zu radikale Lösung der von ihm literarisch gestalteten Fragen anstrebt. Weil die Revolution ernst machte mit den wütenden Attacken, die auf dem Papier gegen die feudale Herrschaft geritten wurden, mußte derjenige, der sie in seiner eigenen Heimat als undurchführbar ansah, zu ihrem Gegner werden.

Im achten Werk des Romanzyklus, in der *Geschichte eines Teutschen* von 1797, nimmt Klinger diese Situation noch einmal auf. Der Held, an maßgeblicher Stelle in der Regierung eines deutschen Kleinstaates im aufklärerisch-fortschrittlichen Sinne tätig, wird von seinen höfischen Gegnern des Jakobinertums bezichtigt, wodurch seine persönliche Katastrophe eingeleitet wird. Zur Rede gestellt, gesteht er der Revolution grundsätzlich ihre Berechtigung zu – er rät dem Fürsten, die despotische Form der Monarchie durch eine gemäßigt-konstitutionelle zu ersetzen, mit dem expliziten Ziel, der Revolution zuvorzukommen, dem Aufruhr den Boden zu entziehen. Das ist immer noch das alte aufklärerische Programm der Reform von oben, der Einflußnahme auf den Fürsten – verbunden mit der Angst vor tatsächlich demokratischen, damit aber auch radikal plebejischen Maßnahmen.
Die Heimatlosigkeit einer Gestalt wie Faust ist nur aus dieser Haltung heraus zu verstehen – der Haltung eines Demokraten ohne Volk, eines Aufklärers, der nicht zum Publikum spricht, eines Feindes der Despoten, der keinen anderen Weg sieht, als sich in ihren Dienst zu stellen. Im Gegensatz zum letzten Roman des Zyklus, *Der Weltmann und der Dichter*, in dem dieser Antagonismus noch einmal explizit behandelt wird und der ohne Lösung bleibt, ist im *Faust* die Haltung des Dichters relativ distanziert. Indem er weder den Feudalismus noch seinen Helden von herber Kritik verschont, begibt er sich der Stellungnahme, die die eigentliche Frage nicht nur des Romans, sondern auch der Zeit gewesen wäre.
Klingers Ferne von der dialektischen Eleganz eines Wieland läßt viele tiefe Brüche erkennen, läßt durchblicken, daß hier eine spätere Generation sich mit dem Programm der Aufklärung befaßt. Die ideale Ferne der Antike, wie sie in Wielands Werken sowohl Bild der Vergangenheit als auch Vorbild der Zukunft war, ist geschwunden. An ihre Stelle ist das düstere Mittelalter getreten, dessen despotische Gestalt nur allzu deutlich auf die Gegenwart weist. Die Vielfalt der historischen Situationen, die im *Faust* das feudalistische System cha-

rakterisieren, zeichnet jeweils der Mißbrauch der Gewalt aus. Klingers Mangel an Alternativen hierzu, seine nur ansatzweise erkennbaren Vorstellungen einer besseren politischen Ordnung, bestimmen den Weg Fausts. In der Höllenszene zu Beginn und im »Epilogus« drückt sich die Hoffnungslosigkeit des Faustschen Anliegens aus, individuelle und allgemeine Emanzipation zur Deckung zu bringen, das Menschenbild der Aufklärung, ihren Fortschrittsgedanken in der Realität wiederzufinden. Es ist kein Zufall, daß Klinger seinen Faust mit der Gestalt des Johann Fust vermengt, dem Geldgeber Gutenbergs und nachmaligen Buchdrucker. Als Erfinder der Buchdruckerkunst, als den Klinger ihn hinstellt, hat Faust in den Augen der Aufklärung schon einen ungeheuren Beitrag zum Fortschritt der Menschheit geleistet. Seine Tragödie beginnt, als er aus dieser Leistung heraus Ansprüche an die bestehende Gesellschaft stellt.
Der Kursus, dem Leviathan ihn unterzieht, führt ihm die objektiven Hemmnisse vor, die aufklärerischer Politik entgegenstehen, er läßt ihn sich in den subjektiven Verführungen verfangen, die der Feudalstaat für den nach Verbesserungen strebenden Bürger bereithält: »So fasse sich ein jeder in Geduld, und dringe nicht auf Kosten seiner Ruhe verwegen in die Geheimnisse, die der Geist des Menschen hier nicht enthüllen kann und soll«, räsoniert Klinger ironisch im »Epilogus« (S. 227). Aber welche »Geheimnisse« wollte Faust denn entschleiern? Er wollte nicht mehr, als den Anspruch auf bürgerliche Existenz, auf Anerkennung seiner Leistung durchsetzen und macht die Erfahrung, daß ein wie auch immer geartetes Glück nur durch unmoralisches (teuflisches) Treiben erreichbar ist und daß derartiges Verhalten in keinerlei Widerspruch zu den Prinzipien der Mächtigen steht.
Die schon erwähnte Doppelfunktion der Gestalt Fausts im Roman wird hier nochmals deutlich. Er ist Träger der Handlung eines ›bürgerlichen Trauerspiels‹, seines eigenen Schicksals, und er ist Katalysator, Beobachter des realen Spiels der Macht, der feudalen Herrschaft. Klingers ausführliche histo-

rische Berichterstattung über die Höfe in Paris und Rom will nicht auf ein historisches Gemälde hinaus, sie zielt vielmehr auf die aktuelle Gegenwart, auf die eigenen Erfahrungen Klingers, nicht zuletzt gerade in dem Land, in dem er Karriere zu machen im Begriff ist.

Die historische Distanz, die der Dichter vorschiebt, soll ihn einerseits vor der Zensur schützen,[12] sie soll aber auch gleichzeitig ein idealtypisches Bild feudaler Despotie ermöglichen, das Tendenzen der Gegenwart zu Ende führt. In der hier vorliegenden zweiten Fassung des Romans ist es der Epilog, der auf die Aktualität der im Roman dargestellten Zustände verweist; in ironischer Form zieht Klinger seine Verbindungslinien in die Gegenwart und zeichnet zugleich ein pessimistisches Bild von den Möglichkeiten einer sozialen und politischen Besserung.

Dieser Grundzug der Spätaufklärung, als Reflex auf den fast mechanisch erscheinenden Optimismus der Anfangsphase, ist gegenüber dem öffentlichen Anspruch des aufklärerischen Denkens durchweg ein privater: wie Faust am Ende zwar gescheitert, aber eben nicht gerichtet ist, so hält der Aufklärer ohne Illusionen sein Panier aufrecht, in dem festen Bewußtsein, damit nichts, aber auch gar nichts ausrichten zu können.

Moralische Kritik wird individueller Selbstzweck – das Bewußtsein reduziert sich auf sein Selbst, ohne auf Wirkung nach außen zu hoffen.[13] Klingers *Faust* markiert damit einen äußersten Umschlagspunkt in der Geschichte der deutschen Literatur. Unter dem Druck der politischen Verhältnisse, der aufgezwungenen Wirkungslosigkeit wendet sie sich vom aufklärerischen Programm ab, in dessen Zentrum der Wille zur Veränderung stand. Mehr und mehr entfaltet sich die autonome Sphäre des Poetischen, das ästhetische Reich der Freiheit, wie es Schiller – immer noch in politisch-pädagogischer Absicht – definiert. Dichtung ist nicht mehr Mittel zum

12 Vgl. Smoljan, S. 191 f.
13 Vgl. Rieger, Bd. 2, S. 269–273, 417–421.

Zweck, sondern ein eigener Wirklichkeitsbereich mit spezifischen Gesetzmäßigkeiten. An Werken wie Klingers *Faust* ist abzulesen, wie groß der Preis war, der für die daraus resultierende Entfaltung des Reichtums der Dichtung gezahlt werden mußte. Die Emanzipation der Kunst entwickelte sich auf dem Boden der gescheiterten Emanzipation des Menschen, auf der Grundlage der Absage an die Aufklärung und ihr praktisch-politisches Programm. Als ein Dichter dieses Übergangs, als einer, der das Scheitern erkannte, aber die Aufklärung dennoch nicht verraten wollte, sollte Klinger gelesen werden.

Uwe Heldt

Inhalt

Romane und Autobiographien des 18. Jahrhunderts

IN RECLAMS UNIVERSAL-BIBLIOTHEK

Ulrich Bräker: Lebensgeschichte und natürliche Ebenteuer des Armen Mannes im Tockenburg. Mit einem Nachwort herausgegeben von Werner Günther. 2601 [3]

Christian Fürchtegott Gellert: Leben der schwedischen Gräfin von G***. Herausgegeben von Jörg-Ulrich Fechner. 8536 [2]

Johann Wolfgang von Goethe: Die Leiden des jungen Werthers. Nachwort von Ernst Beutler. 67 [2] – dazu Erläuterungen und Dokumente. Herausgegeben von Kurt Rothmann. 8113 [2]

Wilhelm Heinse: Ardinghello und die glückseligen Inseln. Kritische Studienausgabe. Mit 32 Bildtafeln, Textvarianten, Dokumenten zur Wirkungsgeschichte, Anmerkungen und einem Nachwort herausgegeben von Max L. Baeumer. 9792 [9] (auch geb.)

Friedrich Hölderlin: Hyperion oder der Eremit in Griechenland. Nachwort von Ernst von Reusner. 559 [2]

Johann Heinrich Jung-Stilling: Henrich Stillings Jugend, Jünglingsjahre, Wanderschaft und häusliches Leben. Nachwort und Anmerkungen von Dieter Cunz. 662 [5]

Karl Philipp Moritz: Anton Reiser. Roman. Mit Textvarianten, Erläuterungen und einem Nachwort herausgegeben von Wolfgang Martens. 4813 [6]

Sophie von la Roche: Geschichte des Fräuleins von Sternheim. Herausgegeben von Barbara Becker-Cantarino. 7934 [4]

Christoph Martin Wieland: Geschichte der Abderiten. Nachwort von Karl Hans Bühner. 331 [4]

– Geschichte des Agathon. Erste Fassung. Unter Mitwirkung von Reinhard Döhl herausgegeben von Fritz Martini. 9933 [7]

Philipp Reclam jun. Stuttgart

FRIEDRICH MAXIMILIAN KLINGER

Fausts Leben, Taten und Höllenfahrt

ANMERKUNGEN
VON ESTHER SCHÖLER
NACHWORT
VON UWE HELDT

PHILIPP RECLAM JUN. STUTTGART

Universal-Bibliothek Nr. 3524 [3]

Gesamtherstellung: Reclam, Ditzingen. Printed in Germany 1986
ISBN 3-15-003524-4

Faust's Leben, Thaten und Höllenfahrt

in fünf Büchern

Zweite verbesserte und vermehrte Ausgabe

St. Petersburg. 1794.